人斬り以蔵の道理

吉川永青

中央公論新社

目次

主な登場人物

岡田以蔵――――土佐藩士。京で起きた天誅事件の下手人
武市半平太――土佐勤王党首班。以蔵の師
小田切聡介――土佐藩獄卒。以蔵の尋問を務める
和田哲五郎――中間。聡介の上役
山本琢磨――――武市の縁戚
田那村作八――士学館内弟子

土佐勤王党
　大石弥太郎　島村衛吉　島村外内　久松喜代馬
　平井収二郎　清岡治之助　阿部多司馬　間崎哲馬

坂本龍馬――――土佐藩士。武市とは遠戚にあたる
高杉晋作――――長州藩士
勝海舟――――――幕府海軍奉行並。龍馬の師
姉小路公知――公家。攘夷を推進する

人斬り以蔵の道理

序　和田と明治

明治四年（一八七一）七月十四日、廃藩置県《はいはんちけん》の政令が発布された。高知藩――かつての土佐藩《とさ》――は高知県となり、これに伴って高知城も廃城と決まった。

そうと聞いて、和田《わだ》は久しぶりに町に出た。

徳川《とくがわ》の時代が終わって早四年、しかし道行く人々の様子は何ひとつ変わらない。着物も頭の髷《まげ》も昔日のまま、頭で分かっていることと目に見えるものの食い違いに、本当に日本は改まったのかと覚束《おぼつか》ない思いを持て余す。

とは言え、遠目に城の追手門《おうてもん》を眺めれば、時の移ろいを認めざるを得ない。出入りする役人の洋装が、徳川の時代を打ち消さんと血眼《ちまなこ》になっているかのように映った。

「こがなこと思うとは……。わしも歳ながじゃのう」

呟《つぶや》いて、大きくひとつ溜息《ためいき》をつく。既に齢《よわい》五十三、頭の白髪《しらが》もずいぶんと増えた。

明治改元の少し前、とある事件を機に職を辞したものの、かつては藩庁北会所に中間《ちゅうげん》として勤める身であった。さほどの重職ではなく、よほどの用がない限り城に上がることもなかったが、それでも廃城と聞けば寂寥《せきりょう》ばかりが胸に満ちる。

明治政府は徳川時代の全てを壊してゆくつもりらしい。昨今では、全国の城を廃城とする政令が取り沙汰されているのだとか。

「土佐は御一新のために、懸命に働いたがじゃ。この、わしも」

この国のため、藩のため、微力ながら尽くしてきた。多くの者がそうだったはずだ。斯様《かよう》な面々の、ひいては土佐藩の功を論じて然《しか》るべきところだろうに、高知城こそが他に先んじて廃されるとは。

「いや。むしろ」

だからこそ、なのだろう。御一新を担った藩が率先して徳川時代を捨て、新たな日本へと歩みを進める姿を見せなければ、ということだ。二年前には諸藩が国に版籍を奉還したが、それとて薩摩《さつま》、長州《ちょうしゅう》、肥前《ひぜん》、土佐の四藩が率先し、他の追随を促している。

「けんど、寂しいねや」

ひとつの時代が壊されてゆくのは、その時代に生きた者たちの日々が消されるに等しい。嘆かざるを得ない話だ。

あの頃は良かった――とは思えど、全てに於《お》いて徳川時代が良かったと言うつもりはない。だが明治の世が全てに於いて正しいのかと言えば、それも違うはずだ。古いものは常に悪、新しいものが常に善なのだとすれば、全ての善良はやがて邪悪に堕《お》ちることになってしまう。

思って、身震いした。

「邪悪か」

世の中が御一新へと向かった頃には、多くの者が身を粉《こ》にして働いた。しかし、一方では怖気《おぞけ》の走る邪悪もまた跋扈《ばっこ》していた。

和田の胸に、ひとりの男の顔が浮かぶ。あの者を思えば何ともやりきれない。

「……けんど、詮《せん》ない話か」

俯《うつむ》いて軽く頭《かぶり》を振り、そして踵《きびす》を返す。ひと廻りして高知城の姿を目に焼き付けるつもりだったが、そんな感傷も霧の如くに消えてしまっていた。

自宅まではそう遠くない。追手門の見えるこの通りを北へ戻り、橋の手前の細い辻《つじ》を右に折れて少し歩くだけである。

その辻に至ると二人の男が立ち話をしていた。傍《そば》にある小さめの大八車《だいはちぐるま》からして、何かしらの荷運びを生業《なりわい》としている者共らしい。

和田はそれら二人に「御免」とひと声、脇を通り抜けて辻を折れた。すると。

「それより、おまん聞いちゅうかえ。あの人斬りの話」

「おお、聞いたちや。何人も殺《ころ》いて斬首になったらしいけんど」

立ち聞きのような、不作法な真似《まね》をするつもりはなかった。だが何しろ狭い道である。否応《いやおう》なく耳に届く言葉に、和田の足が止まった。

立ち話に語られる、人斬りの男。思い浮かべていたのは、まさにその者の顔であった。

あの者――凶悪な人斬りとなり果てた男が、再び脳裏に蘇《よみがえ》る。和田は青ざめて、ぶるりと身を震わせた。

話は七年前、元治《げんじ》元年（一八六四年）に遡《さかのぼ》る――。

一　以蔵と力

聡介《そうすけ》はその役目を買って出た。またとない話であった。

いざ、これは戦だ。滾《たぎ》る思いを胸に、城東にある自身の屋敷――土間ひとつに四畳半の板間二つでしかないが――から一歩を踏み出した。

侍屋敷の並ぶ道を南へ。初めは自分の家と似たような構えが軒を連ねていたが、歩を進めるほどに少しずつ立派な屋敷が増えてゆく。それによって高知城の東南、追手門に近付いたことが分かった。

やがて太い通りに行き当たり、右手の向こうにその追手門を見遣《みや》る。これから会う男は、昨年まであの門の内に堂々と入れる立場だった。今日はその男、武市半平太《たけちはんぺいた》の取り調べである。

「必ず。必ずじゃ」

ぽつりと漏らし、思った。

役人になりたくて、なった訳ではない。養子に入った小田切《おだぎり》家、養父が土佐藩北会所の獄卒《ごくそつ》だった。その家督と役目を継いだだけである。

以来、正直なところを言えば、罪人を目にする毎日が嫌だった。しかし今日こそは、初めて自分から望んで得た役目なのだ。

「よし」

改めて気持ちを入れ直し、力強く歩みを進める。自宅から藩庁の南会所までは四町（一町は約百九メートル）足らず、逸《はや》る心にはあっという間の道のりであった。

「御免。北会所から参りました小田切聡介です」

門衛に挨拶して一礼する。やや尊大に「おう」と返され、中に進むよう言われた。

南会所の造りは、聡介が属する北会所とそう違わない。玄関からすぐに奥へと廊下が続き、左手には庭、右手に政務の部屋が幾つも並ぶ。突き当たりには渡り廊下が設《もう》けられ、これを渡った先が揚屋《あがりや》、すなわち牢であった。

揚屋の入り口には三畳敷きほどの番小屋があり、年老いた番人が煙管《キセル》から煙を燻《くゆ》らせていた。

「どうも。北の小田切です」

挨拶すると、牢番《ろうばん》は「ああ」と気の抜けた笑みを浮かべ、少しまばらな前歯を見せた。

「ご苦労さん。けんど、まあ気ぃ張ることはないろう。武市はきっと何ちゃあ話さんき」

「そのようですねや」

「奥方やら弟子やらが飯の差し入れに来た時は、あれこれ話しちゅうけんどのう。大事なことは知らぬ存ぜぬの一点張りじゃ。ここに入ってから、ずっとな。げに困ったことちや」

そう言って、牢番はまた笑った。

聡介は心中に「気楽なものだ」と眉をひそめた。もっとも、この老爺《ろうや》は番人であって番人でないのだから当然か。会所には常に三十人ほどが詰めていて、入牢《じゅろう》の者が逃げることなどできようはずもないのだ。他の誰かが手引きを企《たくら》むにせよ、小戦《こいくさ》を仕掛けるくらいの覚悟は要る。入り口の小屋は、家族からの差し入れを受け付けるだけの場所であった。

ともあれ、と決意も新たに牢へ向かう。ここだけは北会所と大きく違った。

藩庁の北会所は郡奉行の下、農山村や漁村に関する政務を執り行なう。一方で下士――下級武士の罪人を繋《つな》ぐ粗末な牢があった。牢の個々は二畳ばかりの板間で、隅に雪隠《せっちん》と手水場《ちょうずば》があるばかり。廊下に面した格子以外は板張りという狭苦しい造りである。

対して南会所は武家に関わる政庁で、ここの獄に繋がれるのは上士、つまり相応の大物であった。それだけに牢の造りもしっかりしている。六畳の板間を二つに仕切って、ひとり当たりは三畳ほど。仕切りを除く三方が格子になっていて風通しも良い。

今、南会所に繋がれているのは武市のみである。かつては他に数人いたが、それらは既に切腹を申し付けられて常世《とこよ》に渡っていた。

その牢に聡介が近付く。武市は気付いたようだったが、某《なにがし》かの書物に目を落としていて、こちらには一瞥《いちべつ》すらくれようとしない。

「いつもの卒《そつ》とは違うな」

気配で分かる。おまえは小物だとでも言いたげな、侮蔑《ぶべつ》に満ちたひと言である。

こいつめ――腹に据えかねて、聡介は語気強く返した。

「北の小田切じゃ。訳あって、おんしの取り調べをせんといけん。神妙に答えい」

武市は書見をやめず、返答もしなかった。北会所なら引き摺り出して八角棒で打ち据えるところだが、南ではそういう尋問、拷問《ごうもん》は認められていない。そもそも聡介がここへ来たのは、武市に罪状を自白させるためではなかった。

「こっちは向かんでえい。ただ、聞かれたことには素直に答えや」

「面倒じゃねや。気が散って書見もできん」

武市は大きく溜息をついて書物を閉じ、こちらに向き直った。引き締まった眉、ぎょろりと見据える眼差《まなざ》しが鋭い。獄中にあって頬《ほお》はこけ、無精髭《ぶしょうひげ》も蓄えているが、なるほど土佐勤王党《きんのうとう》の党首らしい威厳が漂っていた。

ただ、それはそれだ。取り調べると言えば何の返事もなし、こちらに向かなくて良いと言えば向き直るという、いちいち反抗的な態度に強い憤《いきどお》りを覚えた。

何のために、わざわざ南会所にまで取り調べに来たのか。武市半平太という男を追い詰めるためだ。この男は世の中を掻き乱し、恐怖させてきた。聡介の実の兄も、武市のために命を落とした疑いがある。世のためにこれを明らかにし、兄の無念をもこの手で晴らしたい。だからこそ役目を買って出たのだ。

「ほんなら訊《き》く。まずは――」

「言わんでえい！　元吉《げんきち》殺しのことじゃろう。京の天誅《てんちゅう》の話じゃろう」

元吉とは、かつての参政・吉田東洋《よしだとうよう》である。

吉田は二年前、文久《ぶんきゅう》二年（一八六二）の四月に高知城下で闇討ちにされた。その嫌疑は武市率いる土佐勤王党にかけられている。吉田の暗殺後、土佐勤王党員とそれを推す面々が八人も藩政に食い込んだのだから、それだけでも疑うに足りた。

そして、藩主が江戸に参覲《さんきん》した道中、京で剣呑《けんのん》な騒ぎが起きている。往時の京では「天誅」の名の下、幕府に近しい者が幾人も殺《あや》められた。この事件に勤王党が関わっていたことは明らかになっているが、それが武市の指図か否かは定かでない。

「分かっちゅうなら話は早い。おんしの——」

「口を開きな！　元吉のことは何ちゃあ知らん。勤王党には関わりのない話じゃ。天誅は下の者が勝手にやった。わしが命じたことやない！」

先ほどから、こちらの言に先回りして高飛車に封じようとする。怒って当然のところだが、聡介は逆に少し怯《ひる》んだ。武市の射すくめる眼差し、しかし熱のない冷淡な目つきには、蛇か何かのような不気味さがある。さながら蛇に睨《にら》まれた蛙《かえる》の如き思いであった。

武市は勝ち誇ったように「ふふん」と鼻を鳴らした。

「聞きたいことはそれだけか。わしゃ他のことは何ちゃあ知らん。聞き終わったんなら、しゃんしゃん往《い》ぬがえい」

このままでは押しきられてしまう。それではならじと心を支え、必死に食い下がった。

「ま……待て。天誅は下の者が勝手にやった、言うたねや」

「言うたが何じゃ」

「そりゃ誰じゃ。党首に断りものう、そがなこと」

武市は悠々と、そして呆《あき》れたように溜息をついた。

「おまん、ほいで良う獄卒が務まるのう。以蔵じゃ。昔わしの弟子やった岡田以蔵《おかだいぞう》。あいつが皆を唆《そそのか》して、やったに決まっちゅう」

岡田以蔵。この土佐の郷士《ごうし》・岡田家の嫡男《ちゃくなん》だ。武市半平太の道場で剣を学び、師の武市と共に江戸に遊学して土佐勤王党を立ち上げたひとりでもある。土佐を脱藩した坂本龍馬《さかもとりょうま》、長州の高杉晋作《たかすぎしんさく》、公家《くげ》の姉小路公知《あねがこうじきんさと》、幕府海軍奉行並・勝海舟《かつかいしゅう》とも交わりのある曲者《くせもの》だが、その名はとうに知っていた。と言うより、幼少の頃、兄と共に幾度も顔を合わせている。

京の天誅騒動は岡田以蔵が勝手にやった。あの男は人を斬って喜ぶような奴《やつ》なのだと、武市は常にそう証言していた。この日も同じで、何をどう訊《たず》ねようと、他のことは一切口にしない。

だが、それで良かった。判で押したような言葉を、この耳で聞いたという事実が欲しかったのだ。

聡介は心中にほくそ笑みつつ、諦念《ていねん》を装って大きく溜息をついた。

「何もかも以蔵の仕業《しわざ》……か。しかと聞いたがよ」

武市の目元がぴくりと動く。違和を覚えたらしい。諸国の攘夷派《じょういは》と対等に渡り合った男の恐ろしさを見た気がした。

ならば長居は無用である。聡介は「これで終わりじゃ」とぶっきらぼうに発し、憎々しげな眼差しを向けて立ち去った。最後の顔は作ったものではない。兄が死んだのは武市のせいだと、深く疑うがゆえであった。

揚屋を出て入り口の番小屋に会釈する。と、番人の老爺が「ふは」と気の抜けた笑い声を寄越《よこ》した。

「どうじゃ。何ちゃあ聞き出せんかったろう」

「……まあ、そうです。ただ、得るもんはありましたきに」

「ほう？」

目を丸くした老爺にもう一度会釈して、南会所を去る。門を出て行く聡介の目には、ひとつの確信があった。

相手を威圧して狼狽《ろうばい》させ、言を封じて自らの論を捻《ね》じ込《こ》む。武市のそうしたやり口は詐術《さじゅつ》の手管だ。しかも相当に手慣れている。あの男の言葉は、全て嘘《うそ》だ。

「待っちょれ武市。わしゃあ」

全てを明らかにして、突き付けてやる。そのための切り札は、こちらにあるのだ。

ひと月後、京で捕らえられた罪人が土佐に送られて来る。その男こそ、まさに岡田以蔵なのだ。以蔵に尋問し、拷問に訴えてでも真相を吐かせてくれよう。以蔵が自白するだろう話と武市の言い分、双方はきっと大きく食い違うはずだ。

以蔵が送られて来ることを、武市はまだ知らない。だからこそ尋問した。敢《あ》えて、今までと同じ証言を聞くために。

武市と以蔵の言い分が食い違うなら、双方を尋問した自分こそが武市の嘘を暴く証人となり得る。聡介の目的はそこにあった。

＊

元治元年（一八六四）六月半ば、その男は縄を打たれて北会所の山田《やまだ》獄舎に連行された。骨ばった面相に落《お》ち窪《くぼ》んだ目、口元と頬に伸びた無精髭から反《そ》っ歯《ぱ》が覗《のぞ》く。体は頑健そのもので、背丈も獄卒たちと比べて頭ひとつ大きい。

これなん、土佐勤王党の岡田以蔵である。否、元勤王党と言った方が良いだろうか。以蔵は昨年一月に脱藩し、勤王党からも身を退いていた。

揚屋手前の廊下でそれを待ち受け、聡介は静かに声をかけた。

「久しぶりじゃのう」

以蔵は寸時、訝《いぶか》しそうに首を傾《かし》げた。が、二つ数えたくらいで「ああ」と得心して眉を開く。

「おまん聡介か。佐市郎《さいちろう》の弟の。何らぁいう家へ養子に入ったって聞いちゅうぞ」

「ああ。今は小田切聡介や」

「ほうか、ほうか。こがに大きゅうなってのう。元気そうで何よりじゃ」

正直なところ面食らった。獄卒となった聡介を見ても、以蔵はただ再会を喜ぶかのように笑っている。これから投獄され、しばらくの後には尋問を――拷問を受けると承知しているはずなのに。それが分かっていながら、いったい、これほど朗《ほが》らかにしていられるものだろうか。

「ん？　どいた？」

以蔵が問うてきた。こちらの顔つきから戸惑いを察したらしい。然《しか》るに、未《いま》だ嬉《うれ》しそうな笑みのままである。もしや、と聡介は問うた。

「以蔵さん。わしが獄卒やち分かっちゅうがか」

「そりゃ分かるがよ。獄の役人いうたら他にないろう」

「ほんなら、もう『以蔵さん』とは呼ばん。岡田以蔵……おんしこの先、わしに尋問されるて分かっちゅうがやろうねや」

「獄ちゅうたら、そがなところじゃ」

あろうことか、からからと大笑した。以蔵を曳《ひ》いて来た卒の目が、ぎょっとしたものになっている。聡介も同じであった。

獄の尋問は苛烈を極める。宙吊《ちゅうづ》りにして棒で叩《たた》く「叩き責め」くらいなら軽い方だ。容赦なく叩かれれば痛みは相当なもの、ことと次第によっては体中どこの骨が折れても不思議ないが、それほどの責め苦が「軽い」と言えるのだ。

かつて、この山田獄舎に入れられた勤王党員には「拷木責め《しめぎ》」が多く用いられた。細く堅い木材で両の太腿《ふともも》を挟み、締め上げる拷問である。締め方を強めるほどに、両脚には血が通わなくなってゆく。血が全く通わなくなると肉は腐り始め、ついには血の通っているところまで腐らせてゆくのだ。こうなると常に苦痛に苛《さいな》まれ、夜も眠れない。胸や腹を締め上げれば楽に殺せるが、敢えて殺さないように太腿を締め上げて自白を強いる。もっとも自白の上で死んだところで、獄舎の側は知ったことではないのだが。

そういう狂おしいほどの苦痛が待っている。然るに以蔵は「だから何だ」とでも言うかのように笑っているのだ。

この男、おかしいのか。幼少の頃の以蔵を思い出すに、確かに少しばかり他の者とは違う気配を纏《まと》ってはいたが。

いや。だからと言って拷問を恐れぬ者があろうか。どれほど覚悟を据えた者だとて、十人いれば九人までは洗いざらい白状する。残るひとりは責め苦の挙句に死ぬのだ。

そうとも、恐れぬはずがない。強がっているに過ぎない。きっとそうだ。ぞくりと背を這《は》う寒気を堪《こら》え、ともすれば震えそうになる声を捻《ね》じ伏《ふ》せて問うた。

「尋問が分かっちゅうに、どいて笑《わろ》うておられるがよ」

「わしゃ何の責めも受けんき」

「え？」

どういうことだ。自分は拷問を受けないと、なぜ言いきれる。

何も返せずにいると、以蔵はさも誇らしげに胸を張った。

「おまんら、罪人に喋《しゃべ》らせとうて責めるがやろう」

正しい。拷問の目的とは、口を割ろうとしない者の心を打ち砕くことだ。それが自らの身の上に降り掛からないと言いきれる理由とは。

「まさか、喋る気ながか」

「ほうじゃ。何もかも教えちゃる。そのために、わざわざ捕まったがやき」

当然とばかりに頷《うなず》いている。この男は何を考えているのか。勤王党の悪行について尋問されるくらい、先刻承知のはずだろう。そして恐らく、その幾つかには以蔵も絡んでいる。なのに、どうしてだ。わざわざ捕まったと言うのだから余計に分からない。

胸が早鐘を打ち始める。少し荒くなった息で、聡介は念を押した。

「何もかも喋りよったら、おんし死罪になるかも知れんがやぞ」

「知れん、じゃあないぜよ。間違いのう死罪じゃ。わしゃ三つ四つ天誅を働いたき」

「……死ぬるんが、恐《こわ》ないんか」

すると以蔵は、にたあ、と笑った。怖気が走るような、恍惚《こうこつ》の面持ちであった。

「死んだら助かるろう？　幸せになれるがよ」

だめだ。何を言っているのか分からない。

この男は、おかしい。

世の常の者ではない——。

「つ、連れて行け。牢に放り込め。早う！」

聡介は飛び退《との》くように道を空け、以蔵の縄を引く同輩を促した。その者も慄《おのの》いた顔だったが、一刻も早く以蔵から離れたいとばかり、狼狽した声で「来い」と足を速めた。

「おう聡介！　長州の高杉晋作、知っちゅうか。尋問の時に詳しゅう教えちゃるがよ。わしゃ他の者も知っちゅうきに。吉村《よしむら》じゃ。吉村虎太郎《とらたろう》。あいつが天誅組を作ったんはのう——」

牢に連行されながら、なお楽しげに大声を張り上げている。聡介は、ぶるりと身震いした。遠ざかる以蔵の声が、耳の奥にこびり付いて消えないような気がした。

「それにしても。高杉はさて置き、吉村まで知っちゅうとは」

吉村虎太郎は昨文久三年八月に「天誅組」を名乗って倒幕の兵を挙げ、大和《やまと》の五條《ごじょう》代官所に打ち入りを仕掛けた。既に土佐を脱藩した身だが、だからと言って藩には関わりなしと言うことはできない。下手をすればお家の取り潰しさえあり得るほどの暴挙である。その仔細《しさい》を知っているとは。

「以蔵ちゅう奴は」

武市半平太と土佐勤王党を潰す、その足掛かりを得るのが自分の役目だと思っていた。兄の無念を晴らし、手柄を立てて少しばかり出世できれば良いと考えていた。

しかし。

以蔵の尋問は、それを超えるものになるかも知れない。自分の如き下士、ただの獄卒に過ぎない者が、果たして受け止められるのか。

　聡介の心に重苦しい不安が漂い始めていた。

＊

　三人の同輩を連れ、聡介は牢の中に声をかけた。投獄から二ヵ月近く、元治元年八月になっていた。

「岡田以蔵。出え」

「お。ようよう尋問か。待ちくたびれたちや」

　薄暗い牢の中、以蔵はゆらりと立って「うん」と伸びをした。聡介が格子の錠を外し、同輩二人が扉の両脇に立って八角棒を構える。下手なことをすれば打ち据えると示されながらも、以蔵は「はは」と軽やかに笑って素直に這い出して来た。

　以蔵は棒を構えた二人の間に立たされ、正面を聡介に塞がれた上で、後ろに回った獄卒の手で縄を打たれた。

　後ろ手にきつく縛り上げ、曳いて行く先は尋問小屋である。三人の同輩と以蔵に先んじて中に入れば、小屋の中央には罪人の身を吊り下《さ》げるための滑車が備えられている。隅には様々な拷具がまとめてあった。

　これらを使って罪人を痛め付け、自白を促すのが獄卒の役目だ。が、好きこのんで使いたい道具ではない。各々の拷具を目にするたびに陰鬱《いんうつ》な気持ちになる。

だが今日ばかりは、この小屋に入って一面の安堵《あんど》を覚えた。

「入れ」

投獄の日、以蔵という男に言い知れぬ恐怖を覚えた。何を考えているのか分からない、死ぬのが恐くないどころか「幸せになれる」とまで言っていた。だが、これらの陰惨な品を目の当たりにして、なお平然としていられるはずがない。と言うより、そうであって欲しかった。

思ううち、三人の卒に突き飛ばされるようにして、以蔵が中に入った。

「おお。こりゃ、すごいねや。初めて見たぜよ」

それが開口一番の声であった。拷具を見る以蔵の目は、まるで幼子《おさなご》が興味を満たした時の如くに輝いている。

「ありゃあ石抱きの十露盤《そろばん》板ろう。あっちは三角木馬じゃ。ほう、拷木ちゅうんは意外と簡単な造りながじゃねや」

聡介の安堵は、束《つか》の間《ま》のものとなった。

「おい。これ見て、まだ恐ないんか」

「え？　どいて？　何でじゃ」

「どいて、じゃと？」

拷問のための道具なのだ。自らの身に加えられる苦痛への恐れ、これらの品が幾人もの血を吸っていることへの恐れが、あって然るべきだ。

なのに以蔵は「なぜ恐れる必要があるのか」と戸惑っている。あまりにも不思議な問いに、どう答えて良いか分からないという顔だ。作った面持ちでないことは気配で分かる。

こういう顔をされると、思わないではなかった。だが実際に目にすると、投獄の日に覚えた恐怖が蒸し返される。

「まあ……えい。座れ」

どうにかそう応じる。同輩が八角棒で土間をこつんと叩いた。

以蔵は訝しそうに首を傾げつつ、指図には素直に従った。示された場所に胡座《あぐら》をかいて、少し心細そうに問うてくる。

「なあ。あれ見て恐いか、ちゅうのも尋問かえ？」

「ほんな訳ないろう」

聞いて、以蔵の顔に安堵の笑みが浮かんだ。

「何じゃ、脅かしなや。ほんなら何でも訊いてくれ。天誅か？　元吉殺しか？」

「そこら辺は追い追い訊く。その前に」

大きく息をひとつ、聡介は努めて胸を落ち着けた。

この二ヵ月近く、以蔵に問い質《ただ》すべき話を上役――中間の和田哲五朗《てつごろう》と共に吟味してきた。その間に、聡介の中には大きな疑問が生まれていた。

投獄の日に、以蔵は四つのことを言った。

全て洗いざらい話して聞かせる。拷問に訴えるまでもない。

天誅騒ぎには自分も関わった。ゆえに話せば間違いなく死罪だ。

死ねば助かる、幸せになれる――これは未だに訳が分からない――。

長州の高杉晋作と関わった。大罪人・吉村虎太郎のことも知っている。

拷具を使わずに済むなら、こちらとしてもありがたい。本当に全てを白状するなら楽な取り調べであろう。しかしだ。ここにひとつ、おかしなことがある。

全てを明かして以蔵が死罪になるという話までは、当人が覚悟を固めていると受け取れば得心もできよう。しかし全てを話すとは、土佐勤王党の悪行を明るみに出すということだ。天誅に関わった面々はもちろん、吉田東洋の闇討ちが勤王党の仕業であれば、それに関わった者も捕縛されて死罪を申し渡される。

そして何より、一連の凶行が武市半平太の指図によるものであるなら、武市も重罪に問われるのだ。命を繋ぐ目はひとつもない。

「そこを分かっちょって、全て喋る言うたがか」

「そがなことか」

以蔵は何とも気楽そうに「うは」と笑う。あまりに太平楽な笑い声が、かえって薄気味悪い。

「もちろん分かっちゅう。そもそも、そのために捕まったがやき」

「武市がどうなってもえい、ちゅうんか。おんしの師匠やろう」

武市は「全て以蔵が勝手にやった」と言っている。これを教え、それを以《もっ》て口を割らせるつもりだった。武市はおまえを人身御供《ひとみごくう》にして罪を逃れる気だ。それで良いのかと。にも拘《かかわ》らず、どうして自分は全く逆のことを問うているのか。

聡介の混乱を余所《よそ》に、以蔵は嬉しそうに頬を歪《ゆが》めた。

「武市先生を尊敬しちゅうき、全てを話そう思うたがじゃ」

「……師匠に罪を認めさしたい言うがか」

「違う、違う」

大きく首を横に振る。どうして分からないのかと焦《じ》れる顔であった。

「わしゃ先生を助けたいがよ。幸せになって欲しいがじゃ」

またも、あの嫌な笑み――投獄の日に見たのと同じ、怖気の走る笑みである。同時に、あの日のひと言が耳の奥に蘇った。


『死んだら助かるろう？　幸せになれるがよ』


つまり武市が死罪になれば助かると言うのか。この男の頭の中は、どうなっている――。

「おんしの言い分は、わしには」

「分からんかえ。まあ仕方ないねや。わしの父上や母上も分からざったき。わしを分かってくれたがは、この世でただひとり、武市先生だけじゃ」

あの人のために。そう言って遠くを見る目になり、以蔵は語り始めた。

「そうじゃねや……まず、先生とわしについて話そうか」

＊

嘉永《かえい》三年（一八五〇）秋九月。以蔵、十三歳――。

高知城下をずっと東に行くと、国分川《こくぶがわ》の太い流れに行き当たる。その河原を、以蔵はぶらぶら歩いていた。

「また来てしもうた」

口を衝《つ》いて出た呟きを聞く者はない。幼い頃から、ひとりこの河原にいることが多かった。家にいてもつまらないからだ。

父や母が好きではない。かと言って嫌いな訳でもない。ただ、自分の親だという理解があるばかり。弟がひとり、名は啓吉《けいきち》。この弟についても父母と同じような捉え方だった。

感情がないのかと言えば、それは違った。嬉しければ喜ぶ。腹立たしければ怒りもする。一方で、悲しみや恐れというものが全く分からずにきた。

否。分からないのとは、少し違うのかも知れない。他人が悲しんでいる、恐れている、というのは見れば分かる。ただ、自分の心がそういう動き方をしたことがない。周りの人が悲しむようなこと、恐れ慌てることがあっても、自分だけは常に平らかな気持ちで受け止めてきた。

有《あ》り体《てい》に言えば、悲哀や恐怖を覚える人たちの方が不気味に映った。皆と言葉を交わし、当たり前に付き合うことはできるが、進んで気味の悪いものに近付く道理もない。ゆえに、ひとりを好む。この河原は心休まる場所であった。

「あ。おった」

以蔵は流れの際《きわ》にしゃがみ込んだ。背の高い夏草はもう立ち枯れて、薄茶に染まっている。その中に身を沈めると一匹の蝦蟇蛙《がまがえる》が這っていた。五寸（一寸は約三・三センチメートル）余りの大型である。ぼってりした体に大きすぎる口、茶色の背に浮く疣《いぼ》が何とも醜い。

「おまんら、寒うなると出て来んようになるきのう」

言いつつ、蛙を捕まえた。蝦蟇は蛙の中でも特に動きが鈍い。べたべたと飛び跳ねて逃げようとするも、押さえ込むのは容易であった。

「今のうちに遊んでくれ」

じたばたと手足を動かす蛙に向け、にたあ、と笑った。そして腰にひと振りだけ佩《は》いた小脇差を抜く。黒光りする刀身に昼下がりの陽光が跳ねた。

「父上がのう、仰せになるがじゃ。他人の幸せを喜んじゃれって」

ぶつぶつ呟きながら、何の躊躇《ためら》いもなく蛙の右足を断ち落とす。残る三つの手足が、最前にも増して激しく動いた。

「そいたら自分の心が豊かになるがやて」

今度は左足を斬り落とした。蛙は腹を丸めるように、強く腰を動かしている。

「そんで、えい人や思われる。えい人には皆が力ぁ貸してくれる。そがに仰せながじゃ」

次いで右の手、左の手。達磨《だるま》の如くなった蛙は、もう逃げられない。

「けどなあ。そりゃ、詰まるとこ自分の得になることろう？」

達磨の蝦蟇が答えるはずもない。以蔵は「はあ」と溜息をついた。

「わしゃ父上の仰せが胡散《うさん》に思えるがじゃ」

良心を育むべし。他人の幸せを喜べるようになれば、心が豊かになる――だが、それは心の利得だ。皆の信頼を得て力を借りられるなら、これも自身の益であろう。にも拘らず、父はそれを道徳、人が尊ぶべき道であると言う。

「何ちゅうんか。ありゃ嘘ぜよ」

損得勘定で動くことを、世の人は「浅ましい」と言って嫌う。だが、人は利得なしでは生きられない。だから欲得ずくの行ないを良心と呼び、さも徳行であるかのように飾ろうとするのだ。

「汚い生き方や、思わんか？　まあ、そんでも父上には従うけんどな。わしより偉い人やき」

にたにた笑いながら呟き、蛙の腰を真一文字に斬り離した。蛙は大きく口を開き、閉じ、ぱくぱく動かしている。

「のう蝦蟇。おまん、良かったねや」

恍惚の笑みと共に、首を断ち落とした。蛙はもう口すら動かさない。完全に、死んだ。

「これで生まれ変われるがじゃ。幸せろう？」

うすのろで不細工な蝦蟇蛙になど生まれてしまった命だ。しかし釈迦牟尼《しゃかむに》の説くところによれば、魂は輪廻転生《りんねてんせい》するものである。この蛙も、きっと他の何かに生まれ変わるのだろう。どういう生きものになるかは知らぬが、今よりは良い身の上に違いない。

「父上の仰せどおり、おまんの幸せを喜んじゃる」

細切れの蛙に無上の笑みを向け、以蔵はふらりと立った。

腰から上が枯草の外に出ると、開けた視界の先には野があり、国分川の向こう岸には田圃《たんぼ》が広がっている。清々《せいせい》とした思いで空を仰ぎ、大きく息を吸い込んで胸を洗えば、たった今まで弄《もてあそ》んでいた蛙の生臭さが鼻に付いた。

「ん？　ありゃあ……」

少し向こう、歩いて三十歩ほど離れた土手から、木刀を手にした二人が河原に下りて来た。見知った顔、近所に住まう兄弟である。

「よう。佐市郎、聡介」

声をかけると、二人がこちらを向いた。弟の聡介はまだ七歳で、屈託なく「以蔵さん」と笑みを見せる。兄の佐市郎は丸く締まりのない顔で「おう」と手を振ってきた。

「以蔵、まだここにおったがか」

枯草に隠れる格好になっていたせいで、いるのが見えなかったのだろう。こちらの顔を見た佐市郎は木刀を掲げ、へらへらと笑いながら続けた。

「また一緒に稽古《けいこ》せんかえ？」

佐市郎の剣は鈍《なまくら》と言って差し支えなく、以蔵にとっては全く物足りない。それでも、この兄弟とはよく共に稽古をしていた。自身にとっての居場所を立ち去るのは、損か得かで言えば間違いなく損だからである。

ゆえに、いつもなら気安く応じるところだ。しかし、今日は少しばかり用があった。

「付き合うてもえいけんど、すぐ帰らんといけんがよ」

「どいてじゃ？」

「父上が、今日から道場に通え、言うがじゃ」

昼八つ（十四時）には家に帰らねばならない。溜息交じりにそう語ると、佐市郎は「うん？」と首を傾げた。

「何や、溜息らぁついて」

「気が進まんきに」

なぜ気が進まないのかは、敢えて話さなかった。話しても分かってもらえないからだ。

今日から通うのは、小野派一刀流《おのはいっとうりゅう》の武市道場である。師事する人は武市半平太といい、以蔵より九つ上の二十二歳であるという。

以蔵の父・義平《ぎへい》は、この武市に惚《ほ》れ込《こ》んでいた。若い身ながら道徳心に富んだ英邁《えいまい》だ、と。そこで「以蔵を一番弟子に」と無理を言い、どうにか認めてもらったのだという。

もっとも以蔵にとっては、それが気に入らなかった。道徳心が強いとは、つまり父が尊ぶ「人の道」という名の嘘に縛られているのに他ならない。そんな人を師と仰ぐなど、息が詰まるばかりではないか。

などと肚《はら》の内に捏《こ》ね回《まわ》していると、佐市郎が「あはは」と笑った。

「えいやないか。おまんは強いけんど、もっと強うならんと出世もできんがやき」

言われて、以蔵は「うん？」と違和を覚えた。いつもの佐市郎は、こうやって上から見下ろすような言い方をしない。以蔵の岡田家に比べて、佐市郎の家は身分が低いからだ。友として付き合ってはいても、その辺りは弁《わきま》えているはずなのだが――。

「ありゃ？」

ふと、以蔵はまた別の違和を覚えた。見下ろされていると感じたのは、態度だけの話ではなかった。そもそも佐市郎の背が普段より高い。何寸かの違いでしかないが、と思いながら佐市郎の足許《あしもと》を見遣る。すると。

「おお？　おまん下駄《げた》なんぞ履きゆうんか。足軽ながに」

土佐藩では身分の取り決めが厳しい。大きくは上士、下士、地下《じげ》浪人の三つだが、上士と下士の中がさらに細かく分けられている。岡田家は下士の中で最上の郷士だが、佐市郎の家は下級の足軽で、苗字《みょうじ》の名乗りも下駄履きも禁じられていた。

それを言うと、佐市郎はさも誇らしそうに「ふふん」と鼻を鳴らした。

「やっと気が付いたんか。わしの父上がのう、昨日、下横目《したよこめ》になったがじゃ」

下横目とは、横目付——目付役の下働きである。紛《まが》うかたなき軽格なれど、役目は役目。岡田家は無役の郷士ゆえ、佐市郎の父の方が格上になってしまったのだ。

「のう、聞いてくれ。近いうちに『井上《いのうえ》』ゆう苗字も認められるがじゃ。これで、ようよう本当の友達になれるちや」

「そうやったがか。そらあ、めでたいねや」

返しつつ、佐市郎の締まりのない笑みに苛立《いらだ》ちを募らせる。と、城下の寺から昼八つを報《しら》せる鐘の音が渡って来た。

「いけん。もう帰らんと」

「お？　そうか、道場通いやったねや。なら、しゃんしゃん行かんと」

「おう。またな」

笑みを作って返し、以蔵は河原を立ち去った。去り際に聡介の頭を右手でぽんと叩く。手には先ほど殺した蛙の滑《ぬめ》りが移っていて、それが幼子の髪にべたべたと付いた。聡介は、何やら気味の悪そうな顔をしていた。

＊

以蔵の家は高知城の北詰、江ノ口川《えのぐちがわ》沿いの七軒町《ななけんちょう》にある。この川は城の堀の役目も兼ね、東流して国分川に流れ込んでいた。国分の河原から自宅までは江ノ口川沿いに三十町ほど、小走りで戻れば四半時《しはんとき》（一時は約二時間）の道のりであった。

家に帰り着くと、父が門前で仁王立ちになっていた。

「この阿呆《あほう》が！　道場へ挨拶に行くて言うちょったがに、どこほっつき歩いちょった」

「すみません」

首をすくめて詫《わ》びると、父は荒々しく鼻息を抜いた。怒りを収めてはいないが、という顔である。

「とにかく行くぞ。急がんと刻限に遅れる」

父はそう言って、すたすたと進んでゆく。歩みはあまりに速く、付いて行くのも骨の折れるところだった。もっとも、それを考慮してはもらえない。遅れたおまえが悪いと、態度で示されていた。

武市道場は家からほんの六町ほどであった。約束の刻限は八つ半（十五時）で、それには十分に間に合っている。父は安堵の面持ちとなって、門を抜けたところで大声を上げた。

「御免。七軒町の岡田にござる」

少しすると、数歩向こうの玄関から若い男が顔を出した。

「これは岡田殿。お待ちしちょりました」

きょろりと大きな吊り目に、凛《りん》と引き締まった涼しげな眉、太い鼻筋が綺麗《きれい》に通った面相には偉丈夫の風格がある。この人が武市半平太であろう。

「以蔵、挨拶しいや」

「武市先生、初めまして。岡田以蔵です」

父に促され、深々と一礼する顔からは力が抜けていた。その姿を目にして何を思ったか、武市は「ふふ」と含み笑いである。

「そがに堅《かと》うならんで構《かま》んちや。何しろ、わしゃまだ小野派の免許も受けちゃあせん」

正式に弟子を取れる身ではないと聞き、少し驚いて父を向く。無言で「だから何だ」という眼差しを返された。

「武市殿の腕は、わしが良う知っちゅう。それに、おまんが学ぶがは剣だけやない。武市殿は徳の高い人やき、そこもしっかり鍛えてもらいや」

それが何より嫌なのだ。が、口には出せないでいる。すると武市が「岡田殿」と声を寄越した。

「今日はまず、以蔵君と二人で話したいがですけんど」

「お。そうですか。なら、わしゃこれで失礼仕《つかまつ》る。阿呆な倅《せがれ》ですき、厳しゅう躾《しつ》けてやってください」

父は武市に一礼し、以蔵に「きちんとやりや」と言い残して帰って行った。それを見送ると、武市が「さて」と笑みを見せる。

「とりあえず、道場に行くか」

玄関に向かって右手へと、武市が歩を進めた。付いて行くと、そちら側には庭がある。屋敷を左手に見て、奥の右手には離れがあり、二棟の間は渡り廊下で繋がっていた。

「この離れを稽古場に使う。まあ入りや」

「失礼します」

一礼して中に進めば、十畳ほどの板間であった。小人数での稽古には不足あるまい。

その中央で、武市と向かい合って腰を下ろす。すると――。

「おまん、蛙らぁ殺《ころ》いて来たがやろう」

開口一番で言われた。以蔵の目が、ぎょっと見開かれる。

「どいて、分かるがです」

武市は「はは」と笑い、こともなげに応じた。

「袴《はかま》の裾に、ちっくと血が付いちょった。それと、蛙の生臭いのが体に染み付いちゅう」

「いや。そりゃあ気のせい――」

「嘘は言わんでえい」

ぴしゃりと遮られた。有無を言わさぬ凄《すご》みがある。だがそれとは裏腹に、向かい合う目は何とも嬉しそうに緩んでいた。

「分かるがじゃ。わしも童《わっぱ》の頃は、ようけ蝦蟇らぁ殺いたき。で？　おまん、どいて殺いた。面白半分かえ？」

「そがなんと違います。わしゃ」

言葉は、そこで止まった。理由を話したところで、きっと分かってはもらえないのだ。

ところが武市は、そんな以蔵を見て、興味を引かれたかのように首を突き出してきた。

「人には訳を言えんか。そんなら、わしが当てちゃる。おまんは……蝦蟇を助けてやったがじゃろう。違うか」

びりり、と背筋が痺《しび》れた。この人は、まさか。

「分かるが……ですか」

分からいでか、と眼差しが返る。以蔵の面持ちが、ぱっと光を孕《はら》んだ。

「そんなら言います。蝦蟇は不細工ですき。あんな姿に生まれて、満足して生きちゅう訳がないですろう。ほんじゃあきに、お釈迦様が仰せの輪廻ゆうものに送ってやったがです」

「やっぱり、そやったか」

袴に付いた血、小袖に染み込んだ生臭さを以て「蛙を殺していた」と見抜くのは分かる。とは言え「何ゆえ殺したのか」まで見抜いているとは思わなかった。

「先生は、すごいお人ですのう」

「そうでもない。おまんには、わしと同じ匂いがあった。それだけの話や」

「先生が、わしと同じ？」

武市が「おう」と大きく頷く。そして声に力を込めた。

「そもそも。命ゆうがは、そがなもんやき。人も同じぜよ」

望まぬ生き方をするのは辛い。苦しい。だが他との関わりを思えば、自分を通してばかりもいられない。だから人は、好むと好まざるとに拘らず、周りに合わせようとする。そこから逃れられずに、なお不幸に陥ってゆく——。

「のう以蔵。わしゃ思うがよ。他人のやり様に合わせなんだら、わしゃ、きっとこの世では生きられん。おまんも同じじゃろう？　けんど、力があればそれを変えられるがじゃ」

「力、ですか」

「今の武士は、それぞれの国で政《まつりごと》に関わっちゅう。ほんじゃあきに頭のえい奴が出世する。けんど、そんでもやっぱり武士ながじゃ。頭で敵《かな》わんでも、剣の腕が立てば上に行ける」

武市は言う。世の頂《いただき》に立てば、誰憚《はばか》ることなく自分を通せるだろう。だが一番になれずとも、少しでも力を付けて出世すれば、それだけ顔色を窺《うかが》う人の数は減るのだと。

「わしゃ、そのために剣を学んできた。分かるか以蔵。自分が望まん生き方をせんためぜよ。自分を曲げとうないがやったら、力が要るがじゃ」

自らの身に照らし合わせれば、この言い分には大いに頷けるものがあった。

たとえば自分は、父の説く「人の道」とやらを体《てい》の良い嘘だと思っている。それでも父は自分より立場が上の人ゆえ、従うのが当たり前なのだ。

父と子である以上、そうした間柄は終生変わることがない。しかしだ。相手が他の者なら話は別であろう。望まぬ生き方を強いられて、苦しみながら生きる。それが力ひとつで変わると言うのなら――。

「先生。わしゃ」

以蔵の目が、生き生きと輝き始めた。そこに武市が苦笑を返す。

「来たばっかりの時は、おまんの顔に『嫌じゃ』ゆうて書かれちょった。けんど、わしゃ分かったがよ。おまんには、わしと同じ匂いがある。ほんじゃあきに自分を明かした」

「はい」

「のう以蔵。わしゃ生まれて初めて、自分と同じ人間に会《お》うたがじゃ。ほんじゃあきに頼む。わしの門弟になって、傍にいてくれんか。一緒に力ぁ付けよう。な？」

「はい！　よろしゅう、お頼みします」

自分と同じ人間に初めて会った。武市はそう言う。

それは以蔵にとっても同じだった。

自分の心、世の人と違う胸の内は、きっと誰にも通じまいと思っていた。だが、分かり合える人はいたのだ。しかも武市は、人としての匂いだけでそれを嗅ぎ取っていた。

この人との繋がりは、生涯に亘《わた》って失いたくない。失ってはならない。その思いに、いつしか以蔵の目には涙が浮かんでいた。

＊

嘉永七年（一八五四）六月。以蔵、十七歳——。

このところ、以蔵の頭にはひとつの考え方が回り続けていた。

蛙ばかり幸せにしてやっても満たされない。人だ。心を嘘で塗り固めた人間を幸せにしてやりたい。自分にならできる。なぜなら心に嘘をついていない人間なのだから。

くだらぬ者を従わせたい。言うことを聞かせたい。この以蔵のために命を使わせ、幸せな死を迎えさせてやりたい。塵《ちり》や芥《あくた》の如き者共にとって、これに勝る幸せがあろうか。然るに、それを成せずにいる。

「わしが、まだ弱いせいじゃ」

武市道場へ向かう道中、ぶつぶつ呟きながら歩いていた。

入門して四年余り、もう武市と手合わせしても五本に二本は取れる。しかし、どうしてもそれ以上にならない。自分が上達すれば、同じように師も強くなっているからだ。

このくらいでは、だめだ。心に従って生きるには、それを裏打ちする力が要る。

「どこまで強うなったら、できるがじゃ。先生ならできるがかのう」

と、向こうから上士と思《おぼ》しき者が進んで来た。

岡田家の郷士という立場は、下士の中では最上である。だが、それでも下士には違いない。上士に非礼があれば小さなことでも酷《ひど》く咎《とが》められる。面倒ごとは損だと、以蔵は道の脇に退いて頭を下げた。

と、上士の後ろに付く者が「はは」と軽い笑い声を上げた。ちらりと目だけ向けてみれば、井上佐市郎である。丸く締まりのない、はっきり言って盆暗《ぼんくら》丸出しの顔が、悠々とした笑みを浮かべていた。

「以蔵、久しぶりやのう」

佐市郎と共にある上士が「知り合いか」と二人を見る。以蔵が「左様です」と返すと、上士は佐市郎に向いた。

「わしゃ先に行くぞ。話は手短にして、しゃんしゃん追っかけて来《こ》や」

足早に立ち去る上士を見送ると、佐市郎はまた「あはは」と笑った。

「すまんのう。近所に住みゆうに、三ヵ月も顔合わせせんかったねや。何しろ、わしゃ忙しい身になってしもうたき」

然り。佐市郎は今年に入って井上家の家督を継ぎ、下横目の役も父から引き継いでいた。そのため互いの顔を見る機会はめっきり減ったのだが、そうすると今度は顔を合わせるたびに「忙しい、忙しい」と繰り返すようになっている。言ってしまえば、藩の役目を得ていることを鼻に掛けているのだ。

幼少から親しんだ間柄ではあれ、こういう態度は鬱陶《うっとう》しい。以蔵は「そうか」と返し、立ち去ろうとした。

「さっきの上士様に、急ぎ、ゆうて言われちょったろう。もう行った方がえい」

「おう。いやあ、まっこと忙しいき。おまんが羨ましいちや。武市の道場で竹刀《しない》らぁ振っちょったら、それで済むがやき」

佐市郎は「またな」と残し、にやけ面で去って行った。

「何や佐市郎の奴」

小さく吐き捨てて、以蔵は再び道場へと向かった。いつもなら武市の許に向かう時は上機嫌なのだが、佐市郎に会ったせいで、今日は苛立ちばかりが募った。

かつての佐市郎は、あれほど嫌な態度を取りはしなかった。ああいうのは、足軽の家格に見合わぬ役を得て以来のことだ。それを思うと、ついつい悪態が口《こ》を衝いて出る。

「頭は阿呆、剣も鈍のくせに。役目じゃち、親父《おやじ》が金で買うたがやないか」

井上家は元々が足軽、小禄の身であった。佐市郎の父はその小禄を切り詰め、切り詰め、時の参政・吉田東洋の一派に取り入るために使って、ようやく下横目の役目を得た。役目を得たら、今度はそれを失わぬようにと、一層の金を使う必要に迫られる。そのせいで長男の佐市郎も次男の聡介も剣術道場には通えなかった。聡介に至っては、養うこともできなくなって、二年ほど前に他家へ養子に出されている。

剣の腕もない、大した頭もない。今の佐市郎には下横目の役と、それによって得た――或《ある》いは勘違いした――気位しかない。昔から友として付き合っていた間柄でも、おかしな具合に見下されれば腹立たしいものだ。

「やけんど」

自分が見下される以上に、どうしても肚に据えかねるものがある。佐市郎が「武市」と呼び捨てにしたことであった。

「阿呆の佐市郎には分からんがじゃ。先生はすごいお人ながに」

道にひとつ唾を吐き、再び道場への道を進んだ。

とは言え、家から道場までは六町ほどの道のりである。既に半ばまで進んでいたとあって、あっという間に到着してしまった。佐市郎に抱いた嫌気は、それればかりの間に消えるものではなかった。

苛立ちを抱えたまま門をくぐり、いつものように庭へ回る。と、今日は左手の母屋、一番奥の六畳間に武市の姿があった。あと少しで七月、暦の上では秋も近い頃だが、昼の間はまだ相当に蒸し暑い。障子は開け放たれていた。

「先生。白札《しろふだ》と足軽の下横目は、どっちが上ですろうか」

武市は郷士の中でも上士扱いを受ける「白札」身分である。敬慕する人が佐市郎より上だと確かめるための問いであったが、返されたのは呆れ顔であった。

「以蔵、この不作法者が。挨拶もせんうちから何言いゆう。客の相手をしちゅうに、見て分からんがか」

はて、客とは。部屋を見て「ああ」と思い当たった。部屋のこちら側、手前の障子の陰に誰かいるのだ。以蔵は首をすくめて恐縮の体になった。

「失礼しました。申し訳ございません」

他の者が相手なら、こうも潔く謝りはしない。だが武市だけは別だった。武市も武市で、謝ればそれ以上には咎めない。今日も「やれやれ」とばかりに苦笑を見せた。

「まっこと、おまんは。自分が『こうしたい』思うたら歯止めが利かん」

と、客人であろう、障子の陰から「うわはは」と豪快な笑い声が聞こえた。

「構《かま》んちや武市さん。さっき以蔵って呼んじょったけんど、いっつも『弟みたいなもん』言いゆう門弟ろう？　なら、わしにとっても似たようなもんじゃき」

明朗で張りのある、軽やかな声だった。その客が「どれ」と廊下に出て来る。癖毛を雑にまとめただけの総髪で、背が高く胸板も厚い。瓜実顔《うりざねがお》に眉は太く、細い目が凛と光っていた。もっとも話し方や動き方には、どこか落ち着きのないものが見え隠れする。

「坂本龍馬じゃ。おまんの名は、武市さんの文で何べんも見ちゅうぞ」

龍馬と名乗った男は興味深そうに歩み寄り、裸足《はだし》のまま庭に下りると、以蔵の肩や腕、太腿などにぺたぺたと触れていった。最後に「なるほど」と頷き、肩をパンと叩く。

「良う鍛えちょるねや。強そうな体じゃ。歳は？」

「十七を数えました」

「わしゃ十九や。そんなら、やっぱり弟みたいなもんぜよ」

部屋にある武市が「落ち着け」と眉を寄せ、手招きをする。龍馬は「おまんも上がりや」と以蔵の手首を摑《つか》み、部屋に引っ張り込んだ。

「まあ座れ。面白い話、聞かしちゃるきに」

龍馬の声に従って入り口近くに腰を下ろす。武市は「その前に」と面持ちを改めた。

「わしゃ、以蔵を弟のようじゃ言うたつもりはない。そがに言いゆうは、お富《とみ》じゃ」

武市は当年取って二十六、既に富という妻がある。以蔵はこの女に対しても、師に対するのと同じ物腰で接してきた。それが女の情に心地《ここち》好く触れたのか、富はすぐに以蔵を気に入って「弟ができたみたい」と口にするようになっていた。

龍馬は「お富さんかい」と言いつつ、いささか怪訝《けげん》な面持ちである。

「同じことやろ、夫婦《めおと》ながやき。武市さんは以蔵が嫌いながか？」

「そがな訳あるか。大事な一番弟子ぞ」

「なら、やっぱり同じちや」

龍馬がげらげらと笑い、武市が軽く咳払《せきばら》いをした。置いてけぼりを食った格好の以蔵は、武市に「あの」と声を向ける。

「お二人は、どういう間柄ながですか」

「お。ああ、すまんな」

武市の妻・富は山本《やまもと》という家の出である。そして龍馬の父も同じ山本家の男で、婿《むこ》養子として坂本家を継いだ。二人は富を介して遠縁に当たるのだという。

「それが分かったら、次は面白い話の方じゃ」

龍馬の目つきが少し変わった。そこはかとなく落ち着きがないのは同じだが、真剣そのものの眼光がある。

「のう以蔵。黒船、知っちゅうか」

「話には。何でもアメリカらぁいう国の」

曖昧に頷くと、傍らから半平太が「そうじゃ」と応じた。

「前にも、ちっくと話したとおりぞ。幕府はアメリカと条約を結んだ」

日本とアメリカ、互いの交友に関わる和親条約である。今年の三月であった。武市は言う。本当に友好を結ぶのなら悪いことではないのだが、と。

「西洋は信用ならん。仲良うしよう言うて門開かせて、土足で踏み込んで悪さするがじゃ。見え見えの話ながに、どいて御公儀はそれが分からん」

海の向こう——唐土《もろこし》の清《しん》王朝も同じように蚕食《さんしょく》され、半ば乗っ取られているという。先例がありながら何ゆえ学ばないのかと、武市の嘆きは深い。

以蔵は軽く首を傾げた。つまりアメリカは日本を奪おうとしているのだろう。言ってしまえば敵だ。そういう者と交わって得はないはずである。

「あの、先生。龍馬さんも。どいてアメリカは、そがなことするがですか」

「切支丹《キリシタン》の神さんが『そうしてもえい』言いゆうがじゃと。自分らぁは神さんに従いゆうき正しい、ちゅうのが西洋の理屈じゃ」

吐き捨てるような武市の言葉に、以蔵は「なるほど」と頷いた。

どうやらアメリカ人にも良心というものがあるらしい。他の国を荒らして自らの益とすることが後ろめたいのだ。だからこそ神を持ち出し、自らの心を救おうとする。反吐《へど》の出る嘘だ。強い者が奪って何が悪いと、開き直る方がよほど清々しい。その思いで素直に発した。

「ならアメリカの奴らぁ、殺《ころ》いて追い払ったらえいですろう」

すると、武市が「お」と目を見開いた。

「攘夷か。わしも、それがえい思うちょったがよ」

「攘夷、ちゅうがですか」

「おう。夷狄《いてき》を攘《はら》う、ちゅう意味じゃ」

と、龍馬が「待て待て」と泡を食った顔を見せた。

「おまさんらぁは黒船を知らんき、そがなこと言えるがじゃ。わしゃ、あの船を見ちょるきに分かる。日本が今のままやったら、とても勝てんちや」

龍馬は最近まで、十五ヵ月に亘って江戸で剣術の修業をしていたそうだ。黒船の来航は昨嘉永六年（一八五三）六月のこと。江戸に着いて間もないうちに斯様な事態に行き当たり、度肝を抜かれたという。

「日本も変わらんといけん。ほんじゃあきに、武市さんも江戸で色々学んで欲しいがよ」

武市は先から見開いていた目を「む」と引き締め、少し考えて返した。

「ちゅうても、剣術修業の名目では臨時御用も得られんろう。黒船相手なら大筒《おおづつ》やろうし」

龍馬は「なあに」と胸を張った。

「江戸の中屋敷で小耳に挟んだがやけんど、この先は江戸湾の警護ちゅう名目で臨時御用を言い付けるらしいがです。藩公も、皆ぁに天下の動きを学ばしたいがですろう」

「おお、それなら」

武市はひとり「うむ、うむ」と頷いて、何か考えているらしい。龍馬はその姿を満足そうに見て、以蔵に目を向け直した。

「のう以蔵、下横目と白札はどっちが上か聞いちょったな。やけんどこの先、そがなんはきっと関係のうなるぜよ」

誰にどういう能があるか、誰が如何《いか》なる働きをするか、それ次第で人の上に立てる世になるだろう。そういう者になって世を導かねばと、龍馬は目を輝かせた。

以蔵は唸《うな》った。子が親に従う。身分の低い者が上の者に従う。それが変わろうとしていると言うのか。他の者に成せぬ何かを成せる者、純粋に力ある者が上に立つ世になるのだと。そういう世なら、自分も人の上に立てる。

佐市郎の如きは、もう問題ではない。全ての人が相手だ。心を嘘で塗り固めた人間を、河原の蝦蟇蛙と同じように導いてやりたい。くだらぬ者、塵や芥の如き者共を幸せにしたい。その思いを、遂げられるのではないか――。

思う傍ら、武市が「よし」と大きく頷いた。

「決めた。藩に掛け合うて、臨時御用をもらう」

以蔵は勢い良く身を乗り出した。

「先生。わしは？」

「以蔵も行くか。やけんど白札と並の郷士は扱いが違う。おまんに御用が出るんは、わしよりちっくと後になるろう。それでえいか」

「えいです。お頼みします」

それから間もなく、土佐藩は上士・下士を問わず臨時御用を申し付けるようになった。もっとも、あまりに多くの者が御用を請願したために順番待ちとなり、武市と以蔵の江戸行きはしばらく後にならざるを得なかった。

二　以蔵と江戸

土佐藩北会所、尋問小屋――。

以蔵の話を聞きつつ、聡介は帳面に筆を走らせた。掻《か》い摘《つま》んで箇条書きである。必要なことを記し終えると、眉を寄せて自身の頭に手を遣った。

「……長いこと忘れちょったけんど、思い出いてしもうた」

「何をじゃ？」

きょとんとした以蔵の顔に、嫌気を湛《たた》えた目を向けた。

「子供の頃の話じゃ。おんしに頭ぁ撫《な》でられた後、酷う、べたべたしちょった」

「ああ、そりゃ蝦蟇のヌルヌルじゃ」

「気色の悪い」

面持ちが渋く歪んだ。あれから十四年、幾度も髪を洗ってはいるが、未だに生臭い滑り気が取れていないのではないかと思える。

それはそれとして、ひとつ気になることがあった。

「のう以蔵。武市も蝦蟇ぁ殺《ころ》いた、言うちょったな」

「おう。何しろ先生は正しいお人やき」

「何が、どう正しいちゅうがか！」

以蔵が驚いた顔を見せた。聡介の怒鳴り声に対して、ではない。蛙を殺すのが正しいことではないと、その言葉に対してのみ驚きを示している。

やはりそうだ。この男は、おかしい。それは連行されて来た日に分かっていたが――。

いや。幼い頃なら話は分かるのだ。蛙や虫、みみず、鼠《ねずみ》など、小さく弱い生きものを殺した覚えは、誰にでも一度くらいはあるだろう。幼子は邪気と残酷の塊だ。それが顔を出した記憶は、他ならぬ聡介にもある。

しかしだ。十歳を過ぎる頃になれば慈悲の心が育ち、無益な殺生《せっしょう》は慎むようになるものだ。あの河原でのことは以蔵が十三歳の時だった。その歳でなお続けている者があるだろうか。しかも殺生に輪廻だ転生だと理屈を捏ね、だから自分は正しいと考える者など他には知らない。

聡介は大きく息をついて少し胸を落ち着け、くたびれた声を出した。

「同じ殺すにしてもじゃ。細切れに斬り刻むらぁ、人でなしのすることろう」

「ほんでも先生は、ご自身もやっちょったて仰せやった。わしを咎めざった」

武市もおかしいからだ。そう言いかけた言葉が止まった。

「そりゃ武市も――」

然り。武市も、おかしいのだ。

南会所に出向いて、通り一遍の取り調べをした日を思い出した。高飛車に言葉を連ねて相手を黙らせ、呑《の》み込むような目つきで睨み据える。武市のそうした物腰は詐術の手管だとばかり思っていた。

だが、あの時の武市の目つきは何だ。蛇の如き眼光に怯んだ自分は、まさに呑み込まれんとする蛙だった。牢の格子に遮られていなかったら、殺されていたのかも知れない。

ぞっとする。心の底から迫る寒気を堪え、奥歯を嚙《か》み締《し》めながら吐き捨てた。

「……おんしら師弟は、まっこと似た者同士ぜよ」

すると以蔵の目が、喜色を湛えて輝いた。

「そう、そのとおり！　似ちゅうどころか同じ人間やて、先生もよう仰せやったがよ。通じ合《お》うちょったがじゃ、わしらは」

この姿をどう捉えれば良いのだろう。

自分が死罪になると分かっていながら、わざわざ捕縛されたと言っていた。全てを白状すれば武市が重罪に問われ、死罪になるだろうことも承知していると。

では武市に罪を認めさせたいのかと問えば、それは違うと答えていた。武市を助けたい。死ねば助かる、幸せになれるのだと、訳の分からないことを。

以蔵は昨年の一月に脱藩して土佐勤王党とも袂《たもと》を分かった。こういう男だから、或いは武市に見限られたのではないか、とも考えた。

だが今の以蔵を見よ。師と似ていると言われ、これほど嬉しそうにしている。もし見限られたのなら、少しなりとて不平や恨みはあって然るべきところだ。然るにどう見ても、この男は未だに武市を慕っている。

だとしたら、以蔵は。

武市の救いは死であると、それで幸せになれると、本当に信じているのだ。蛙の話と同じで、死して輪廻の輪に入るのは命としての幸せであるということなのか――。

「なあ、なあ聡介。わしと先生が似ちゅう、いう話な。そがなこと江戸でもあったがじゃ。聞きたいか？　聞きたいろう」

嬉々《きき》とした笑みを浮かべながら、どこか虚《うつ》ろな眼差しで身を乗り出してきた。以蔵の両脇と後ろ、獄卒の同輩たちが不安と戸惑いの面持ちになっている。

どうしたものだろう。日を改めるべきか。

いや。だめだ。尋問を始めて半時と経《た》っていない。このくらいで日を改めていては、いたずらに時ばかりが過ぎてしまう。

以蔵の言い分、全てを白状することの理由とやらが嘘だとしたら、ここで見せている態度は全て時を稼ぐためと言えよう。武市への刑罰を先送りにすべく、藩庁に無駄を強い、無為に月日を潰させる肚と考えられる。やはり今日のうちに、少しでも多くを聞き出さねば。

「よし……聞かしや。江戸でのこと」

「面白い話、幾つもあるがじゃ」

聡介は胃の腑《ふ》に重苦しさを覚えながら促した。

対して以蔵は、誰が見ても乗り気な様子であった。

＊

安政三年（一八五六）七月下旬。以蔵、十九歳――。


「えい」

「やっ」

武市道場に幼い声が響く。十歳くらいの門弟が三人、以蔵の座る前で木刀の素振りを繰り返していた。

始めは以蔵だけだった門弟も、今では他に四人いる。二年前、武市が小野派一刀流を皆伝となり、正式に迎えた弟子たちであった。今日のように武市が留守の日は、代わりに以蔵が稽古を付けることも多い。

「よし、やめい。次は木刀を構えたまんま、摺《す》り足《あし》で道場を十周しいや」

三人が「はい」と応じ、一列になって回り始める。

二周半ほどした頃か、武市が帰って来た。新たに取った四人の弟子の中、一番年長のひとりが供を務めていた。

「ただいま。皆、きちんと稽古しちょったか」

すると皆が「先生」と声を上げ、摺り足をやめて寄り集まって行く。

「おい。誰がやめてえい言うた」

以蔵は眉を寄せて三人の弟弟子を咎めた。しかし武市は上機嫌で「構《かま》ん」と言う。

「今日の稽古は終《しま》いじゃ。わしゃ以蔵と話があるき、他の者はもう帰ってえい」

こちらを向き、眼差しで「来い」と示す。従って母屋に向かえば、応接に使っている六畳敷きに招き入れられ、障子が閉められた。

なるほど、どうやら――以蔵は膝詰めで武市と向かい合い、短く問うた。

「ようよう、ですか」

「ああ。臨時御用じゃ」

期限は最大で十五ヵ月。武市については、出立の日取りを好きに決めて良いと認められたそうだ。一方、以蔵は二ヵ月近く先の出立と定められたらしい。上士扱いの白札と無役の郷士、家柄の差であった。

「そんでな。わしゃ支度ができ次第、江戸に行くことにした」

「え？　一緒に行ってくれんがですか」

不平の面持ちに向け、武市は「聞き分けろ」と目元を引き締めた。

「世の動きが激しゅうなってきた。土佐で油を売っちゅう訳にはいかんがじゃ」

武市は言う。幾年《いくとせ》か前に日米和親条約が締結されただろう、と。

その際、幕府は諸藩に意見を募って開国の是非を問うた。これについては、ほとんど全ての藩が「開国已《や》むなし」と判じた。幕府には開府以来重んじられてきた譜代の臣と、脇にやられてきた外様《とざま》がいる。譜代の面々は常に旧状を守ろうとして、外様は革新を望んできたが、アメリカへの対応については、幕府の論は統一されていた。

「そうするしか、なかったがじゃろう。日本が変わらんと戦《たたこ》うても勝てん……龍馬が言いよったことは、殿様方の目から見ても正しかった訳じゃ」

しかし昨今、状況は大きく変わり始めていた。

この七月二十一日、アメリカ総領事としてタウンゼント・ハリスなる者が伊豆《いず》の下田《しもだ》に来航したという。土佐に一報があったのは、ほんの二日前であった。

「紅毛人《こうもうじん》の手口らぁ、分かりきっちゅう」

隣の清国を見よ。西欧諸国は――この場合は英国だが――まず、互いに親しくしようと言って国交を開かせ、次いで相互の通商を求めた。その上で圧倒的な財力にものを言わせ、清の産物を買《か》い漁《あさ》る。さらには清の民に、自分たちが欲するものを多く作るよう求めた。

その支払いに、金銀ではなく阿片《アヘン》を渡した。無理強いであった。嫌なら攻め込むぞ、と。

やがて清の民は阿片の毒に冒され、進んでこの禁断の薬を求めるようになった。英国は阿片を売り捌き、清から金銀を吸い上げた。

「そうやって、国も民もぼろぼろにされてしもうたがよ」

ハリス領事の赴任は、日本を清と同じ袋小路に追い込むための第一歩だ。放って置けば、幕府は通商条約を結ばされてしまうと武市は言う。

「けんど、日本にも目の開いた人らぁはおる」

西洋人と戦って追い払えと唱える者――攘夷派こそが、それだ。誰あろう時の帝《みかど》・孝明《こうめい》天皇が筋金入りの攘夷論者である。長州藩や水戸《みと》藩にはそれに賛同する藩士も多い。

「皆ぁが帝を敬《うやも》うて、この国を守ろうと必死になっちゅう。なのに幕府は何をしゆうがか。紅毛人を追い払う算段のひとつも立てちゃあせん」

以蔵は「はあ」と気の抜けた返事をして、背を丸めた。

「わしには難しい話らぁ分かりません。けんど、いつか龍馬さんが言うちょりましたねや。能のある者が上に立って、国を率いるがやて」

「そう、それじゃ。わしゃ一刻も早う勤王の面々と語り合うて、日本の力になりたい。ほんじゃあきに、先に江戸へ行かしてくれ」

「まあ……はい。先生がそう仰せなら、わしゃ従うだけです」

武市の江戸行きに伴い、道場は七月一杯で指導を休止することになった。四人の弟子たちは武市の師匠筋に預けられる。

そして八月七日、武市は江戸に向けて発《た》った。幾人かの郷士たちが同道していた。

頃合同じく、坂本龍馬も再度の江戸遊学に向かった。前回の遊学で臨時御用を得ていたため、今度は自費での出立であった。

皆を見送ってひと月半後の九月二十日、ついに以蔵の旅立ちとなった。

「剣も、世のことも、良う学んで来いよ」

父が感無量といった様子で声をかける。以蔵は「はい」と素っ気なく応じて高知城に向かい、数人の郷士と共に旅路に就いた。

高知から北上して讃岐《さぬき》に入る。瀬戸内の海に至れば船に乗り、対岸の備前《びぜん》岡山へ。以後は東へ陸路を取り、京に入った。

幾日か京見物をしてひと休み、また東へ進む。近江《おうみ》から鈴鹿《すずか》峠を越えて伊勢《いせ》に入り、船で尾張《おわり》へ渡る。あとは東海道を進むだけであった。

十月十五日。以蔵は品川宿《しながわじゅく》に到着した。

東海道を東下して、ここが最後の宿場である。昔は寂れた漁村だったらしいが、今では旅籠《はたご》の他に料理屋や遊女屋が軒を連ね、通り沿いは猥雑《わいざつ》な空気に満ちていた。

品川には土佐藩の下屋敷があり、ここに入って到着を報告し、一夜を明かす。そして翌朝、築《つき》地《じ》の中屋敷に向かった。

だが、そこに武市の姿はない。以蔵を出迎えたのは坂本龍馬だった。

「おお！　来たか以蔵。いやあ、待っちょったがよ」

こちらの姿を見るなり小走りで寄って来て、肩や背中をバンバンと叩く。歓迎されているのだから悪い気はしないが、少し痛い。

「龍馬さん、武市先生は？」

「今は剣術の修業に行っちゅう。わしゃ今日が休みやき、代わりに出迎えたがじゃ」

武市と龍馬は、江戸で師事する道場が違うらしい。武市は鏡心明智流《きょうしんめいちりゅう》・桃井《もものい》春蔵《しゅんぞう》の士学館《しがくかん》、龍馬は北辰一刀流《ほくしんいっとうりゅう》の千葉定吉《ちばさだきち》道場に通っているという。

臨時御用を名目とした遊学のため、剣術修業は朝から昼までというのが藩の方針であった。午後は本来の役目、江戸湾警護に当たることを求められる。とは言え警護の必要もないのに台場に詰める訳もなく、これも建前らしい。

「毎日いう訳やないけんど、江戸見物に行く日が多いねや。武市さんが帰って来たら、おまんも連れてってもろうたらえい」

もっとも以蔵にとって、それは気の進まない話であった。

「いや……わしゃ遠慮します。ちっくと疲れちゅうき。それより築地は海が近いんですろう。中屋敷に釣り竿《ざお》らぁ、ありますろうか」

「海でのんびりするか。それもえいろう」

釣り竿なら武家長屋にあるらしい。中屋敷の塀際を巡るように普請された、櫓《やぐら》の如き建物である。そこに導かれると、同道の同輩たちも各々、縁ある人の部屋に向かって行った。

「以蔵はこっちじゃ」

手招きされて一室に入る。龍馬はもう押入れを開けて、ごそごそやっていた。

「あった。これじゃ」

渡されたのは竹の延《の》べ竿《ざお》ではない。あまり値の張るものではなさそうだが、きちんと職人の手で作られた継《つ》ぎ竿《ざお》の袋であった。

「ちゅうても、皆が帰って来るまで待っちょきや。挨拶ばあ、せん訳にはいけんやろう」

「そりゃまあ、そうです」

道中の話をあれこれ問われて答え、当たり障りのない会話を交わす。そうするうちに、士学館に通う面々が帰って来た。

「おう、来たか以蔵」

武市の他に二人いる。ひとりは大石弥太郎《おおいしやたろう》といい、武市の友らしい。真四角の顔に両目の離れた面相であった。もうひとりは山本琢磨《たくま》といい、武市の妻・富の従弟《いとこ》に当たるのだという。瓜実顔に優しげな——武士としては少し頼りなげな——面差しは、なるほど富に少し似ていた。

「ほんじゃあ以蔵君を歓迎がてら、今日は見世物《みせもの》小屋にでも繰り出すか」

山本が嬉しそうに言う。龍馬が「だめじゃ」と苦笑した。

「旅の疲れもあるがやと。今日は釣りに行ってのんびりしたい、言いゆう」

以蔵は「すんません」と頭を下げ、皆が江戸見物に繰り出すのを見送って、海に向かった。

釣り糸を垂れて、ぼんやりと過ごす。

もっとも潮目が悪いのか、小魚の一尾も掛からない。魚を釣りたいだの食いたいだの、そういう理由で来た訳ではないのだが、いささか退屈になってきた。

「何ぞ面白いこと、ないかのう」

辺りをゆっくりと見回してゆく。左手の少し向こう、波が白く崩れて打ち寄せる際に、異形の生きものが転がっていた。

「雨虎《あめふらし》じゃ」

ぶよぶよした丸い体と、頭に飛び出た二本の角。総身が薄黒く、どこも彼処《かしこ》も不気味に柔らかい。大きさは五寸ほどで、この生きものとしては小さい方だ。

以蔵はそれを持ち上げ、しげしげと眺めた。

「おまんら、どこの海でも不細工な奴らぁじゃねや」

次いで両手で引っ張ってみたり、角を摘んで振り回したりする。雨虎は何とも無様に、もぞもぞと身を震わせた。

「そうか。幸せになりたいかえ」

呟きひとつ、以蔵は大きく口を開き――。

雨虎の頭を食い千切り、胴を食い千切り、全てを吐き出しては海に流した。面持ちが、にたにたと歪んでいた。

＊

以蔵は武市と同じ士学館に通い、鏡心明智流の剣を修業した。自分を理解してくれる人、心を通わせられる唯一の人と同じ道場での修業は、以蔵にとって当然のことであった。

とは言えこの道場は、武市に言わせれば「あほう塾」であった。江戸三大道場のひとつに数えられるだけあって、内弟子たちの剣術は一流である。しかしながら、行状の定まらない者が多い。それらの面々は世の動きにも興味を持たず、稽古が終われば遊《あそ》び呆《ほう》けるばかりだった。

そんな次第で、武市は努めて士学館の面々と交わろうとしない。道場主の桃井春蔵に技の手ほどきを受けると、その後の鍛錬には土佐の面々を選んで稽古の相手としていた。

武市がそうしている手前、以蔵も士学館の者とはあまり親しくしていない。今日の稽古も、藩邸で共に寝起きする島村衛吉《しまむらえきち》が相手であった。

「衛吉さん、行くぜよ」

「おう。来い」

左手に短い竹刀を持ち、手首を素早く動かして島村の竹刀に打ち込んでゆく。摺り足で前に進むと共に上から叩き、次には下から払い上げ、これを幾度も繰り返した。鏡心明智流の小太刀《こだち》切り返しである。

「お。やっ。ほっ」

技を教わって間もないせいか、島村は軽々と受け流してゆく。そればかりか、受けながら猿の如き動きを織り交ぜていた。

以蔵は呆れて、打ち込みの手を止めた。

「何しゆうがです。真面目にやっとうせ」

島村は縦に長い四角の顔を緩め、軽く笑った。

「おまんの技が眠たいき、いけんがじゃ」

未熟なのは承知している。が、眠たいとまで言われて黙っている訳にもいかない。

「言うたね。ほんなら、これでどうや」

再び左手の打ち込みを始める。少しばかり型は乱れているが、打ち込みそのものは先ほどの倍ほども速くなっていた。

「お。おお、こりゃあ」

さすがの島村も、今度はふざけた真似をするほどの余裕はないらしい。防戦一方で、じりじりと後ずさりを始めた。いざ、ここで――。

「一本、取っちゃる」

以蔵は切り返しの動きから、一気に踏み込んで突きを繰り出した。しかし。

「甘いちや！」

島村はその一撃を、自らの竹刀に絡めるように滑らせて払い、難なく往《い》なした。

「うわっとと」

以蔵が軽く蹈鞴《たたら》を踏む。それと見て島村は少し飛び跳ね、上段から激しく打ち下ろしてきた。竹刀のぶつかる音——以蔵の得物が叩《たた》き落《お》とされた。

手が、じんと痺れている。島村が分厚い胸を反らせて「わはは」と笑った。

「どうじゃ。見たか」

「今のは？　鏡心明智流ながですか」

「いや、我流や」

そうだろうな、と得心した。武市の小野派一刀流でも、この士学館でも、飛び跳ねてからの打ち込みなど見たためしがない。

「衛吉さん、この我流はどうやろ思いますよ。隙が大きすぎるちゃ」

「お？　避けられざった奴が何言いゆう」

「そりゃあ偶然ちや。一発の力は確かに凄かったけんど、その前によろけざったら間違いのう避けちょりました。だいたい、何でわざわざ飛んでから打つがです」

島村は、さも当然とばかりに応じた。

「その方が力が乗るき。力こそ強さぜよ」

「ほいたら、次はわしが速さで勝って見せるちゃ」

「言うたねや」

では、と再び剣を交える。以蔵は変わらず小太刀切り返しで、先よりなお速さを上げて打ち込んでいった。

「どうです」

「まだまだ」

何の、と打ち込みの速さを上げる。そして不意に再びの突きを繰り出した。これも前回よりずっと速い。ところが以蔵の一撃は、またも防がれた。先と同じ、竹刀に突きを絡めるようにして滑らせる往なし方である。

「む！」

以蔵は踏み込んだ足を踏ん張り、よろめきそうになる勢いを殺した。そして、飛び上がって打ち下ろそうかという島村の胴を払いに掛かる。

「どうじゃ！」

「甘い！」

胴払いは、打ち下ろしの竹刀に叩かれた。此度《こたび》も以蔵の得物は打ち落とされていた。

「どうじゃ以蔵。速さも力でどうにかなる。やっぱり力こそ強さぜよ」

島村が、からから笑う。その声に重なるように、築地本願寺《ほんがんじ》から届く午《うま》の刻（十二時）の鐘が重なった。今日の稽古はこれまでである。

と、左手の少し向こうから、武市の縁戚に当たる山本琢磨が「おうい」と声をかけてきた。

「衛吉さん、以蔵。稽古も終わったき、この後どうや」

遊びに行かないかという誘いであった。中屋敷に到着した折に龍馬が言っていたが、剣術修業が終わると土佐の面々は思い思いに遊びに出る。声をかけてきた山本琢磨は特に遊び好きで、数日に一度は芝居小屋や見世物小屋、時には岡場所《おかばしょ》にも繰り出すほどだった。

「おう、行くぞ」

島村が右手を上げて応じ、以蔵に目を向けた。

「おまんは？」

「いえ。わしゃ蕎麦《そば》でも食うて帰ります」

今日に限ったことではなく、以蔵はあまり遊びに出なかった。それというのも、武市が士学館の内弟子を苦々しく思っているのが大きい。遊びに感《かま》けて「あほう」の仲間になるなと、常々口酸っぱく言われている。

その辺りを知っているがゆえか、島村は「何や」と苦笑の面持ちであった。

「武市さんが怒るき、かえ？」

すると山本もこちらに歩みを進めて来て、島村と同じような顔で溜息をついた。

「半平のあにさん、堅物やきのう。真面目なだけらぁ、つまらんろうに」

島村と山本は薄笑いで「なあ？」と頷き合い、以蔵を残して町に繰り出して行った。

道着や竹刀を片付けながら、以蔵はぽつりと呟いた。

「堅物でも、おまさんらぁより偉いちや」

以蔵の知る限り、武市は遊びに出るのを好まない。皆との付き合いで仕方なく町に繰り出す日はあれど、多くて月に二日である。では稽古の後は何をしているのかと言えば、長州や水戸、薩摩など諸藩の中屋敷を訪ね、国論を戦わせるのが常であった。

＊

安政四年（一八五七）七月二十八日。以蔵、二十歳――。


江戸に来てから一年近くが過ぎていた。

今日は武市の国論に付き合わされている。難しい話は苦手なため、いつもは理由を付けて断っていたが、毎度という訳にもいかない。武市が付き合いで遊びに出るのと同じで、やはり月に二度、三度は供をする日があった。

「そもそも、江戸にゃあ不真面目な輩《やから》が多いいんや。帝を敬《うやも》うて一枚岩にならんにゃ、欧米に呑み込まれるばっかりやないか」

長州藩邸の武家長屋に忌々《いまいま》しげな声が響いた。いつものことながら、以蔵の耳にはただ不平を吐き出しているとしか聞こえない。実を伴わない、議論のための議論に終始している。

そうした中、ただ座っているだけというのは辛いものだ。武市の体面を損なってはならじと欠伸《あくび》を噛み殺しているが、これでは退屈を堪える修業に等しい。

「幕府は弱腰じゃ。この間、ついにハリス領事を江戸に入れると決めたそうやないか」

「水戸のご隠居様が『許さん』言うて、食い止めてくださっちょったんにのう」

アメリカ総領事・ハリスは伊豆下田に領事館を宛《あて》がわれ、長らく留め置かれていた。水戸のご隠居様――徳川斉昭《なりあき》を始め、江戸への入府に反対する者が相応にいるからだった。

しかしハリスも一国の代表とあって、容易《たやす》く引き下がりはしない。大統領の親書を提出するべく、江戸への出府を要望し続けていた。

この七月、ついにそれが認められたのだという。

「大方、アメリカの軍艦が下田に来たけぇ、恐あなったんじゃ」

長州藩士たちの声を聞き、武市が「そのとおり」と大きく頷いた。

「親書云々《うんぬん》は偽りじゃ。奴らの狙いは日本を清国と同じにすることやき。どいて幕府はそれが分からんがか」

「腰抜けの幕閣共めら。西洋人の決めた万国公法に則《のっと》って付き合やあ問題ないって言いよるが、腰抜けが腰砕けになっただけやないか」

長州の誰かが苛立って声を荒らげた。相変わらず不満を捏ね回すばかりである。以蔵はうんざりして、抜け出す理由を探して頭を働かせた。

しかし、その辺りから少しばかり話の向きが変わってきた。

「なあ武市君。わしらは藩公を動かして、長州の藩論を勤王に一統することに決めたんじゃ」

「一藩勤王の藩が多いくなりゃ、逆に幕府こそ言うこと聞かんにゃいけんようになる。それを目指そうっちゅう話になってな」

長州の面々は言う。国許《くにもと》には吉田松陰《よしだしょういん》という学者がいて、日本のあり様《よう》を改めるべく、藩の若者に勤王と攘夷を説いている。長州の一藩勤王は絵空ごとではない、遠からず藩論は統一されるだろうと。

土佐はどうだ。勤王の志《こころざし》を持つ者はどれだけいる。問われて、武市は「ふむ」と頷いた。

「松陰先生のように教え導く者はおらん。けんど、土佐にも勤王の心を持つ者は当然おる。数も少のうないはずじゃ」

今は個々の者が胸に思いを温めるのみだが、誰かが旗を振れば皆を束ねられるだろう。そうやって数に力を与えれば、いずれは藩公を動かし得る。勤王の藩を増やして幕府を動かすという、長州の考え方と同じである。武市はそう言って、長州の面々に深々と頭を下げた。

「いやあ、ありがとう。今日もえい議論ができたがよ。近いうちに、また参ります」

どうやらこれで終わりらしい。以蔵は最後まで口を開かずに終わった。

こうした日々の中でも、以蔵の剣術はめきめき上達していった。二ヵ月前の閏《うるう》五月、鏡心明智流の初伝に当たる「二之目真剣極意《にのもくしんけんごくい》」の目録を得ている。

武市はそれより二ヵ月余り早く、もうひとつ上の「五重巻《いつつえのまき》」目録を得た。江戸にいる間に最上の「九重巻《ここのえのまき》」を目指すつもりらしい。

以蔵は違った。目録にはあまり興味がない。武市を慕い、武市と共にありたいからこそ剣術を学ぶのである。

一方で、それは武市が熱中する国論と無縁ではなかった。

かつて坂本龍馬が言った。日本は変わらないといけない。そして、きっと変わる。能ある者が国を率いる世になるのだと。

以蔵は思う。龍馬の言うとおりになるのなら、日本を導くのは武市であるべきだ。自分を分かってくれる人が上に立たねば、世がどう変わろうと居心地が悪い。

だから、武市を支えなければ。あの人を世の頂に押し上げるのだ。さすれば一の弟子たる自分にも、くだらぬ者を幸せに導いてやるくらいの力は与えられるはず。

ゆえに新たな目録など必要はない。これまで会得した技に磨きをかけ、ここぞのところで武市の力になれる方が大事であった。

その思いで修業を続け、八月二日を迎える。

この日、以蔵はひとり士学館で稽古に励んでいた。いつもは島村衛吉を相手にするのだが、今日はその島村が稽古の場にいない。仕方なく士学館の内弟子・田那村作八《たなむらさくはち》に頼み、小太刀切り返しの技を磨いていた。

以蔵の剣は、この技を教わった頃に比べてずっと速く、強くなっている。それゆえか、切り返しが少しばかり速さを増すと、田那村は呆気《あっけ》なく音《ね》を上げた。

「待て、待て岡田！　ちょっと休憩だ」

「いかんちや田那村さん。こがに短《みぞ》い間の打ち込みじゃ稽古にならんぜよ」

不満を口にするも、向こうは下がり目に吊り眉の厭《いや》らしい顔つきで、軽く「はは」と笑うのみである。申し訳ない、という気持ちすら抱かないらしい。

「おまえの上達が早すぎるんだ」

「気楽に言うねや」

溜息が漏れた。島村が相手なら、汗だくになるまで打ち込んでも「まだ足りない」「あと百本」と言われるのに。

「俺じゃあ端《はな》から相手にならん。それが分かっていて頼んだんじゃねえのか。ええ？」

「他に人がおらんき、暇そうな田那村さんに頼んだだけや」

田那村は「ご挨拶だな」と苦笑して、ひとつを問うた。

「ところで島村の奴、何で今日はいねえんだ？　あいつが休むなんざ珍しいじゃねえか」

「武市先生と一緒に、小石川で国論や言うちょりました。昼までしか時間が取れんき、しゃあないがやて」

小石川には水戸藩の上屋敷がある。身分の高い者が多い場所で、会うのもそういう面々なのだろう。相手の都合に合わせねばならなかったようだ。

「なるほどね。おまえは行かんで良かったのか？」

「国論は退屈ですき、大概は断っちょります」

「じゃあ稽古も切り上げたがいい」

「そういう訳には行かんがじゃ」

いいから相手をしてくれと、以蔵はその後も田那村に向けて竹刀を振るい続けた。

そうこうするうち、本願寺から午の刻の鐘が渡る。田那村は汗まみれで「ふう」と息をつき、その場にへたり込んだ。

「いや参ったね。おまえの相手なんざ、するもんじゃねえや」

「こっちこそ参りました。あんまり稽古にならざったちや」

田那村は「お？」と眉を寄せた。

「人にもの頼んどいて、その言《い》い種《ぐさ》はねえだろ。俺ぁおまえの相手だけで自分の稽古ができなかったんだ。少しばっかり、いい思いをさせてもらわにゃ割に合わねえ」

以蔵は「やれやれ」と大きく息をついた。それをどう受け取ったのか、田那村は笑みを湛えて立ち上がる。

「聞いた話じゃあ、おまえ、あんまり遊んでねえらしいな」

「江戸の町は好かんがです。江戸の人らぁも」

ち、ち、ち、と小刻みに舌を打ち、田那村は「困った奴だ」という顔を見せた。

「それじゃあ、いけねえって言ってんだ。江戸に剣術だけやりに来たのか？」

違うだろう。武市に連れられて国論の席に赴く日もあるではないか。国を守るとは、詰まるところ下々の暮らしをどう守るかだ——。

「江戸の町や人をどう思おうと、おまえの勝手だ。けど、嫌いだからって、それを知らずに国を論じられるのか？」

田那村の言い分に、以蔵は素っ気なく返した。

「国論は武市先生に任せちゅう。わしゃ先生を支えられたら十分ながじゃ」

「馬鹿だねえ。世の中を何も知らねえで、国論を振り回す奴を支えられるかってんだ」

だから俺が教えてやる。酒でも呑みながら世の人々を眺めてみろ。遊びも学問のうちだと言って憚らない。

「なあ呑みに行こうぜ。土佐っぽなら、いける口だろ」

要するに、以蔵の金で呑ませろということだ。聞いてやる道理はない。だが「世を知らずに、世を導く者を支えられるか」の言葉は一面で正しいようにも思えた。

「……しゃあないねや。分かりました」

その日の夕刻、田那村は土佐藩の中屋敷を訪ねて来た。そして以蔵を連れ出し、大川——隅田川近くの居酒屋に導いた。

大川は納涼のため、五月二十八日が川開き、八月二十八日が川納めと定められている。八月の頭はちょうどその時期で、夜の川面《かわも》には大名や大店《おおだな》の主人が仕立てた屋形船が浮かんでいた。それらの船は酒席の余興として鍵屋《かぎや》なる花火屋に頼み、あれこれの花火を打ち上げている。これを目当てに夕涼みに来る町人も多く、なるほど世の人々を知るには格好の場と言えた。

以蔵は酒を呑み、田那村とあれこれ話しながら町人たちを眺めた。彼らの交わす言葉もぽつぽつ聞き拾っている。もっとも、やはり江戸の民を知ることなどできなかったのだが。

とっぷり暮れた頃、ほろ酔いの二人は居酒屋を出た。すると田那村が「もうひとつだ」と嫌な笑みを浮かべる。

「まだ、たかる気ながですか」

「違う違う。今度は俺が奢《おご》ってやるって言ってんだ」

聞けば、年末に開かれる酉《とり》の市《いち》と同じ心意気なのだという。江戸の町人は酉の市で縁起ものの熊手を買い求めるが、その際に値切って買い、安くしてもらった額と同じだけを「ご祝儀だ」と言って店に渡すのだとか。

「江戸の粋《いき》ってもんさ。おまえに呑ませてもらったからな。夜鷹《よたか》ですまねえが、ご祝儀代わりに俺が出してやる。女を抱くのも学問のうちだぜ」

夜鷹。幕府公認の遊里・吉原《よしわら》や、他の盛り場にある岡場所にいる女郎と違い、店の中で客を取る女ではない。河原などの人目に付かないところで体を売る遊女であった。

「はあ。まあ……えいですよ」

田那村にはあまり関わっていたくない気がする。が、少なくとも自分は損をしない話だ。加えて言えば、この歳まで女の味を知らずにきた。女を抱くのも学問と言われれば、なるほど、そのとおりかも知れなかった。

「じゃあ決まりだ。こっち、こっち」

言われるままに進むうち、先までとは打って変わって人気《ひとけ》のないところに連れて行かれた。どこなのかは分からないが、大川からそう遠く離れてはいない。そこには細い川が流れ、あちこちに草むらがあった。微《かす》かにだが、辺りから女の艶《つや》っぽい声が漏れてくる。

「ほれ。ここの女なら、これで買えるぜ。終わったら好きに帰んな」

田那村は以蔵に百文《もん》を渡すと、そそくさと去って行った。自分が買う夜鷹の品定めに向かったのであろう。

「何ちゅうか……疲れたがよ」

一日を振り回された思いがした。少し落ち着きたくて、草むらの先の川縁《かわべり》に腰を下ろす。月のない夜で、小川を渡る風は冷たく、秋の匂いを湛えていた。

と、左手の少し向こうから女の声が届いた。

「兄さん、何してんだい。ここへ来て、ぼんやりしてるなんざぁ野暮《やぼ》のすることったよ」

ゆらりと顔を向けて見れば、女は頬かむりをして茣蓙《ござ》を抱えている。はっきりとは分からぬものの、声の様子からして三十を少し過ぎたくらいの大年増《おおどしま》だろうか。それでも漂う色香だけは未だ衰えていない。

以蔵は、その夜鷹を買った。

女は草むらの中に茣蓙を敷き、着物の裾を大きくはだけた。そして以蔵の袴に手を伸ばして前《まえ》紐《ひも》を外すと、褌《ふんどし》の中から男のものを探り出して口に含んだ。

以蔵の男が隆々と反り返ってゆく。女は自らの股座《またぐら》に右手を運び、しばらく捏ね回すと、にやりと妖艶に笑みを浮かべた。

「あんたの、大きいんだねえ。どうぞ」

女が茣蓙に寝そべって両脚を開く。促されるまま中に押し入った。その格好になると、星明かりに女の面相が見て取れるようになる。あまり美しいとは言えない。

「ほら、動きなよ。そう、そう……。ああ、いい……いいよ」

女の声が、次第に甘いものに変わってゆく。だが、それは如何にも芝居がかっているように思えた。

しばらくの後、そのことが終わった。

「どうも。気持ち良かったよ」

とろりとした女の眼差しは、作ったものだと分かる。この言葉も商売の上だろう。

「おまさん、そう言うがは何べん目や」

女は「あれま意地悪」と口をへの字に結び、然る後に自身を嘲《あざけ》るような笑みを浮かべた。

「同じこと何回言ったかなんて、数えちゃいらんないね。これでも若い頃は吉原にいて、ひと晩に四人も五人も相手にしてたんだ」

客と一夜を共にする、どころの話ではない。女郎とはそういうものなのかと、少しばかり興味を持った。

「四人五人を毎日かえ」

「日によるけどね。年季で、それを十年くらいだよ。ただ……」

「ただ?」

女は、つまらなそうに「ふふん」と鼻を鳴らした。

「二十四を過ぎて年増《としま》になるとさ、客も付かなくなるんだよ。店にとっちゃあ厄介者さ。年季が明けて外に出て来てもねえ。あたしゃ小見世《こみせ》の格下だったから、何もないんだ」

花魁《おいらん》にもなれば様々な学問や芸ごとを仕込まれ、年季が明ければそれらを活《い》かして稼ぐ道がある。だが格下のまま過ごした女郎にはそこまでの教養は施されず、こうして安く体を売る以外に生きる術《すべ》がないのだという。

「そうながか」

同情ではない。哀れだとも、かわいそうだとも思わない。それがどうかしたのかと思うばかりである。だが女は、以蔵のひと言を人情と受け取ったようであった。

「こんな稼ぎで生きてんだ。辛いもんさ。いっそ、死んじまった方が楽かも知れないよ」

その言葉に、ざわ、と胸が騒いだ。

女は着物の乱れを直し、背を向けて莫蓙を丸め直している。以蔵は後ろから近づき、ふらりと横合いに回った。

そして――。

腰の刀を抜き、一気に女の喉を掻き切った。

驚いた目。悲しげな眼差しが向けられる。喉を裂かれた女は、悲鳴ひとつ上げられない。

その代わりに、なのだろうか。恨みがましい涙と共に口が動いていた。

どうして？　と。そして。死にたくない、と。

＊

土佐藩北会所、尋問小屋――。


以蔵の自白を耳に、聡介は面持ちを強張《こわば》らせた。

「殺《ころ》いた……ちゅうがか。夜鷹を」

「そうじゃ。面白いろう？」

面白くなどあるものか。その女ではないが、問いたくもなる。どうして？　と。

「その女子《おなご》が、何か気に入らざったがか」

「いや？　ちっくと不細工やったけんど、何ちゃあ嫌なことはなかったねや。それなりに、えい女子やった」

「なら、どいて殺いた」

以蔵の面持ちが、にたあ、と緩む。そして当然とばかりに言った。

「あの女子が言うたこと、本当かどうか確かめとうなったがじゃ」

こんな稼ぎで生きているのは辛い、死んだ方が楽かも知れないと聞いて、思ったのだという。

この女は、もしかしたら自分と同じで、くだらぬ生なら命を輪廻に向かわせた方が良いと考えているのかも知れない。だとすれば、武市の他にも心の通じる相手を見付けたことになる、と。

「そうやったら嬉しいき試してみた。けんどあの女子の言葉は嘘やった。裏切られた思いがしたぜよ。まあ、ほんなら、やっぱり殺いてあげて良かった。何しろ——」

「黙れ！　そがな理由で、おんしは！」

怒りに震える声で猛然と責める。少しは怯むかと思ったが、しかし以蔵には全く怖《お》じけるところがない。返されたのは「え？」のひと声のみ。あまりにも意外なことで責められている——その思いが眼差しにありありと浮かんでいた。

「そがに怒らんでも。人を殺すには十分の、当然な理由やろ？」

「十分でも当然でもない。かわいそうじゃ思わんがか」

またも声が震えた。今度は怒りではなく、寒気ゆえであった。周囲の同輩たちも青ざめて、こちらに「どうする」という目を向けている。

「かわいそう、ちゅうがは良う分からん。けんどまあ、えいか」

以蔵はもう笑っていた。何ひとつ悪びれるところがない。この男に尋問していると、こちらの頭までおかしくなりそうだ。

「そんでな聡介。ここから先生とわしが似ちゅう、いう話なんちや」

正直なところ逃げたいとさえ思っていた。だが武市を云々する言葉を聞いて、聡介は何とか踏《ふ》み止《とど》まった。実の兄・井上佐市郎の死には必ず武市が絡んでいる。それを証立《あかしだ》てるために以蔵の尋問を買って出たのではないか。

「……ほんなら話せ。おんしと武市が似ちゅう言うなら」

夜鷹殺しを武市に話したということか。そして武市は、その理由を「十分」「当然」と判じたのだろう。そう問うも、以蔵は「はて」という顔だった。

「話す訳ないろう。先生はお忙しいがじゃ」

やっとの思いで自らを奮い立たせ、一歩を踏み出したのに。その足を払われた気がした。

「なら夜鷹のことらぁ関係ないろう。どいて、そがな話をするがか」

武市への刑罰を先送りにすべく、以蔵は時を稼ごうとしているのではないか。ならば、この訳の分からぬ自白は攪乱《かくらん》である。そう思うと無性に腹が立ってきた。

「おんし、どうやら責め具を使われたいらしいのう」

「どいてじゃ？　わしゃ何もかも本当のこと話しゆうに」

「なら、関わりのない話をしな！」

怒髪を逆立て、目を吊り上げて怒鳴りつける。以蔵は少しも動じることなく、むしろ不満そうであった。

「確かに関わりない話やけんど、聞いてくれてもえいろう。わしゃ自分のやったことを皆に知ってもらいたいがじゃ」

「おんしが捕まらんかっただけで、夜鷹が殺されたことは江戸中に知れ渡ったはずや。それで十分じゃろう」

「ところが、そうでもないがよ」

なるほど夜鷹の死は、翌朝には明るみに出た。だが江戸の町でこれを知る者は、ほぼいなかった。アメリカ云々で物騒な世情も手伝ってか、公《おおやけ》に認められない女郎、取り締まられるべき夜鷹ひとりが死んだくらいの話には、奉行所も目明かしも関わり合っていられなかったらしい。満足な調べも行なわれぬまま有耶無耶《うやむや》になってしまったのだという。

「悪運の強い奴め」

忌々しさをぶつける。もっとも以蔵は、騒ぎにならなかったのが不運でならないらしい。

「逆に、わしゃ運がないぜよ。すぐ後で中屋敷に大ごとがあったき、江戸の目明かしもそっちの調べに引っ張り出させてしもうたがじゃ」

「まさか……その大ごとちゅうのも、おんしが」

以蔵は「いや」と首を横に振った。

「わしゃ後始末を手伝《てつど》うただけや。けんど、あの時はっきり分かったがじゃ。やっぱり先生とわしは、この世で二人だけ、まっこと嘘のない人間やて」

無上の喜びを湛えた顔で、その一件が語られていった。

＊

夜鷹殺しから半月、安政四年八月十七日――。

以蔵はその日も士学館で剣術を磨いていた。稽古の後は蕎麦屋に寄り、小腹を満たして中屋敷に戻る。すると門を抜けてすぐのところで武市に捉まった。

「おい以蔵、琢磨を知らんか」

何ゆえだろう、酷く慌てている。武市には似つかわしくない姿であった。

「琢磨さんなら、士学館を出たとこで別れました。わしゃ蕎麦食いに行きましたき、琢磨さんの方が先に戻ったはずなんやけど」

「ところが帰っちゃあせん。あの馬鹿めが、どこをほっつき歩いちょる」

武市は苛立って、門の内を右へ左へと歩き回っていた。

何かあったのは間違いあるまい。訳を聞こうと口を開きかける。と、そこへ坂本龍馬が帰って来た。当の山本琢磨を連れ、苦悩に満ちた顔であった。

「ようよう見付けたぜよ。見世物小屋におったがじゃ」

龍馬に軽く突き飛ばされて、山本が蹈鞴を踏みながら前に出る。武市はいきなりその胸倉を摑むと、食い殺さんばかりの眼差しで睨み据えた。

「琢磨……この慮外者《りょがいもの》が。あほう塾に染まって、あほうになりおったか」

押し潰した声で咎めたかと思う間もなく、平手で思いきり頰を張り倒した。打ち抜いた右手が返り、手の甲で続きが叩き込まれる。二発だけでは終わらない。殴り殺さんばかりの勢いで、往復の平手打ちが幾度も幾度も加えられた。

「龍馬さん。こりゃ何ですろう」

不思議に思って問うてみると、龍馬は呆気に取られた顔を見せた。箍《たが》の外れた武市の姿を目にしながら、以蔵が微塵《みじん》も驚いていないことに戸惑ったらしかった。

「あの。何が起きちゅうか、分からんのですけど」

「あ。ああ、すまん……。実は琢磨の奴が、えらい問題を起こしよってのう」

掻い摘んで事情が説明された。

それは八月四日の晩だった。山本は酒を呑みに出て泥酔した挙句、道を歩いていた道具屋を脅して時計を奪ったのだという。

「士学館の田那村いう奴と一緒やった、ちゅう話ぜよ」

「ああ……あの人か」

さもあらん、と納得した。田那村作八は剣の稽古にも熱心でなく、兎《と》にも角《かく》にもいい加減な男だ。夜鷹を殺した晩、あの男とはあまり関わっていたくないと思ったが、どうやら勘は正しかったようである。

「で、それが明るみに出たがですか」

「そうじゃ。幾日か前、奪うた時計を二人して質入れしたらしい」

時計は極めて値の張る品である。ゆえに代金の支払いは後日ということになり、金は土佐藩中屋敷の山本琢磨に届けてくれと証文を書いたそうだ。

山本と田那村は、その金を山分けにした。ところがその頃には、時計を奪われた道具屋が奉行所に訴え出ていた。以来、道具屋や質屋にはその旨が通達されたらしい。そして昨日には時計を質入れした店にも手配が及び、二人の悪行が露見した。

「時計を盗《と》られた佐州屋《さしゅうや》いう道具屋が、今朝、怒鳴り込んで来た。奉行所から報せが行ったがじゃろう」

しかも悪いことに、山本は質屋から受け取った金を、既に使い果たしてしまっていた。

「連れ戻す道すがらに聞いて、わしゃ頭ぁ抱えたがよ」

「なるほど。田那村さんの顔は四、五日前から見ざったけんど」

「手配が回ったち知って、雲隠れしたがじゃろう。小悪党め、鼻ばっかり利きよる」

龍馬からひとどおりの事情を聞いて、武市がこうまで怒る訳が分かった気がした。

「迷惑やき、のう」

ぽつりと呟き、以蔵は次いで武市に声を向けた。

「先生。琢磨さん殴ったところで、話は収まらんですろう」

「……おまんの言うとおりじゃ」

大きな溜息をひとつ、山本への打擲《ちょうちゃく》がようやく終わった。しかし武市は、まだ怒りを解いた訳ではなかった。

「えいか琢磨。おまんのやったことは武士の恥や。分かっちゅうがか」

これほどの騒ぎになった以上、山本ひとりの咎では済まされない。山本は武市の妻・富の従弟であり、龍馬の父も山本家から坂本の婿に入った身である。山本家に関わりのある者全てに、幕府からも藩からも厳しい沙汰が下るだろう。

「皆が迷惑するがじゃ。藩も、山本の家も、龍馬も、お富も」

武市はまたひとつ山本の頬を張り、ひと際強く怒鳴り付けた。

「わしもじゃ！」

そう付け加えた時の顔には、地獄の閻魔《えんま》も尻込みするかという激しさがあった。山本の顔は数多《あまた》の平手打ちで赤く腫れていたが、その赤さが消えるほど青ざめている。龍馬も口を挟めないようであった。

しかし以蔵は動じない。むしろ少し嬉しく思った。我が身に火の粉が飛ぶことを、武市は何より怒っている。師の考え方は自分と同じ、それが喜ばしかった。

「な、なあ武市さん……。気持ちは分かるけんど、今はどうやって穏便に済ませるかやろう？」

龍馬がやっと口を開く。武市は荒く鼻息を抜いて、山本の胸倉を突き飛ばした。尻餅を搗《つ》いた山本は、すっかり萎《しお》れきって「すまんです」と涙を落とした。

「わしゃ……腹を切ります。わしが死んだら、藩も御公儀に顔が立ちますろう。一族にも、累が及ばんようになるかも知れん」

「ああ、そうせい。上への取り成しは、わしがやる」

武市は何ひとつ動じることなく、即座に頷いた。龍馬はそのことに驚いた顔だったが、已《や》むを得《え》ないと呑み込んだようである。そして、ひとつを問うた。

「佐州屋への後始末は？」

「それも、わしが……。いや、龍馬も手伝うてくれ」

まずは質屋から時計を買い戻そう。そこに詫び料を添えて返し、佐州屋に頭を下げてはどうか。武市の出した案に、龍馬がひとつ懸念を差し挟んだ。

「佐州屋は町人やき、武士がそうまでしたら折れてくれるやろう。けんど金はどうする。詫び料は武市さんとわしで五両も出しゃえいけんど、時計を買い戻すらぁ」

言葉が止まり、ちらりと山本に目が向く。小声で「八両です」と返った。

「八両か。参ったのう」

龍馬は弱りきった顔で、癖毛の頭をがりがりと掻いた。武市も「む」と唸って少し考える。そして少しの後に、以蔵に向いた。

「ひとっ走り品川の下屋敷に行って、借《か》ってきてくれんか。女郎を買おう思うて金を貯《た》めちゅう奴もおる。頼んで回ったら、八両ばあ何とかなるろう」

「分かりました」

以蔵は品川の下屋敷へ走る。武市は中屋敷の横目付に仔細《しさい》を説明し、事後の諸々《もろもろ》を相談。龍馬は佐州屋を訪ねて詫び料を渡し、時計を買い戻して返すこと、山本が切腹することを話して許しを請う。山本はその間、武家長屋で待つ。そのように手筈《てはず》を決め、各々動き出した。

以蔵の金策は中々に困難だった。下屋敷に詰めるのは下士ばかりで、しかも中屋敷の下士より身分が低い。そもそもの手持ちが少なく、女郎遊びのために貯めたものを借りても高が知れていた。夜までかかって集め得た額は七両に満たなかった。

とは言え、これはこれで致し方ない。武市は自身に火の粉が飛ぶことを嫌っているのだから、足りない分は藩に借財を申し入れてでも何とかするだろう。そう考えて中屋敷に戻る。本願寺の鐘が夜四つの初刻（二十一時）を告げていた。

武市と龍馬は藩邸の玄関に座って腕を組み、悩んだようにうな垂れていた。

「先生、龍馬さん。金、これしか借《か》られんでした」

手拭いに包んだものを差し出す。武市は労《ねぎら》いつつ、怒りと苦渋を漲《みなぎ》らせていた。

「どいたがです、そがな顔して」

以蔵の問いに答えたのは、龍馬であった。

「琢磨の姿が見えん。きっと逃げおったがじゃ」

以蔵の目元が、ぴくりと動く。そこはかとなく安堵を湛えた龍馬の声に、嘘の匂いがした。恐らく山本は、自らの考えで逃げたのではあるまい。十中八九、龍馬が逃がしたのだ。思って武市を見れば、龍馬に向く眼差しが何とも冷たい。どうやら勘付いている。

ならばと、以蔵は龍馬に責める声を浴びせた。

「逃げたで済む話やないですろう」

武市も「そうじゃ」と胸の憤懣《ふんまん》を滲《にじ》ませた。

「琢磨の亡骸《なきがら》か、それでなかったら、介錯《かいしゃく》して落といた首でもない限り」

土佐藩邸はさて置き、江戸の町奉行所や目付衆が納得しない。そう言いながら、武市の中には既に結論が出ているようだった。

「ともあれ龍馬、今から時計を買い戻しに行ってくれ。以蔵が借《か》ってきただけじゃあ足らんき、これも使って構わん」

懐から財布を取り出し、以蔵の集めた金子《きんす》共々、全て龍馬に渡してしまった。

「琢磨が逃げたことは、わしから藩に掛け合うきに。何とか丸う収めてもらう」

「……分かった。行って来る」

後ろめたさがあるのだろう。龍馬は異を唱えずに立ち上がり、足取りも重そうに中屋敷を出て行った。これを見送ると、武市が声をひそめて囁《ささや》く。

「丸う収めるに何が要るか、分かっちゅうねや？」

身代わりである。やはり同じことを考えていたかと、以蔵は薄笑いで軽く頷いた。

「河原に行ったら、消えても気付かれんのは何人もおります」

「頼む」

町奉行所や幕府の目付はそれで騙《だま》せる。なぜなら山本の人相を知らないからだ。藩の目付は騙せないが、構うことはない。利を説いて丸め込むくらい何とでもなろう。武市の目が虚ろに冷えきって、そう告げていた。

江戸市中には大川があり、そこに繋がる堀や支流も山ほどある。これらの河原にいるのは夜鷹やその客ばかりではない。罪を犯して非人の身分に落とされた者、物乞いや無宿者など、総じて「河原者」と呼ばれる面々が、水辺の中でも特に人気《ひとけ》のないところに塒《ねぐら》を定めていた。

以蔵は築地の中屋敷からそう遠くない大川河口、月島《つきしま》に向かった。夜四つ正刻（二十二時）を過ぎ、河原で暮らす者たちは既に寝入っている。

その中に、他の者と大きく離れて、ひとり眠る者があった。

「わしの先生、助けてもらうで」

囁き声は耳に届いていない。それを確かめ、以蔵は満面に笑みを湛える。次の刹那――。

一気に刀を振り下ろし、男の首を刎《は》ねた。

以蔵が首を持ち帰ると、武市はそれを藩邸に差し出し、これを以て幕府と奉行所を説き伏せるよう、中屋敷の横目付に凄んで言《い》い包《くる》めた。無論、事実は固く口止めしている。仔細を知るのは武市と以蔵、そして横目付の三人だけであった。

山本琢磨の時計事件は、これにて幕引きとなった。

それからひと月余り、安政四年九月二十八日を迎える。武市と以蔵は江戸での臨時御用を終えて、土佐に帰って行った。

三　以蔵と田那村

土佐藩、北会所――。

聡介は執務の一室で文机《ふづくえ》に向かい、帳面を前に眉を寄せていた。初めての取り調べから十日余りが過ぎている。

あの日、以蔵は実に多くのことを話した。自白の中には聞き捨てならない悪行が二つも含まれていた。

夜鷹を殺したという。こんな稼業で生きるのは辛い、死んだ方が楽かも知れないという女の言葉が本当かどうか確かめたかったから、と。

山本琢磨が時計事件を起こした折には、その幕引きのために河原者をひとり殺して首を取ったという。山本が腹を切った証が必要だったから、と。

責め苦の挙句に白状したのではない。捕縛された観念ゆえに白状したのでもない。縄を打たれた格好で胸を張った以蔵は、何とも誇らしげな面持ちだった。さも自慢げに、俺のしたことを知ってくれとばかりに。

なるほどこのご時世、人を斬って取り乱すようでは武士など務まるまい。それでも嬉々として語ることではなかろう。あまりにも、おかしい。

「いつ……そがな男になって」

聡介の掠《かす》れ声は、そこで止まった。いつ、どこで以蔵はおかしくなったのか。そういう話ではない。あの男はきっと、初めからおかしかったのだ。幼い砌《みぎり》、幾度も顔を合わせていた頃から。

幼少より河原で蛙を殺し続けていた。食うや食わずの身が、何でも良いから腹を満たそうとして殺したのなら頷けもしよう。しかし以蔵は違った。輪廻の輪に送り込んで幸せにしてやったのだと手前勝手な理屈を付けていた。蛙を細切れにして歪んだ愉悦を得ていた。あまつさえ、自分は良いことをしたと言って憚らない。心からそう信じている。

「気味の悪い。わしにゃ分からんちや」

身震いしつつ、聡介は小筆の先を硯《すずり》で整えた。しかし帳面の上まで持って来ると、息苦しさを覚えて手が止まる。上役に以蔵の罪を報告するため、ひいてはこれを基として武市の罪を詮議するために、聞き取った要点を書き付けねばならないというのに。

「……どう書いたらえいがよ」

いったい、以蔵の話をすんなり呑み込める者など、この世にあるのだろうか。少なくとも自身の上役が理解できるとは思えない。自白のままを書いて渡せば、或いは自分こそ乱心を疑われるのではないか。

「けんど」

聡介は大きく溜息をついた。自分は役人なのだ。下っ端の獄卒であれ、真実を明らかにするのが役目である。上役が得心できないだろうからと、自白を曲げて話を作る訳にはいかない。それが許されるのなら、憎き武市を裁くため、とうの昔にやっている。

ままよ、と筆を走らせた。少なくとも山本琢磨の一件は、武市の指図で以蔵が動いたと言えなくもない。土佐勤王党を結成前の悪行であれ、あの男の罪をひとつ明らかにできるはずだ。

思い起こしては背筋を寒くしつつ、ひととおりを記し終えると、額にはじっぽりと汗が浮いていた。常道から外れた男を思い出すのは、それほどの労苦であった。

「よし」

聡介は意を決して文机を離れた。そして廊下を進み、努めて息を整えながら、上役が執務に使う一室を訪ねた。

「和田様」

廊下に跪《ひざまず》いて声をかける。上役の和田は「おう」と返しつつ、丸顔の中にどこか楽しまぬものを湛えていた。

「どいたがです」

「いや……何ちゃあない。取り調べの報告ろう？」

やはり待っていたのか。無理もない、尋問の日からずいぶんと経っている。固唾《かたず》を呑んで「はい」と応じ、部屋に入って帳面を差し出した。わずかに手が震えていた。

和田は何かを呑み込むように小さく頷き、帳面を受け取る。そして書き付けに目を走らせ、しばらくの後に眉を寄せて顔を強張らせた。

「乱心したか言われても、しゃあないことが書かれちゅうな」

ぎくりとして目を見開く。と、和田は強張った顔のままで軽く首を横に振った。

「安心しいや。おまんの正気を疑いやせん。大まかなとこは久保《くぼ》から聞いちゅうきに」

久保――取り調べに加わった同輩のうち、最も年下の者だった。

和田は「やれやれ」と息を抜き、背を丸めて顔だけをこちらに向けた。

「二日前じゃ。もう小田切から報告が上がっちゅうかて、聞きに来たがよ。まだじゃ言うたら久保の奴、泣きそうな顔しちょった」

以蔵の取り調べから外してもらえるよう、直訴しに来たのだという。情けない頼みだが、聡介から既に報告されているなら聞《き》き容《い》れられるかと期待してのことだったそうだ。

「えろう取り乱しちょったき、訳を聞いたがじゃ。ほいたらまあ、訳の分からん話ばっかり出るわ出るわ」

少し安堵した。以蔵の毒に当てられたのは自分だけではなかった。久保も、そして直に触れた訳ではないにせよ、和田も同じだった。

「そうやったがですか。久保の役目は？」

「免じてやった。あいつは初めての尋問じゃ。頭のおかしい奴の取り調べは辛かろうき」

それに少なくとも、以蔵は自白そのものを拒んでいる訳ではない。ひとり少なくなっても何とかなるだろうと、和田の眼差しが向けられる。

「分かりました。それが、えいですろう」

聡介は小さく頷いて返した。本音を言えば自分も逃げ出したいが、何しろ自ら買って出た役目なのだ。これほど正気を苛まれるとは思ってもみなかったが、上役がこちらの戸惑いと苦痛を分かっていてくれるだけで、心に負う荷はずいぶん軽くなる。

「おまんに任せるき、この先も聞いたとおりを書いて寄越しや。えらい思いらぁ、するやろうけんど」

「はい。ところで和田様」

薄《う》っすらと笑みを浮かべ、すぐにそれを洗い流して、聡介は問うた。武市にひとつ罪を問うことはできないか、と。

「山本琢磨の一件です。以蔵が河原者を殺《ころ》いたがは、武市の指図いうことになりますろう」

和田は少し考えて、難しい顔で「いけん」と応じた。

「なんぼ以蔵が『武市の指図やった』言うても、当の武市が認めるとは思えん」

何しろ武市は、南会所の牢に入ってからというもの、あれもこれも以蔵が勝手にやったことだと言い張っている。それを突き崩すには、武市半平太と岡田以蔵だけではない、別の誰かが噛んでいる必要があるのだという。

「他の誰ぞが『確かに武市の指図じゃ』言うたら、逃げ道ものうなるろう」

「おりますちや。以蔵が言うには、中屋敷の横目様が噛んでなさるって話でしたき」

すると、即座に「あほう」と返された。中屋敷の横目付に証言を求めるなど、できるはずがないのだと。

「ほいたら横目様が不正を働いた、ちゅう話になるやいか」

もし武市が「横目付に命じられて山本の身代わりを立てた」とでも言おうものなら、どうなるか。ことは横目付の詮議だけでは済まない。山本の一件は既に幕府側にも話を通したことなのである。

「下手したら、藩にとって二重の不祥事になる」

「そう……ですな。結局わしゃ、以蔵から無駄な話を聞いただけやったがか」

「まあ、そういうことになるろう。けんど小田切、とにかく聞き出すことぜよ。無駄な話でも何でも構わんき、掘り出せるもんは全て掘り出すがじゃ」

百の証言を得て、九十九が石でも構わない。聡介の睨んだとおり、そして土佐藩が確信しているとおりに武市が罪を重ねているのなら、残るひとつはきっと珠玉の証言であるはずだ。和田はそう言って、丸顔の眼差しに真剣な光を湛えた。

「気ぃ、しっかり持ちや。頭のおかしい奴に食い殺されな」

あの毒に幾度も当てられて、どこまで自分を保っていられるか。正直なところ、それは怖い。だが和田の言うとおり、掘り出せるだけ掘り出すしかないのだ。

「分かりました。ありがとうございます」

聡介はひとつ頷き、深々と頭《こうべ》を垂れて立ち去った。

次の取り調べは半月余り先、晩秋九月である。

＊

「おう、待っちょったがよ」

元治元年が九月に入って幾日か。その朝、聡介は二度目の取り調べに臨んだ。以蔵は既に尋問小屋に座らされていたが、こちらの姿を認めて「早う、早う」と首を上下させ、嬉しそうに招いている。

何かしら罪を犯した者は、普通はそれを隠そうとする。だが以蔵は自らの罪を明かしたくて仕方ないらしい。全てを白状するために敢えて捕らえられたと言っていたが、この男の頭の中は訳の分からないことだらけだ。果たして今日は、どんな話を聞かされるのだろう。

「……そんなら始める」

背筋と腋《わき》に冷たい汗を感じつつ、聡介は顔を強張らせた。対して以蔵は、浮き立つ思いを抑えきれぬようであった。

「こないだは、江戸から土佐に帰るとこまでやったねや。その続きじゃ」

聡介は手許《てもと》の帳面を捲《めく》った。以蔵が、いつ、どこにいたかを大まかに記してある。それによれば、江戸から帰った後は久松喜代馬《ひさまつきよま》や島村外内《しまむらとない》と共に、武市道場で師範代を務めていたということなのだが――。

「おんし、土佐に帰ってからも何かやったがか」

「たまに蛙、殺《ころ》いとったのう」

「そやない！　人に何かしたかて聞きゆうがじゃ」

以蔵の答は「否」であった。

「誰ちゃあ、殺《ころ》いちゃあせん」

「ほんなら藩に断りのう国を出て、他で殺いたがか」

「そがな暇、ある訳ないろう」

苦笑交じりに返されて、ぎり、と奥歯を嚙んだ。

　この帳面に記されているとおり、帰国してからの以蔵は弟弟子たちに稽古を付ける毎日だったそうだ。無断で国を出たかということなら、むしろ武市こそ、そうだったかも知れないという。

「何しろあの頃、先生はよく道場を空けちょったき」

　武市と以蔵が帰国したのは七年前、安政四年の冬十月である。幕府が日米修好通商条約への調印を迫られていた折だ。この成り行きが如何に転ぶかは、武市にとって他の何より大事な話だったらしい。以蔵に道場を任せて外に出る日が増えていたという。

「条約がどうなるか、あっちこっちで聞き回っておられたがやろう」

　明けて安政五年（一八五八）の二月、その話に動きがあった。

　幕府は条約調印の勅許を求めるべく、朝廷に使者を発した。もっとも帝――孝明天皇が攘夷を望むこと著しく、即座に却下された。武市は大いに歓喜していたという。

　しかし、間もなく風向きは大きく変わった。

　四月、彦根《ひこね》藩主・井伊直弼《いいなおすけ》が大老に就任する。そして六月には、幕府は勅許を得ぬまま日米修好通商条約に調印してしまった。

「先生はえろうお怒りなさってのう。もう、ちっくと何かあったら弟子を叱り付けるもんやき、皆ぁ怖がっちょったがじゃ」

「おんしもか」

「わしゃ別や。難しいことは分からんき、何もかも先生に従《したご》うちょった。ほいたら叱られん」

　それからの武市は常に、ぴりぴりしたものを身に纏っていたらしい。

「そうか。まあ……分からんでもない」

聡介にも覚えがあった。否、土佐に生まれた者は誰だとて覚えがあろう。

ぴりぴりしていたのは武市だけではない。往時は皆が、それも身分の高い者ほど、ささくれ立っていた。なぜなら条約への調印を契機に、土佐藩が幕府に組み敷かれていったのだから。

徳川家が江戸に開府して二百五十年余、幕政は概《おおむ》ね譜代の大物が取り仕切っていた。これらの大名は自らの地位と権勢を、そして連綿と続いた徳川時代の因習を守り続けた。

それによって、確かに国は平穏に保たれてきた。幾度も飢饉《ききん》が起き、風水害や地震もあったとは言え、世の仕組み自体が揺らいで下々を戸惑わせることはなかった。

だが、常に脇に遣《や》られた外様大名の不満は鬱積《うっせき》していった。ゆえにこれらの面々は、長らく幕政の刷新を望んできた。土佐の山内《やまうち》家もそのひとつである。

そして安政五年当時、両者の間には確かな争いの種があった。十三代将軍・家定《いえさだ》が世継ぎのないまま病を患い、明日をも知れぬ命となっていたことだ。

将軍の継嗣《けいし》を決めねばならない。この問題に際し、伝統を重んじる面々は御三家の紀伊《きい》家から徳川慶福《よしとみ》を推した。対して改革を望む面々は、同じく御三家の水戸家から御三卿《ごさんきょう》・一橋《ひとつばし》家に入嗣した一橋慶喜《よしのぶ》を推していた。

そこへ勅許を得ぬままの条約締結である。改革派はここぞとばかり、時の幕閣を責め立てた。井伊大老はそれを封じるため、自らの推す徳川慶福を将軍継嗣に決定し、返す刀で改革派を処断していった。

まず七月、水戸の隠居・徳川斉昭に謹慎が命じられる。尾張藩主・徳川慶勝《よしかつ》と福井藩主・松平慶永《だいらよしなが》——後の春嶽《しゅんがく》——にも隠居の上での謹慎が沙汰された。

こうした中で将軍・家定が没する。徳川慶福は家茂《いえもち》と名を改め、十四代将軍の座に就いた。井伊大老以下の保守派にとっては順風である。

前後して改革派の大物、薩摩藩主・島津斉彬《しまづなりあきら》が病没した。次いで宇和島《うわじま》藩主・伊達宗城《だてむねなり》が隠居を命じられる。

そして翌安政六年（一八五九）二月、ついに土佐藩主・山内豊信《とよしげ》も隠居せざるを得なくなった。しかし後を継いだ豊範《とよのり》は十四歳の若年ゆえ、満足に藩政を視《み》られない。隠居した豊信は容堂《ようどう》を号し、引き続いて藩の実際を取り仕切った。

すると、今度はこれを咎められる。容堂は謹慎を命じられ、江戸の下屋敷で幕府の監視を受ける身になってしまった。

「わしらのご隠居様も、なあ？」

「おう。えらい目に遭わされたき」

往時を思い出したのだろう、以蔵の両脇に立つ獄卒の同輩がひそひそと言葉を交わした。聞き拾った以蔵は嬉々とした顔で、二人を交互に見上げながら「そうじゃろう」と笑った。

「ご隠居様のことは、先生も怒っちょったちや。条約ん時のお怒りなんぞ、軽う超えちょった」

武市の論はこうであった。

井伊大老は、国を守るためにやったとでも言うのだろう。幕府の内が二つに割れ、日本という国のまとまりを欠いてはならぬからだと。

それなら、なぜ帝と朝廷を重んじなかったのか。なぜ勅許を得ずに条約に調印したのか。知れたこと、朝廷が幕政の刷新を求めて改革派に肩入れしていたからだ。そのために井伊は朝廷を蔑《ないがし》ろにし、自ら日本を二つに割っている。にも拘らず、その男が国を守るためと唱えるなど言語道断であろう――。

流れるように出て来る以蔵の言葉に、聡介は少し目を丸くした。

「武市がそう言いよったがか」

「おう。もっとも、わしには何がどう悪いか、ちっとも分からざったけんど」

「分からんくせに良う覚えちゅうのう」

「そら先生のお言葉やき」

以蔵という男が、また分からなくなった。

全てを自白するために敢えて捕らえられた。そして何の責めを受けずとも、こうして一切を話している。武市の罪を明るみに出し、死への道筋を作ると分かっていながらだ。然るに、やはり武市をこれほどまでに信奉している。

この男の頭の中はどうなっているのか。

いや。考えてはいけない。上役にも言われたではないか。無駄なことでも構わない、聞き出せることは全て聞き出せと。そこに珠玉の証言がひとつでも紛れ込んでいれば良いのだと。

「それほど武市を信じちょったき、ずっと従《したご》うちょったがか」

そう問うと、以蔵は少し難しい顔であった。

「わしゃ確かに先生を信じちゅう。けんど先生に従うた訳は、ちっくと違うがよ」

「おかしな話じゃ。どう違う」

からからと、軽い笑い声が返された。

「先生が世を動かすようになったら、わしにも力が与えられるろう？　そしたら、あほう共の命らぁ救うちゃれるやいか」

　ぞくりとした。以蔵の言うところに従って考えるなら、つまり、それは「多くの人を殺して回れるから」ということになる。もし武市が世の頂に立っていたなら、以蔵は最悪の人斬りとなって世の中を血に染めていただろう。

　しかし武市は捕らえられ、世を動かす立場には上らなかった。

　この先にも、その道筋はないのだ。

　ならばと、聡介は奥歯を噛み締めた。必ずや悪行の全てを明らかにしてくれん。以蔵から滲み出て迫り来るもの――この恐怖を振り払わねば。

「……ともあれ。おんしの話やと、武市は元から攘夷を言いよったがじゃろう。井伊様のあれこれがあって、それがなお強うなった、ちゅうことか」

「お？　まあ、そうじゃねや。ほんなら次の話、聞かしちゃろう」

　先代藩主・山内容堂が失脚して後、武市が如何に動いたか。その次第が以蔵の口から語られていった。

＊

　安政七年（一八六〇）三月。以蔵、二十三歳――。

「のう蝦蟇。おまん、尊王攘夷ゆうがを知っちゅうか」

河原で蛙の腹を斬り裂き、臓物を引き摺り出しながら、以蔵は問うた。哀れな蝦蟇蛙は答える言葉を持たない。構わず、以蔵はぶつぶつと続けた。

「帝を敬《うやも》うて紅毛人を追っ払えて、先生が仰せながじゃ。けんど」

溜息が漏れた。武市の言を疑う訳ではない。むしろ武市だけは心から国を憂えていると思う。しかし、勤王と攘夷を叫ぶ他の者は何とも胡散に見えた。

これまでの幕府では、確かに一部の者が権勢を握り続けてきた。この権益を手放すまいと躍起になってきた。

刷新を望む者たちは、それを汚い欲だと言う。だが、かく言う面々は果たして清らかなのだろうか。

攘夷を叫ぶ者がある。公武周旋《こうぶしゅうせん》を掲げる者がある。そうした改革が成れば、やがて刷新を求めた者が権勢を握ることになろう。しかしながら、彼らが今の幕閣と同じにならないと、どうして言えようか。

否、きっと同じことをする。その確信があった。

以蔵には世の動きなど興味の外である。だが、ことある毎に武市から聞かされてはいた。

ここ二年近くに亘り、井伊直弼は改革派の大名を次々と粛清してきた。朝廷はこれに目を付けて、改革派に擦り寄り始めたらしい。幕閣と対立していた改革派は敵の敵、つまり味方と判じたがゆえだ。

すると改革派は、朝廷の後ろ盾を欲して、孝明天皇の望む攘夷に傾いているという。力を欲して流されたと言うより外にない。武市のように、帝や朝廷が絡む前から攘夷を唱えていた人とは全く違う。斯様な者共が権勢を握れば、今の幕閣以上に汚れていくだろう。

「どいつもこいつも熱に浮かされちゅう。分を超えた欲らぁ持って、それを『正義じゃ』言うて嘘ついちゅうだけろう？　のう蝦蟇」

引き摺り出した腸《はらわた》が千切れ、手が血まみれになった。べたべたと生臭い。その臭気が、世の常の人が覆い隠している醜さに思えた。

尊攘《そんじょう》に流された面々は、父に似ている。

父は言った。人の幸せを喜んでやれ。さすれば自分の心が豊かになる。他人から信用され、助けてもらえるようになるのだと。

心が豊かになり、信用を得る——行き着く先がそういう利得なら、欲を満たすための行ないと何が違おう。然るに父は、それを「正しく美しい人の道」と言って憚らない。由々《ゆゆ》しき嘘だ。

「のう蝦蟇。おまんは綺麗じゃ。醜い姿を隠そうとせん」

人間は違う。理屈で自分を飾ろうとする。見栄《みえ》を張ろうとする。自らの醜さを知っているからだ。知っているからこそ、目を逸らしたくて虚栄に走る。余計に醜い。

「わしゃ違うぜよ。先生も違う」

だから互いに心が通じるのだ。なるほど武市も自分も醜い人間と交わりがあり、その中には懇意の相手もある。だが飽くまで方便だ。人間の愚を知った上での隠《かく》れ蓑《みの》に過ぎない。

「先生なら、そがな奴らを巧《うま》く使えるがじゃ。蝦蟇なら分かるろう？　綺麗ながやき」

薄笑いを浮かべて立ち上がる。そして蛙の骸《むくろ》に「幸せになりや」と声をかけ、川の流れに蹴り落とした。血まみれの手は袴で拭うも、濃紺の袴に赤黒い色は目立たなかった。

以蔵は河原を離れて道場に向かった。武市は今日も用事があって出かけるため、弟子たちの稽古を任されていた。

国分川から道場へと向かう。春三月にしてはずいぶん良い陽気で、到着する頃には額に軽く汗が浮くほどであった。

右の袖でその汗を拭い、門をくぐる。いつもなら右手の先、庭の奥にある道場から弟子たちの声が聞こえるのに、どうしたことか今日はその気配がない。

「何じゃ？」

訝しく思いつつ、玄関を素通りして庭へ向かう。やはり道場はひっそりと静まり返って、代わりに左手の母屋から人の気配がした。閉ざされた障子の向こう、応接の間である。

気配の主は、武市の妻・富だろうか。

違う。どうやら二人だ。それも、どこか様子がおかしい。

「先生。おられるがですか」

声をかけると、障子の向こうの気配が小さくなる。そして囁くような声で「以蔵か」と問い返された。

「やっぱり、おられたがですか」

「入れ」

短い返答に従って縁側に上がる。静かに障子を開ければ、応接には武市の他に坂本龍馬の姿があった。龍馬の面持ちは険しい。一方の武市は、険しさの中に高揚を映していた。

「早う」

龍馬が手招きをした。いつも大声で話す落ち着きのない男が、声をひそめている。どうやら、ただならぬことがあったのだ。ゆえに稽古に来た弟子たちを帰し、二人で何やら語っていたと見える。

以蔵は背を丸めて中に入り、すっと障子を閉めた。

「何か、あったがですろう」

問うてみる。武市が龍馬に目配せし、龍馬がそれに小さく頷いて、こちらを向いた。

「おまんも、もう一人前の男じゃ思うきに聞かしちゃる。井伊直弼が……殺された」

以蔵は目を見開いた。井伊大老による大獄が起き、ことに土佐藩主・山内容堂が隠居に追い込まれて以来、武市はいつも言っていた。井伊には鉄槌《てっつい》を下さねばならない、と。

「先生の言いよったこと、やった奴がおるがですか」

「そうじゃ」

武市が後を引き取って説明を続けた。

井伊大老が闇討ちにあったのは十日ほど前、三月三日の朝だった。江戸城は桜《さくら》田門《だもん》の外、手を下したのは水戸の浪士と思しき者共らしい。

「そがなこと、わしゃ何ちゃあ知らざった」

掻い摘んで話を聞き、以蔵は軽く唸る。龍馬は「そうじゃろねや」と溜息に交ぜた。土佐藩の政庁がこの一件を必死で伏せているからだ、と。龍馬がそれを知り得たのは、江戸で剣の修業をした千葉定吉道場の伝手《つて》があってこそだという。

「藩としちゃあ、この後でどう身を振るか考えちゅうがやろう」

もっとも土佐からは、臨時御用で江戸に遊学した者も多い。龍馬と同じようにして事態を知る者もあろうし、広く知れ渡るのは時間の問題である。

そこは藩も承知しているはずだ。にも拘らず敢えて伏せるのは、事件の尻馬に乗って狼藉《ろうぜき》を働く者を出さぬため、或いは少しでも抑え込むためである。対策を講じるにわずかばかりの猶予しかない中、領内の治安に余計な手を取られる訳にはいかないのだろう。

龍馬はそう言って、がりがりと頭を掻いた。

「確かに大老のやり様は酷かった。けんど闇討ちはいけん」

藩が危ぶんでいるとおり、ここぞとばかりに乱暴狼藉を働く者は必ずいる。土佐一国がそれを抑え込んだところで、他国ではどうなるか分かったものではない。下手をすれば戦すら起こりかねないと、大いに嘆いている。

「世は変わらんといけん。やけんど狼藉で変えようとしたら、どういたって乱れるがよ。そがなこっちゃあ、外国に勝てる国らぁ作れる訳ないろう」

武市は「ふむ」と頷きつつ、しかし龍馬の懸念には異を唱えた。

「おまんの言うことは分かる。けんど、逆に考えるべきやないか」

「逆に？」

「むしろ勤王の同志を束ねったらえい。幕府を脅すがじゃ。この数とは戦えん思うたら、あほうの幕閣共も肝を冷やすろう。戦を避ける道は他にない思うぜよ」

如何にせん、世は大きく鳴動を始めてしまった。無法を働く者が日本を埋め尽くす前に、それを束ねる力があれば良いのではないか。武市はそう言う。

「誰がやったらえい？　わしらぁじゃ。違うか」

勤王を唱える者は、ほとんどが流されただけの者である。自らを飾り、良い気分に浸りたいだけの唾棄《だき》すべき馬鹿たちだ。だが、そんな者共でも数は力になる。熱に浮かされた馬鹿者共は、世を正すために利用するのみ——口には出さぬまでも、武市の目がそう語っていた。

以蔵はそれを正しく受け取った。龍馬は違うようで、一気に大きくなった話を真っ正直に受け止めているらしい。真剣な顔で軽く身震いしたのは、武者震いなのだろうか。

「……そうやな。分かった。わしらぁで世を動かすがじゃ」

武市はにやりと笑って顔を紅潮させ、龍馬の両肩をしっかりと掴んだ。

「なら、おまんは土佐におって下士をまとめてくれ。わしが帰って来た時に、一国を勤王にまとめられるように」

「は？　帰って来た時て、どこか行くがか」

「早速、数を束ねに行く。芸州《げいしゅう》や長州には勤王の者が多い。わしらと一緒に動こう言うて、そやつら誘って来るがじゃ」

「いや武市さん！　そがなん藩が許す訳ないろう」

考えの足らぬ者を下手に焚《た》き付《つ》けまいと、桜田門外の一件を伏せているくらいだ。その折に他国の者と話をするなど、認められるはずがない。そう言う龍馬に、武市はゆったりと首を横に振った。

「こがに物騒なことがあった後ぞ。藩も他国の動きは知りたいはずや。その役目を申し出たらえい。名目は、まあ武者修業で構《かま》んやろう」

ただの下士なら、確かに認めてはもらえまい。だが武市は下士の中でも最上、上士扱いの白札郷士である。龍馬が「なるほど」と唸る。

武市の目が、ゆらりと以蔵に向いた。

「許しが出たらすぐ発つ。おまんも連れて行くき、支度らぁ済ましちょきや」

＊

安政七年は三月十八日を以て万延《まんえん》に改元された。契機となったのは、やはり井伊直弼の闇討ち騒動、桜田門外の変である。朝廷から改元の通達があって初めて、土佐藩ではこの一件を公にした。

以後は領内を取り締まり、隅々まで目を光らせる必要に迫られたのだろう。武市の申し出が容れられたのは、五ヵ月も後の——万延元年には閏三月がある——七月下旬であった。

「ほんなら、行こうか」

八月十五日、早暁。武市の声に三人が「おう」「はい」と応じる。以蔵の他は同じ小野派一刀流の門人で、久松喜代馬と島村外内であった。

久松は齢二十七、小野派一刀流の他に北辰一刀流を学んだ達人だった。浅黒い肌で、鼻が大きい以外にこれと言った特徴のない顔である。

一方の島村外内は、あの島村衛吉の兄に当たる。四十を数えた大男で、禿《は》げ上《あ》がった頭ゆえに、武市や久松には「入道《にゅうどう》さん」と呼ばれていた。

いずれにせよ以蔵は最も年下で、何かと言えば使い走りを命じられることが多い。

「よし、今日はここで宿を取ろう。以蔵、頼むで。わしら、そこの水茶屋におるき」

土佐北街道を進んで讃岐丸亀《まるがめ》に入った八月十八日、城下に至ると武市にそう言い付けられた。敬慕する師の言葉ゆえ、以蔵は即座に「はい」と応じて小走りに進む。その背に向け、島村外内が「渡し船の日も調べちょけ」と野太い声を寄越した。

「もちろんです。安心して休んじょってください」

大きく手を振りながら返す。自分や武市と違う類の人間――自らを偽って生きる者には、誰に対しても常に愛想良く、努めて朗らかに接していた。

瀬戸内の渡し船は二日後であった。それに乗って讃岐を発ち、海路で備前岡山へ。岡山からは北へ進んで美作《みまさか》に入った。

わざわざ山間《やまあい》の美作を訪れたのは、武市が藩に申し出たとおり、諸国の動きを探るためであった。そして武市が諸々を探るには幾日かを要するため、余の者は各地に滞在する間、この旅の名目どおり剣や槍《やり》の修業をした。

もっとも諸藩の城下で道場を訪ねても、以蔵は退屈であった。これは、という強い相手がいないからだ。一戦して勝ち、次また次と十幾人を退けても汗ひとつかかない。これなら江戸の「あほう塾」こと士学館の方が、ずっと歯応えがあった。

うんざりする気持ちを持て余しつつ、美作を発つ。その気怠《けだる》さは、しかし西の隣国・備中松山藩《びっちゅうまつやま》に入って一掃された。晩秋九月の半ばであった。

「頼もう」

新陰流《しんかげ》・熊田《くまだ》道場の門前で武市が声を上げ、取り次ぎを請うた。少しして、用件を聞くべく門人が姿を現す。その顔を見た刹那、武市の背から、ゆらりと冷たい怒気が立ち昇った。

「……おんし」

「た、武市君……か。久しいな」

島村外内が以蔵の背を軽く突き、小声で「知っちゅう奴か」と問う。黙って軽く頷いた。

然り、この顔を忘れるはずもない。下がり目に吊り眉、人を小馬鹿にしたような厭らしい顔つきは、桃井道場の内弟子だった田那村作八である。山本琢磨と共に酒を呑んで泥酔し、挙句の果てに商人を脅して時計を奪うという事件を起こした男だ。

「何が『武市君か』じゃ。時計の一件、忘れたとは言わせんぞ。おんしのお陰で、わしの一族まで連座の憂き目を見るとこやったがじゃ」

あの折には武市も龍馬も奔走した。二人は山本家の縁戚で、ことを穏便に収めねば何かしらの咎を受けることは避けられなかったのだ。以蔵も品川の下屋敷に出向き、皆から金を借りて回る破目になった。

「いや。それはな。すまん……と思っておるよ」

逃げるような苦笑に混ぜて、会釈の如くに頭を下げる。軽薄な態度に激昂《げきこう》したか、武市から漂う歪んだ空気が一気に冷たさを増した。

「琢磨はそのせいで死んだ。そうと知っても『すまん』で終わらせる気ぃかえ」

「え？　死んだ？」

「切腹ぞ。ここな以蔵が介錯した」

　実のところ、山本琢磨は龍馬の手で逃がされている。それを有耶無耶にするために河原者を殺し、その首を山本ということにしたに過ぎない。しかしながら、武市の言葉はただの嘘とは訳が違う。田那村の如き薄汚い男を追い詰めるためなら、当然の方便と言うべきであろう。

　そして、これは田那村を震え上がらせるに十分だったようだ。

「ゆる……ゆる、許してくれ。悪気は」

「嘘言いな。悪気がないに、どいて逃げたがじゃ。許す訳ないろう」

　ついに田那村は、涙目で震え始めた。武市は「ふん」と鼻で冷笑を加え、ぐいと相手の胸倉を掴んだ。

「何べん殺《ころ》いても足りんとこやけんど、生憎《あいにく》こっちはお役目の最中じゃ。それに、おんしなんぞ斬って咎を受けるがは、あほうのすることぞ」

　消えろ。少なくとも自分が松山藩にいる間、その下衆《げす》な顔を見せるな。武市はそう凄んで突き飛ばす。

「反吐が出るぜよ。他の者、取り次ぎに寄越さんか」

「分かっ……た」

　田那村が逃げるように道場の中へ戻って行く。以蔵は武市に小声を向けた。

「先生。田那村さんがおるち分かっちゅうに、この道場で修業するがですか」

「仕方ないろう。高知と比べて、まっこと田舎や。他に目ぼしい道場もない」

　武市は薄笑いだった。とは言え、田那村を許したがゆえの笑みではない。

おまえなどを斬って咎を受けるのは、あほうのすること——先の武市のひと言が、頭の中に渦を巻く。以蔵は、にたあ、と笑った。

＊

案内を受けて熊田道場に入ると、既に田那村の姿はなかった。武市に凄まれ、尻尾を巻いて逃げ出したようであった。

武市以下、四人揃《そろ》って道場主に挨拶をする。世が物騒な折、武士の本分を磨くべく武者修業の旅に出た。ついては、こちらで申し合いの稽古をさせてくれないか——その頼みは快く受け容れられた。もっとも到着して早々に試合をすることはなく、今日は稽古のみである。

四人のうち、武市だけは通り一遍の稽古で道場を辞した。藩に命じられた役目は、武者修業の名を借りて諸国の動きを調べること。そしてその裏には、各国で勤王の面々と語らうという武市本来の目的がある。名目だけの武者修業に多くの時を費やすはずもなかった。

以蔵は久松喜代馬を相手に稽古をしていたが、武市を見送ると、四半時も経たぬうちにやめてしまった。

「喜代馬さん、わしもこれで」

「何じゃ。もう終わりかえ」

「昨日の晩、良う眠れんかったがです。そこに歩き詰めで、その上に稽古ですろう」

久松は、ざっと道場を見回した。熊田の門弟が激しく打ち合っているが、ここにも大した腕前の者はいない。そう判じると、軽く溜息をついて「まあ、えいろう」と頷いた。

「ほんなら」

会釈して道場の隅に行き、道着を外した。さて、と考える。

ここに着いてから今まで、精々半時ほどしか過ぎていない。逃げ出した田那村は、その間にどうしたろう。江戸の時のように、松山を離れて姿を晦《くら》まそうとするのだろうか。

そうとは思えない。武市一行がここに留《とど》まるのは数日の内で、以後は再び旅路に就くのである。恐らくはこの城下に定めた住処《すみか》に隠れているはずだ。

思いつつ小袖に着替えると、目の前で打ち込みの稽古をしていた二人が「ありがとうございました」と礼を交わした。ひと区切り付いたらしい。

「おまさんら、ちっくと聞いてえいろうか」

声をかけると、近くにいる方が面を外し、弾む息で「何じゃね」と応じた。以蔵は努めてにこやかに言葉を継ぐ。

「この道場の田那村って人、どこに住みゆうか教えてくれんかえ。わしゃ、あの人が江戸におった時の知り合いでのう、久しぶりに会うたき訪ねて行きたいがじゃ」

「あの人の知り合いねえ……」

そこはかとなく呆れたような薄笑いが返された。田那村はここでも評判が良くないようだ。

「まあ構わんか。ここを出て南に三町も行くと、高梁川《たかはしがわ》と紺屋川《こうやがわ》の合わせ目に出るんや。その辺りの汚い小屋に住んどる」

「そうながか。ありがとう」

礼を言って、以蔵は道場を出た。

熊田道場は武家屋敷の建ち並ぶ中にあり、そこから南へ行くと、なるほど二つの川が合流する辺りに至った。左手から来る紺屋川の細い流れは、高梁川に真横から差し込んでいる。読んで字の如く、紺屋――染物や織物の店が多く並んでいるが、それ以外の店も散見された。

近辺を歩いて酒屋を探し、一升を買い入れる。隣の豆腐屋で木綿《もめん》を一丁もらうと、それらを手土産に田那村の住処を探した。

「ああ。あそこか」

紺屋川が高梁川に流れ込む辺り、他の家々から離れて土手に近いところに、古く汚い小屋があった。そろそろ日暮れ時、川向こうの山には残照が赤紫に映えている。

「ん？　ただの小屋とは違うがか」

近付いてみれば、荒れ放題ではあれ生垣で囲われている。かつては庵《いおり》と呼べるものだったのだろう。漆喰《しっくい》の壁が土色に染まり、ぽつぽつと黴《かび》の黒が散らばっている辺りから察するに、川が溢《あふ》れでもした挙句に打ち捨てられたというところか。主のいなくなった家に、田那村は勝手に住み付いているらしかった。

壊れた門があり、竹を籠目編《かごめあ》みにした扉が風にふらついている。以蔵はそこから声をかけた。

「田那村さん、おりますろうか。岡田以蔵です」

返事はない。が、どたりと家の中から音が聞こえた。武市を師と仰ぐ者が訪ねて来て、慌てふためいているらしい。軽く噴き出し、続く笑いを堪えてまた声を上げる。

「取って食いやせんき。おまさんと久しぶりに吞みとうて、酒買《こ》うて訪ねて来たがです」

少し待つと、家の中に人の気配が動き、小声が届いた。

「ひとりか？　武市は？」

「先生はご用事ちや。わしだけです」

田那村の気配から、すう、と力が抜けた。どこかの隙間から覗いていて、こちらの言うことが本当だと確かめたのかも知れない。

玄関の引き戸が、がたがたと音を立てて狭く開いた。人ひとりがやっと通れるくらいである。その奥の暗がりから手だけが伸び、声と共に招いた。

「入ってくれ」

「ほんなら」

従って入ると、案の定、中は黴臭かった。

「閉めるのに、こつが要るんだ。建て付けが悪いからな」

田那村は二度、三度と引き戸を前後に動かしながら閉めて、安堵したように息をついた。以蔵は「はは」と軽く笑った。

「そがに怖がるがやったら、時計の話ん時に逃げざったら良かったがじゃ」

「気楽に言うなよ」

時計を質入れした金を受け取って、明くる日には足が付いたことが分かったのだ。お上に召し取られるかも知れなかったし、そうでなくとも土佐藩に連行されて詮議を受けるかも知れなかった。逃げて当然だろうと、泣きそうな顔をする。以蔵は肚の内で「良い気味だ」とせせら笑いつつ、面持ちには苦笑を纏った。

「大丈夫やき。先生も仰せでしたろう。おまさん斬って咎らぁ受けたら、あほらしいって」

「まあ……そうか。それにしても、おまえも物好きだな」

武市が忌み嫌う相手を、わざわざ訪ねて来るとは。言いながら、田那村は以蔵が手に提げる酒瓶に舌なめずりをしていた。

「酒、しばらく呑んじゃあせんのかえ？」

「半年くらいな。江戸じゃあ三日に上げず呑み歩いてたってのに」

手招きしながら奥へ進んでいる。とは言っても、入り口の土間以外には三畳ほどの板間が二つ並ぶばかりで、しかも右の部屋は床が腐り落ちていた。

田那村は左側の板間に入ると、これだけは新しい円座を二つ出し、片方を以蔵に勧めた。

「で？　本当に俺と呑みに来たのか？」

「お詫びちや。先生が、えろう怖がらしてしもうたき」

そう言うと、向こうはようやく警戒を緩めたらしく、傍らの小箱から欠けた茶碗と汁用の木椀《もくわん》を出した。以蔵はその二つに酒を注ぎ、木椀の方を取って、ぐいと呑んだ。

「豆腐も摘んでください」

「……恩に着る」

ひと口の酒が入ると、田那村は歯止めが利かなくなって、瞬く間に二杯三杯と呑み干した。半年も呑まずにいたせいなのか、五杯を干したくらいで夢見心地という顔になっている。

酔いが回って気が大きくなったのだろう、田那村はへらへらと笑いながら顔を突き出した。

「ところでよう、岡田。女、抱きたくねえか？」

「おるがですか」

「江戸と同じよ。そこの河原にゃ夜鷹がいる。耳、澄ましてみろよ」

首を傾げ、言われたとおりに耳を澄ます。なるほど、盛りの付いた猫の如き声が微かに渡って来ていた。

「そこの高梁川ですろうか」

「ここから北へ行くと橋があるんだが、渡って向こう岸だよ」

河原沿いの木立に紛れて客を取る女がいるのだという。何人もいる訳ではないそうだ。

「時計で稼いだ金がなくなっちまったからよう。毎晩この声聞いて、手前でするしかねえんだ」

要するに、夜鷹を買う金を出してくれということか。だが構うまい。

「ほんなら女、買いに行きましょう。江戸じゃあ田那村さんに出してもろうたき、今日はわしが工面します」

「お。悪いねえ」

下卑た笑みを浮かべ、田那村はふらりと腰を上げた。だいぶ酒が効いているようで、足許が覚束ない様子であった。

千鳥足の田那村と共に橋を渡れば、先に聞いたとおり、向こう岸の袂に女がいた。が、ひとりだけである。それと見て田那村が問うた。

「よう、おめえさんだけか？　他にいねえのかよ」

女は「何や」と不満げであった。

「うちじゃあ嫌なんか」

「そうじゃねえ。こっちは二人だ。見りゃ分かんだろ」

するとと女は「ふん」と鼻から息を抜き、機嫌を直したようであった。

「今日は、他にひとりだけや。さっき行ったばかりじゃけ、しばらくおえんね」

しばらくは、だめ――そう聞いて田那村がこちらを見る。血走って濁った目に、以蔵は苦笑を返した。

「えいですよ。先にどうぞ」

「重ねて、悪いねえ」

以蔵が懐の財布から百文を渡すと、田那村は女の手を引いて木立の中に消えて行った。

河原に下り、橋の陰に身を隠して遠くの空を眺める。弓月と星明かりの、何とも暗い夜だ。晩秋の冷たい風に吹かれ、軽い酔いを醒《さ》ましてゆく。

すると、どのくらい過ぎた頃だろうか。夜風に乗って、暗がりの向こうから女の喘《あえ》ぐ声が流れてきた。初めは途切れ途切れの小さな声。少しすると、それは鼻に掛かった甘いものに変わってゆく。やがて少しずつ、少しずつ、声が大きくなっていった。

客を取る女は抱かれることに慣れていて、男の高まりに合わせて声を変えるものだ。少なくとも自分が江戸で殺した夜鷹は、抱かれるのは商売と割り切って、そうしていた。

「ほんなら、そろそろじゃ」

口の中で呟き、以蔵は腰を上げた。そして木立の中、声の出どころへと静かに進む。音を立てぬように近付いて行くと、暗がりの数歩ばかり先に身を重ねた男女の姿が浮かび上がった。田那村は袴だけ外して激しく動き、まさに果てんとしていた。

「あ、い……いきそうだ！　いいか？」

「あ、えぁ、ええよ。出して。出して」

「あ、お！　出る、出――」

二人の声が、止まった。

「な」

何だ。田那村はそう言おうとして、後ろを向こうとする。だが思うに任せない。動かせる首だけを回して背後を見ると、その目はたちまち驚きと恐怖に濁っていった。

以蔵の刀が、田那村を貫いていた。一撃は過《あやま》たず心の臓を捉え、胸を突き抜けて女の喉まで潰している。

「まさか。おま……え」

「おまさんが生きちゅうと、先生が苛々《いらいら》するろう？　そがな先生を見せられたら、わしゃ迷惑ながじゃ」

静かな笑みで語りかけ、刀を引き抜く。さっと後ろに飛び退けば、噴き出した血は田那村の小袖を深紅に染めるばかりで、以蔵に返ることはなかった。

力の抜けた男の体が、どさりと女を押し潰す。女は喉を潰されて声も出せず、息もできず、小刻みに身を震わせながら苦しげに口を動かしていた。驚き、混乱、恐怖――それらをない交ぜにした恨みがましい眼差しを受け、以蔵は「すまんのう」と頬を歪めた。

「おまんを殺す気はなかったがじゃ。やけんど、田那村さんに抱かれたんが運の尽きちや」

江戸で修業をした折、自分は田那村より強かった。しかし、あれから長く過ぎて、今がどうかは分からない。それに田那村とて「あほう塾」桃井道場の内弟子だった男だ。相応の腕がある以上、真正面から斬り殺せるとは限らない。

だから酒を呑ませた。酩酊《めいてい》させて斬り殺すつもりだった。

すると田那村は調子に乗って、女を抱きたいと言い出した。

むしろ好都合だった。女を抱く時には袴を外す。つまり必ず腰の刀を外す。斬り掛かった時、相手が反撃に移るまでが長くかかる。

「のう夜鷹の姐《あね》さん。おまんは、この人を殺す仕掛けに使わせてもろうたがじゃ。ただの仕掛けに、喋る口らぁ残す訳にいかんろう？　それやったら死んで当然ちや」

静かな言葉を向ける。眼差しの先で女が白目を剥《む》いていた。

明くる日、以蔵は熊田道場での試合に臨んだ。無論、全てに勝った。

最後に負かした相手は、昨日、田那村の住処を訊ねた相手である。その男から「昨夜は田那村に会ったのか」と問われ、以蔵は「いいえ」と返した。家には行ったが不在だった、と。男は「あぶく銭でも手に入って、夜鷹を買いに行っていたのだろう」と言って笑った。

数日後、武市一行は備中松山での「武者修業」を終えて次の地へと旅立った。朝一番に熊田道場を出て、いざ城下を離れようと橋を渡る時である。

川向うから、戸板で運ばれて来る二つの骸《むくろ》があった。

「先生。あれ田那村さんやないですろうか」

以蔵が声を向けると、武市は「む？」と唸り、二つの戸板に目を向けた。両方とも筵《むしろ》が被《かぶ》せられていたが、後から運ばれて来る方の筵から田那村の顔が少し覗いていた。

「……ほんまや、田那村ぞ。あいつ、どいたがじゃ。熊田道場でも、まあ鼻摘《はなつま》み者《もの》やったらしいけんど」

「もう片方、女ですねや」

これも筵から、女物の着物の袖がはみ出ていた。

「痴話喧嘩《げんか》か、女の取り合いか。あの人なら、そがな話やと思います」

ひそめられた以蔵の声に、武市が「ふふん」と鼻で笑う。上機嫌なのが、手に取るように分かった。

四　以蔵と勤王党

土佐藩北会所、尋問小屋——。

田那村がいたから武市の苛立つ姿を見る破目になった。それは自分にとって愉快ならざる話、ゆえに元凶の田那村を殺した。仕損じぬように夜鷹を利用し、その女も殺した。

以蔵は、そう言う。

聡介は思った。酷い話だ、と。

田那村作八という男は有り体に言って屑《くず》である。それを手に掛けるまでは百歩譲って頷けぬでもない。だが、偶然そこで客を取っていただけの夜鷹は全くの巻き添えではないか。

然るに以蔵は、その夜鷹も殺して当然だと言う。誰が田那村を殺したか、証言できる口を残しておく道理はないのだと。蹴飛ばすのにちょうど良い石が転がっていたから蹴飛ばした、それと同じくらいの受け止め方である。

人として持ち合わせているべき躊躇いが、この男には微塵もない。自らの行ないこそ道理だと信じて疑わない。いったい、こうまで非道、無道な者が世にあって良いものか。

「おんし」

聡介は青く震える唇からそれだけ吐き出し、続くべき言葉を奥歯で嚙み殺した。言って何になる。現に以蔵はそういう男なのだ。呑まれてはならじ、聞き出せる全てを聞き出さねば。

「田那村を殺《ころ》いたがは、武市の言い付けか」

湧き上がる震えを無理に捻じ伏せ、押し潰した声で問う。すると以蔵は、さも不満そうに眉を寄せた。

「違うちや。おまん、わしの言うたこと聞いちょらんかったがか」

武市に命じられたのではない。自分の意志で、田那村を罠《わな》に嵌《は》めて殺した。見事にやって退けたのに、どうして俺の手柄として見てくれないのか。そういう顔だ。

「ほんなら、おんしが田那村と夜鷹の骸を捨て置いたがは」

人に知られても良いと思っていたからか。或いは、むしろ世に知らしめたかったのか。重ねての問いに、以蔵はからからと笑って返した。

「わしゃ先生の苛々をなくしたい思うて、やったがじゃ。田那村さんが死んだって、誰にも知られんままやったら先生にも伝わらんろう」

「知られたら、おんしが初めに疑われるとは思わざったがか。熊田道場の者に田那村の住処を訊いちょったがやき」

「疑われるがは当たり前や。けんど」

以蔵は薄笑いを浮かべて平然と言い放った。自分が疑われて捕り方が寄越されたなら、それも斬り捨てれば済む話だった、と。

もっとも、そうはならなかった。大老・井伊直弼の闇討ち騒動があったばかりで、諸国が等しく動揺を抱えていた頃である。田那村は備中松山では流れ者に過ぎず、熊田道場でも嫌われ者だった。そのような者がひとり殺されたところで、下手人探しに人手を割く余裕は、松山藩にはなかったのかも知れない。

「……まあ、えい。まだまだ、こじゃんと聞くことはあるがじゃ」

この数年、土佐でも京でも度重なる人斬り事件があった。自らの実兄・井上佐市郎もそうした中で命を落としている。それらの凶行に武市率いる土佐勤王党がどれだけ関わっていたのか。関わっていたとして、武市が命じていたのか。以蔵がこれから語るだろうことは、きっとそこを明らかにする。

「ともあれ。松山を出た後は芸州や長州に行ったがじゃな」

「ほうじゃ。長州に入ったがは、松山を出てひと月ばあ後やったかのう」

他での「武者修業」が数日で終わっていたのに対し、長州には支藩まで含めて一ヵ月半も滞在したという。勤王派と会談を重ねるため、武市がそれだけの時を使ったからだ。

聡介の手には、往時の以蔵の足取りを記した帳面がある。これと照らし合わせるに、今の証言と食い違うところはなかった。もっとも、この帳面には予《あらかじ》め分かっていた範囲でしか記されていない。同じ万延《まんえん》元年（一八六〇）十二月、豊後《ぶんご》の岡《おか》藩に入ってから先は尻切れ蜻蛉《とんぼ》であった。

「岡藩に入った半年くらい後で、武市は江戸の中屋敷に入っちゅう」

藩の記録では、それは翌文久《ぶんきゅう》元年（一八六一）の六月四日である。

武市の「武者修業」は、実のところは大老暗殺で揺れる諸国の情勢を探るためだった。藩からその役目を得ていた以上、騒動の発端となった江戸に赴くことは当然と言えよう。然るに、岡藩に入ってから江戸に姿を現すまでの半年間、武市一行がどこで何をしていたのか定かでない。ここに何かあるはずだと、腹に力を込めて次の問いを向けた。

「おんしら、半年もお役目を放《ほ》ったらかして何しちょった」

土佐の藩政を捻《ね》じ曲《ま》げ、散々に世を掻き乱した土佐勤王党は、武市が江戸に滞在していた八月の下旬に結成されている。つまりは結党の支度を進めるべく、藩から与えられた役目を隠れ蓑に半年の時を捻《ひね》り出《だ》したのではないか。

「武市は端からお役目を利用する気ぃやった。そうながじゃろう。白状しいや」

一歩を踏み込んで問い詰める。すると以蔵は、何とも楽しげに大笑した。

「聡介は頭えいのう。まあ大体そんとおりじゃ」

こともなげに肯《がえ》んじられて、かえって拍子抜けした。二の句を継げずにいると、以蔵はなお口を開き、帳面に記されていないことを語ってゆく。

「けんど、ちっくと違う。先生は、初めは江戸に行く気らぁ、なかったがやき」

井伊大老を闇討ちにしたのは、水戸藩を中心とする勤王の面々だった。それを以て坂本龍馬は嘆いた。下手をすれば幕府と勤王派の戦になってしまう。それでは日本が変わることなどできないのだと。

「さっきも言うたろう。先生は勤王の人らぁをまとめて、数の力で御公儀を脅す気ぃやった。そうやって戦を避けようとしたがじゃ」

その目的だけなら江戸に出向く必要はない。西国には幕府に反感を抱く藩が多く、これらとの合従連衡《がっしょうれんこう》を図れば済むからだ。

しかし長州に入った折、江戸には勤王の大物が多くいると聞かされた。同じ長州の久坂玄瑞《くさかげんずい》に桂小五郎《かつらこごろう》、さらには薩摩の樺山三円《かばやまさんえん》、水戸の住谷寅之介《すみやとらのすけ》などである。

「ほんじゃあきに先生は、そいつらを巧《うも》う使《つこ》うてやろう思うて江戸に行ったがじゃ。道中で他に使えそうな奴がおらんか品定めしちょったき、半年もかかったち聞いちゅう」

その折に武市は久松喜代馬と島村外内の二人だけを伴った。以蔵には豊後岡藩に残り、堀加治《ほりかじ》右衛門《えもん》の許で直指流《じきしりゅう》の剣術を修業するよう命じたという。ひとりでも修業をしていれば、藩に何か言われても申し開きができると考えたらしい。

「そうか。おんしは……武市の半月ばあ後に中屋敷に入っちゅうな」

「先生が、そうせい言うたがじゃ。岡を出たがは、文久元年の四月……いや、三月が終わる頃やったかのう」

聡介は小さな頷きをひとつ返し、眼差しを以て「続けろ」と示した。

*

文久元年六月下旬。以蔵、二十四歳――。

「良う来た。待っちょったぞ」

中屋敷に到着すると、武市が門の内まで迎えに出ていた。他に二人いる。どちらも、かつて士学館——あの「あほう塾」で共に剣術を学んだ男、大石弥太郎と島村衛吉である。

以蔵は、いつもと同じく朗らかに喜んで見せた。

「こりゃあ、お二人もまた江戸に来られちょったがですか。あれ？　ところで喜代馬さんと入道さんは？」

武市と共に江戸に入ったはずの久松喜代馬、そして島村外内の姿が見えない。問いつつ武市を向くと、どこか含みのある笑みが返された。

「二人には先に土佐へ帰ってもろうた。大事な役目を頼んだがじゃ」

「藩の？」

「違う。わしの、じゃ」

武市と大石、島村が頷き合い、揃って以蔵に目を向ける。付いて来い、という顔であった。

三人に従って武家長屋の二階へと進む。頃合は夕刻、長屋の細い廊下には遠く向こうから西日が差し込んでいて、いささか眩《まぶ》しい。

明かり取りの近くまで進むと、武市が右手にある一室の引き戸を開けて小声を寄越した。ここから先は密談だと、声音で分かった。

「入りや」

促されて中に入れば、八畳ほどの板間に五人の男がいた。親しい訳ではないが全て見知った顔だ。薄暗い部屋に若い生気が満ちて何とも男臭い。

五人は入り口に近い下座にあって、尋常ならざる眼光を宿していた。武市は面々の脇を通って奥に進み、大石や島村と共に上座に腰を下ろす。以蔵は五人の並ぶ後ろに座を取った。

「まずは以蔵に、何がどうなっちゅうか聞かせんといけん」

武市が他の同意を求め、今までのあらましを語った。

江戸に入ってから半月ほど、武市は諸藩の勤王派と多くを語らったという。大石や島村を介して長州の久坂玄瑞、桂小五郎らに会った。それらの交友を辿《たど》り、薩摩の樺山三円を訪ね、次いで水戸の住谷寅之介とも談合に及んだ。

「えいか以蔵。勤王は大義ぞ。大義の旗の下に、ようけ人が集まろうとしちゅう」

それらが束になり、諸藩が力を合わせれば、幕府もおいそれとは手を出せない。アメリカとの条約で国を危うくする幕府を十分に牽制《けんせい》できる。そして。

「勤王の藩が揃うて、帝と朝廷にお味方するがじゃ」

徳川が日本の舵取《かじと》りを担い、その権を握り続けて久しい。しかし幕府は勅許を得ぬままアメリカとの条約に調印し、この国を危うい方へ導こうとしている。見過ごしてはならじ、今こそ日本の主たる天皇が国の実《じつ》を取り戻す時だ。勤王の志を抱く者は須《すべか》らく朝廷に助力するべきであろうと、武市は言う。

「わしゃ江戸に入るまでに、あっちこっちの藩を見て来た。やけんど、共に語るに足る奴はどこにもおらざった。長州、水戸、薩摩。江戸で話し合うた三つの藩だけが、わしらと思いを同じくしちゅうがじゃ」

大石が「そのとおり」と、低く声を響かせた。

「長州では、全ての藩士を勤王にまとめよう、ちゅう動きがある。薩摩の樺山君、水戸の住谷君も意を同じじゅうした」

以蔵は背を丸め、顔を突き出して「ほんなら」と問うた。

「わしら土佐も、そこに入るがですか」

「そうじゃ」

応じて、大石の声が熱を持った。

今はまだ個々の藩士が勤王を志すに過ぎない。だが幕府は打つ手を誤り、決して進んではならぬ道を歩み始めてしまった。これを食い止め、天皇と朝廷に実権を取り戻さねばならない。

「それには何をしたらえいか。長州、薩摩、水戸の皆ぁと話し合うて、決めてかんといけん」

「ここにおる八人は、日々そのために走り回っちゅう。以蔵、おまんも手ぇ貸しや」

武市がそう言って後を引き取り、伸《の》し掛《か》かるような眼光を寄越した。

もとより、以蔵に異論などあるはずがない。敬慕する師が世を正そうと言うのなら、黙って従うのみだ。それによって自分も力を持てる。武市を助けて、世の有象無象を幸せの道に送り込んでやれるのだから。

とは言いつつ、である。

「わしゃ難しい話は分からんがです。先生や皆ぁのお力になれるかどうか」

すると、島村が「気負いな」と苦笑した。

「おまんの剣術は驚くほど磨かれたやないか。武市さんも常々言うちょるがよ。まともに斬り合うたら、もう以蔵には敵わんかも知れんて」

その言葉を聞いて、以蔵の背にぞくりと心地好い震えが走った。

まともに斬り合ったら、もう敵わない。恐らく武市は本当にそう思っている。なぜならこの岡田以蔵には、世の常の人と違って嘘がないからだ。

他人と巧く付き合わねばならない。世の常から外れた行ないに走ってはならない。他人を蔑《ないがし》ろにしてはならない。傷付けてはならない。まして、殺すなど言語道断——人はそれらを良心と呼んで崇《あが》める。

しかし。

詰まるところそれは、自分を良く見せたいからだ。押《お》し並《な》べて欲なのである。

違うくせに。

本心では、違うことを思っているくせに。

こんな奴と関わり合いになりたくない。なぜ俺が他人に合わせねばならないのか。自分を蔑《さげす》む者を軽んじて何が悪い。むしろ傷付けてやりたい。死んでしまえば良いのに——斯様などす黒い澱《よど》みと濁りを、誰もが心に抱えている。

それを覆い隠そうとするのが、嘘でなくて何であろうか。この上なく汚らしい偽りだ。

武市は知っている。この以蔵の心が、そうした虚栄に囚《とら》われていないことを。

岡田以蔵が人を斬るのは、命を奪うためではない。嘘で腐らせた生を終わらせ、命を清めてやることに喜びを見出すからだ。ゆえに、刃に躊躇いがない。同じ心を持つからこそ、武市はそれを嗅ぎ取っている。

だから言うのだ。まともに斬り合ったら、もう以蔵には敵わないかも知れぬと。

「……それが、わしの役目ながですか」

掬《すく》い上《あ》げるように眼差しを向ける。武市が「ふふ」と小さく含み笑いを漏らした。

「衛吉が『気負いな』言うたろう。いざ、ちゅう時の備えやき」

「はい。分かりました」

このひと言を以て、以蔵は勤王の同志と見做《みな》されることになった。

以後、武市以下は諸藩邸に出向き、勤王派の面々と談合を重ねてゆく。

そして二ヵ月、幕府の過ちを拭い、世を正すための策が練り上げられた。

日本の主が天皇である以上、幕府は勅に逆らえない。ならば長州、薩摩、土佐、水戸の志士は一丸となり、藩論を勤王と攘夷に一統するよう力を尽くすべし。かかる上で各藩主を上京させ、朝廷を補佐すれば、幕府を動かすに十分な力となろう。

八月下旬、武市は八人の同志を前にこの方針を説いて聞かせた。そして続ける。

「策を形にするには、わしらも力を持たんとならん。大望を唱えるだけやったら、念仏と変わらんがじゃ。ほんじゃあきに」

言いつつ、懐から一枚の紙を取り出して広げた。

「盟《ちか》いて曰《いわ》く。堂々たる神州、戎狄《じゅうてき》の辱めを受け、古《いにしえ》より伝われる大和魂も今は既に絶えなんと、帝は深く嘆き賜《たま》う――」

諸外国に迫られて湊《みなと》を開くことになり、天皇が深く嘆いているのに、この未曽有《みぞう》の苦境を打ち破ろうとする者がない。土佐の隠居・山内容堂はそのために尽力するも、大老・井伊直弼に抗《あらが》ったせいで力を殺《そ》がれてしまった。この辱めを忘れず、容堂の志を貫くべし。我らは決して私意を持つことなく手を携え、国のために立ち上がって万民の苦しみを救わん。

その意が連ねられた文言を読み上げて、武市は「ふう」と大きく息をついた。

「土佐に戻った入道さんと喜代馬さんが、この思いを皆ぁに伝えてくれちゅう。まず、わしらが立ち上がるがじゃ。土佐をまとめて、数を束ねて力にしたら」

藩公・山内豊範も隠居の容堂も、きっと聞く耳を持ってくれよう。そう語る目には、必ず聞く耳を持たせてやる、という冷たい炎が上がっていた。

武市はたった今読み上げた誓紙を床に置き、懐から矢立を出して筆を取る。そして自らの名を記すと、右手の親指を嚙み破って血判を突いた。

「土佐勤王党の立ち上げじゃ」

皆が「おう」と声を上げ、各々の名を記し、血判を突いていった。武市以下、発起人の九人には以蔵の名も含まれていた。

＊

土佐勤王党の結成から数日、武市半平太は島村衛吉らとともに九月四日に土佐へと帰って行った。先んじて戻った島村外内と久松喜代馬が地均《じなら》しをしてくれているゆえ、一刻も早く合流して同志を糾合《きゅうごう》せんという構えであった。

三日後、九月七日には長州の久坂玄瑞が帰国の途に就く。さらに同月十九日には薩摩の樺山三円も国許へ戻って行った。一藩勤王を成し遂げて藩公を上京させ、朝廷に力添えする——その目標に向かって各々が足並みを揃えていた。

「ほんじゃあ、わしゃこれで」

袴の裾を括《くく》って風呂敷包みを襷《たすき》掛けに背負い、旅装束で以蔵は皆に会釈した。武市の後を追って帰国するためである。九月も末に差し掛かった頃であった。

江戸中屋敷の門前には勤王党の同志たちが見送りに出ている。武市がいない中、副党首格の大石弥太郎が「おう」と返した。

「こっちは任せちょき。他の藩にも話せる奴がおらんか、探っていくきに」

大石の他には三人が江戸に残る。皆が眼差しに血気を湛え、大石の離れた両目にも奮い立つ覇気が満ち満ちていた。

それらを前に、以蔵は朗らかな笑みを作った。

「わしゃ談合の役には立ちませんき早々に帰りますけんど、皆さんも早う帰って来とうせ」

「分かっちょる。藩のお役目が済んだら、すぐ帰るき」

大石の江戸遊学は安政三年に次いで二度目である。此度は西洋の学問や砲術、戦術などを学ぶためであった。洋学修業が藩命である以上、放り出す訳にはいかない。何より、もし勤王の藩と幕府が戦うことになったら、その時には洋学の知識が確かな力になるはずだった。

「土佐でまた会いましょう」

一礼して、以蔵は江戸を後にした。

土佐に帰るなら、大坂まで出て船を使うのが最も早い。だが以蔵はその道を辿らず、いったん九州まで行って豊後の岡藩に入ることにしていた。江戸に来るまで岡藩の堀道場で修業していたが、道場主の堀加治右衛門に宛てて武市から書状を預かっていたからである。書状の中身は知らぬが、岡藩でも勤王の徒《と》をまとめてくれという類の依頼だと想像できた。

江戸から豊後までは概ね三ヵ月の旅となる。堀に書状を渡してすぐ岡藩を発てば、明けて文久二年の一月半ばには土佐まで帰り果《おお》せるはずだった。

ところが以蔵は、しばらく遅れることとなった。

「やれやれ。ようやく帰れたちや」

岡藩から船に乗り、土佐の西の外れにある宿毛《すくも》の湊に帰り着いた時には、既に初夏四月になっていた。

昼日中、真上から差す陽光がじりじりと肌を焦がす。桟橋《さんばし》に下りて額の汗を拭い、生国に帰って来た安堵に大きく息をついた。

「さて。急がんと」

本当なら三ヵ月も前に帰って来ているはずだった。それがこうも遅れたのは、道中、東海道の新居宿《あらいしゅく》で病を得たためであった。遠江国《とおとうみのくに》、浜名湖《はまな》の西岸である。身動きもできぬほどの腹痛に見舞われ、二十幾日も宿に留まったまま、同地の医者から薬を買って飲み続けた。

幸い、病は昨年内に癒えた。だが薬代が嵩《かさ》んで路銀が尽き、宿の支払いができなくなってしまった。宿の主人は大層怒り、奉行所に突き出してやると息巻いていた。嫌なら働いて返せ、と。

致し方なく一ヵ月の間、朝晩の粗末な飯だけで宿の下働きをすることになった。

面倒ではあった。金を支払わねばならぬという、世の仕組みが邪魔で仕方なかった。正直なところ宿の主人に怒りを抱いた。それでも、殺そうとは思わなかった。支払いができない自分に対し、宿の主人は心のままに怒りをぶつけ、散々にこき使った。嘘がなかったからだ。

そして一月末、働きの中から溜《た》まった宿賃を差し引かれ、わずかばかりの給金を渡された。

雀《すずめ》の涙ほどの金子だったが、幾許《いくばく》かの路銀にはなった。

以後は努めて宿を取らず、野宿を重ねて旅を続けた。どうにかこうにか岡藩の堀道場を訪ねたのが四日前である。

武市の書状を渡して窮状を口にすると、堀加治右衛門は「弟子が訪ねて来たのだ、小遣いをやる」と一両を渡してくれた。善意か虚栄かは判然としなかったが、自分に損のない話ゆえ深く考えないようにした。

そして今、土佐に帰って先を急いでいる。

「参ったのう。もう夜かえ」

四月二日、宿毛の湊からしばらく北東へ進んだところで日暮れを迎えた。辺りは一面の畑である。月明かりに青黒く浮かぶ葉は、茄子《なす》か何かであろうか。

思いつつ遠目に見遣る先に、ぽつぽつと灯火《ともしび》が漏れていた。この畑を作る村の家であろう。以蔵はそこを訪ね、二十文を渡して納屋に身を休めた。

明くる日からも同じように農村の納屋に眠り、先を急ぐ。

そして四月八日、ようやく高知城下に帰って来た。雨の降る夜であった。

暗い道を、以蔵はひとり歩いた。雨の夜ゆえ他に人影はない。この道をもう少し行けば、帯屋《おびや》町《まち》筋の通りに至る。そこからは四半里ほど（一里は約四キロメートル）で武市の屋敷だ。先ほど亥《い》の刻（二十二時）の鐘が渡って来たが、この時分だとて、まさか門前払いにはなるまい。ひと息つくことができよう。

勝手を知った道は短く感じるものである。足早に進めば、帯屋町筋はあっという間であった。

「ん？　ありゃあ……」

道の向こうの暗がりに、提灯《ちょうちん》と思しき灯《あか》りが三つ四つ浮いている。米粒の如き大きさに見える辺りからして二町も先だろうか。動きが遅く、灯りの数も多い。きっと身分のある者が乗った駕《か》籠《ご》であろう。

「駕籠かきもご苦労なことじゃ」

ぽつりと呟く。と、不意に提灯の灯りが乱れて舞った。

「何じゃ」

ぞわ、と何かの気配が渡って来た。少し遅れて声が届く。遠くからだが、確かに「下郎が」と怒鳴っていた。乱舞していた提灯が二つ落ち、片方の灯りが消える。蹴飛ばされて転がったのだろうか、もう片方は軽く跳ねるように横へ動いた。

何かが起きている。駕籠の者が襲われているのだろうか。以蔵は衝き動かされるように駆け出した。

「おのれ」

憎々しげな叫び声に続き、鉄と鉄のぶつかる音――刀を合わせた音がキンと飛んで来る。次いで刃が空を斬る音が鋭く渡った。

「えいや！」

襲う側の声が若い。それに続いて苦しげな唸り声が届いた。

刀と刀がぶつかり、火花を散らしたかのように鈍く光る。あと十数歩、先ほど転がったと見えた提灯の火袋が燃え上がり、灯りを大きくした。

覆面で顔を隠した姿が三つ浮かび上がった。地には三、四人が倒れている。細かく見ている暇はないが、襲われた者の従者らしい。ひとりの男が逃れようとしているが、その足取りは多分に怪しかった。

と、覆面の中からひとり、こちらの姿を認め、刀を下段に構えて小走りに駆けて来た。

「邪魔立てするか！」

声を聞いて、目が丸くなった。

「おまさん」

以蔵のひと言を耳に、相手も驚いたらしい。提灯の火袋が燃えた明るさはだいぶ失われているが、辛うじてこちらの顔を判じたか、すぐに刀を引いた。

互いに呆気に取られた寸時、逃れようとしていた男が倒れ込んで、以蔵の左足首にすがり付いた。

「お……おんし。頼む、助けや」

面長に太い吊り眉、歳の頃は五十路《いそじ》くらいか。その男の後ろから、覆面のひとりが「やっ」と袈裟《けさ》懸《が》けに刀を振り下ろす。背を斬られた男は「ぎゃ」と短く叫んで身を仰《の》け反《ぞ》らせ、しかし以蔵の足だけは強く摑んで離さなかった。

「こいつ誰や」

覆面の三人、誰にともなく問う。先ほど以蔵に斬り掛かろうとした男が返答を寄越した。

「参政の吉田東洋じゃ」

言いつつ、覆面の目元をぐいと引き下げる。声を聞いた時に思ったとおり、知った顔だ。江戸に残った大石弥太郎の従弟《いとこ》、大石団蔵《だんぞう》である。両の目が離れている辺りが良く似ていた。

「やっぱり、おまさんか。こりゃ何しゆうがじゃ。わしゃ訳が分からんぜよ」

「見てのとおりちや」

そう言われても、である。いささか困惑して足許に目を落とせば、斬られた男——吉田東洋は相変わらず以蔵の足首を摑んだまま、爛々《らんらん》と光る目で見上げていた。

「……助けい。おんしを、取り立て……。頼む」

首筋にひと太刀、右腕にひと太刀、そして先ほど背に加えられたひと太刀、三つの傷を受けている。首と右腕は掠《かす》り傷《きず》だが、背からは大いに血が溢れていて、深手と分かった。もっとも、急いで手当てをすれば、すぐに命を落とすほどではなさそうだ。

「まだ、死ねん。こがな下郎……わしの、何が。土佐は」

荒い息の中、吉田は途切れ途切れに言葉を継いだ。

「慎《つつ》ましい……心で。慈悲で。わしゃ、そんために。助けえや。取り立てちゃるき」

何を言わんとしているのかは、大まかに分かった。

こんな下郎に自分の高邁《こうまい》な考えが分かるものか。この土佐は人の慎ましい心で救われるのだ。自分はそのために藩政を進めている。だから助けろ。おまえを取り立ててやるから。

吉田はそう訴えている。以蔵はゆっくりと二度頷き、短く問うた。

「この三人も一緒に取り立てるがやったら、助けてもえい。どうする」

「それで、えい。分かった」

返答を得て、にたりと笑う。そして以蔵は――。

「嘘つきなや！」

一喝するが早いか、右足を持ち上げ、左足首を摑む吉田の手をこれでもかと踏み付けた。草鞋《わらじ》の底を通して、ぼきりと湿った響きが伝わる。

胸を潰されたような叫び声と共に、吉田の手が離れた。以蔵は冷えきった眼差しで見下ろし、吉田の腰から小太刀を抜いた。

「おまさん自分が助かったら、わしも、この三人も殺す気ながじゃろう」

「そ、そがな……そがなん、違うき」

なお命乞いをする吉田に冷笑を加え、大石団蔵に目を向けた。

「どうするかえ。放っといたら死ぬるけんど、ここで殺す気ながじゃろう？」

「お？　おお。そ、そうじゃ。けんど」

ただならぬ眼光に気圧《けお》されたか、団蔵がおずおずと応じる。他の二人は覆面のまま、控えめに頷いていた。

三人の意を確かめて、以蔵はしゃがみ込んだ。そして左手に吉田の髷を摑んで持ち上げ、無理やりにこちらを向かせる。

「吉田様。おまさん、慈悲で土佐を救う言うちょったのう。喜びや。この三人、おまさんに慈悲を垂れてくれちゅう」

静かに、静かに語りかけた。

「急いで手当てしたら助かる。放っといたら死ぬ。どっちにも転ぶ命や。けんど」

命が助かったとて、体が元どおりに動くとは限らない。とりあえず命を取り留めても、しばらくの後に傷が元になって死を迎えるのやも知れない。いずれにせよ、苦しい思いをすることにはなろう。

「ほんじゃあきに、ここで殺す。この人らぁ三人は、そがに言いゆうがじゃ。苦しませずに命を終わらしてくれる。何よりの慈悲やないか」

吉田が次第に青ざめてゆく。がくがく身を震わせているのは、死を恐れるがためか、血を流し過ぎて力が入らないのか、はたまた雨に打たれて寒いのか。

だが、それはどうでも良いことだ。自分にとっても、今の吉田にとっても。

にたりと笑い、右手の小太刀を横向きに構える。これを吉田の口に咥《くわ》えさせ、そして。

「ありがたい話ろう。のう？」

一気に、斬り払った。

小太刀が上下の顎を分かち、胴から切り離した。吉田は声ひとつ上げられなかった。

「団蔵さん。おまさんが首刎ねたことにしときや」

口より下がない吉田の首を左手に持ち上げ、ぽんと放って渡す。大石団蔵は怯んで、飛び退いてしまった。

ごろりと首の転がる夜道に、雨がしとしと降り続いていた。

＊

土佐藩北会所、尋問小屋――。


以蔵の両脇から伸びる八角棒が、小刻みな震えを見せた。同輩二人が色を失っている。否、震えているのは聡介も同じであった。

「吉田様を……殺《ころ》いた言うがか。おんしが」

総身に恐ろしいほどの力を込めねば、それだけを発するのも難しい。然るに以蔵はへらへらと笑って、くつろいでいるかの如き顔であった。

「違うき。殺いたがは団蔵さんらぁぜよ」

以蔵は言う。自分は飽くまで偶然通りかかったに過ぎないのだと。

「そんで、吉田様を楽にしてやっただけや」

一面で正しいのかも知れない。しかし聡介には、どうしても詭弁《きべん》としか思えなかった。

「本気で言いゆうがか」

震え声のひと言を、どう受け取り損なったのか。以蔵は得心顔で「ああ」と頷いた。

「団蔵さんの他が誰やったか、知りたいんやな。分かった、何でも話すき」

そして「武市先生から聞いた話やけんど」と前置きし、問われもしないことを語り始めた。

まず吉田東洋の闇討ちは、大石団蔵ら勤王党の三人の手によるものであるという。

次に、この闇討ちには二つの思惑があったそうだ。

ひとつは吉田が邪魔だったからである。

吉田は前年から藩政の刷新に取り組んでいたが、それは勤王と攘夷のためではなかった。隠居の身となった山内容堂の意を汲《く》み、朝廷と幕府の仲を取り持つ——公武周旋を図るためだ。如何に吉田が藩の旧弊を取り除いたとて、これでは一藩勤王を目指す上で逆風にしかならない。

もうひとつは、藩主・山内豊範の参覲を遅らせるためだった。

文久二年、豊範は四月十二日を以て土佐を発し、江戸参覲の途に就くことになっていた。ところがその四日前に闇討ち騒ぎがあったせいで、出立は繰り延べとなっている。

「参覲なら道中で京に上がるろう？　けんど吉田様が力ぁ持っちょったき、土佐の一藩勤王は遅れに遅れちょった」

藩論を勤王にまとめた上で藩公を上京させ、そのまま朝廷に奉仕する。長州や薩摩、水戸の勤王志士と交わしたその合意を、このままでは果たせない。ゆえに何としても吉田を除き、勤王党員かそれに近しい人物が藩政を動かす形にせねばならなかった。

事実、闇討ち騒動の後は、吉田と対立していた面々が八人も藩の要職に就いている。それらは全て武市の土佐勤王党に賛同していた。とは言え、その八人は心から勤王を志していた訳ではない。吉田一派に対抗するため、入るべき傘を求めたに過ぎなかった。

「言うてもうたら、自分が得するきに手ぇ貸しただけの人らぁじゃ。その人らぁのお陰で勤王党がどれだけ得するかは分からざった。そんでも先生は、何でも構《かま》ん、数は力やって仰せやった。そがな訳で、藩の偉い人らぁと先生ばっかり忙しゅうなっちょったがやけんど、ほいたら今度は龍馬さんが『やることがない』言うて脱藩してもうたがじゃ。闇討ちのひと月ばあ前の話やけんど、おまん知っちょったか？」

聞きながら帳面に筆を走らせている。こちらから問うた上での証言ではないが、重要な話には違いなかった。

「坂本龍馬の脱藩は当然知っちゅう。脱藩は重罪やけんど、自分に何ができるかを思うた上のことじゃ。損得勘定で武市に力を与えた奴らより、よっぽど正しい心根ぞ」

苦々しい言葉を漏らすと、以蔵はいささか不愉快そうに「ふは」と強く笑った。

「志やら心根やらが何じゃ。損得で動く方が正直やいか」

世が重んじる考え方を、真っ向から蹴飛ばす言葉だった。

今まで聞いた話についても、この男は常にそうだった。夜鷹殺しも、河原者の首を取ったことも。田那村作八を亡き者にしたことも。

しかし。

全てが、そうだと言うのか。自分の心に正直な行ないでしかない――と。

「おんし。己が……己の得になるがやったら、誰も彼も殺《ころ》いて構《かま》んて思うちゅうがか」

必死に身震いを抑え込みつつ、確かめるように問う。向かい合う目が、驚きと少しばかりの喜色に彩られた。

「おまん、分かってきたやないか」

そうだ。本意ではないが、以蔵の考え方が少しずつ分かり始めてきた。だが金輪際、その道理は認められない。否、認めてはならない。世の常の者、真っ当な人間として。

追い詰めてやる。以蔵も、武市も！

「話を元に戻すぞ。おんしが言うたことからすると、吉田様の闇討ちは武市の差し金いうことになる。それで間違いないがやな」

返って来たのは、あまりにも意外な答だった。

「違うちや。命じたがは下総《しもうさ》様やき」

家老・山内下総。吉田東洋の権勢に抗って、辞職に追い込まれていた男の名であった。聡介の胸に「まさか」の戸惑いと「さもありなん」の得心がない交ぜになる。吉田が暗殺された後、山内下総は勤王派に推されて家老職に復したのだから。

もっとも、だからと言って武市の関与が否定される訳ではない。

たとえば、こうも考えられる。

「武市から下総様に無心したがやろう。吉田様を討つよう命じとうせ、言うて」

「んん、そうかも知れんちや。けんど、すまん。そこまで詳しい話は聞いちゃあせん」

仔細を知っていれば喜んで話すのに、とでも言いたげである。そこが何とも憎らしい。

或いは責め具の使いどころかと、以蔵を挟む二人に目を流す。

向かって右のひとりが、青い顔で小さく首を横に振った。これまでのところ、以蔵は確かに全てを白状していると眼差しが語っていた。

なるほど。山本琢磨の時計事件にせよ、武市の武者修業にせよ、南北会所の調べでは明らかにならなかったところまで、全て辻褄《つじつま》の合う形で証言されている。拷問に訴え、その果てに死なせてしまうよりは——。

「……まあ、えい。わしらぁが納得できん話は、最後の最後にまとめて訊いちゃる」

まずは吉田東洋の暗殺以後を洗いざらい話せ。聡介の眼差しを受け、以蔵は子供のような笑みで「おう」と頷いた。

五　以蔵と佐市郎

文久二年五月。以蔵、二十五歳――。


「申し合い、やめ！　今日はこれまでじゃ」

弟弟子たちの稽古を督《とく》し終え、以蔵は声を上げた。夏五月、十幾人が動き回った道場には汗の臭気と生気が満ち、いささか息苦しさを覚えた。

「おまんら、あんまり寄り道せんと帰りや」

ひと言を向けて立ち去る。皆の「ありがとうございました」を背に外へ出れば、渡り廊下の先に見える武市の部屋は障子が閉めきられていた。こういうのは概ね、誰かと語らっている時である。それも、あまり公にしたくない話だ。

「ちゅうたら、また国事か」

軽く溜息が漏れた。自分が土佐勤王党に加わったのは、いざという時の備えであり、ここぞの局面で武市の刃となるためである。難しい話は御免蒙《こうむ》る、挨拶だけして自分も帰ろうと思いながら廊下に膝を突いた。

「以蔵です。稽古、終わりました」

すると障子の向こうから、誰かが「お」と嬉しそうな声を寄越した。続いて武市の声で「入りや」と届く。師にそう言われては断る訳にもいかない。

「失礼します」

作法に則って静かに障子を開けると、見知った顔が武市と向かい合っていた。

「おう以蔵。久しいのう」

「喜代馬さんでしたか」

武者修業の名目で西国を巡った折、同道した久松喜代馬である。相変わらず鼻が大きい。浅黒い肌は、さらに日焼けしただろうか。

「入って、そこ閉めや」

武市に促され、それに従う。この一室に満ちる覇気が道場より息苦しく思えた。

「藩庁で耳寄りな話を聞いてのう。その帰り道で会うたき、来てもろうたがじゃ」

吉田東洋の闇討ち以来、土佐の藩政には勤王党に近しい者が食い込んでいる。武市当人は未だ無役の白札郷士に過ぎないが、勤王党首ゆえに藩庁への出入りを咎められることはない。昨今では弟子の稽古を以蔵に任せてほぼ日参していた。

そうした中、今日ばかりは「耳寄りな話」と言うのだ。二人の国論も机の上だけの話ではあるまい。きっと何かを動かそうとしている。

「どういう話ですろうか」

問うてみると、久松が暑苦しいものを漂わせながら胸を張った。

「江戸に勅使が出されるらしいがよ。今月の二十二日やて」

孝明天皇が攘夷を切望すること久しく、ついに朝廷が幕府に督促の勅使を発するという。

だが、それは本当の目的ではない。武市はそう言う。

「薩摩のご隠居様が護衛に付くがじゃ」

薩摩藩主後見・島津《しまづ》久光《ひさみつ》。かの国では「国父」と崇められ、藩政や交渉ごとの全てを担う事実上の国主であった。

「幕府に攘夷をする気はない。朝廷もそこは分かりきっちゅう。けんど薩摩の軍力で脅せば、一応は『うん』言わせられるやろう」

第一に、幕府を動かした形を作り、諸国に朝廷の威光を示して優位に立つ。

第二に、安政の大獄で井伊直弼に粛清された面々を幕政の中心に据え、これらを通じて幕府の首根を押さえる。

それら二つこそが勅使の真の目的なのだという。朝廷の思惑を聞いて、以蔵は「はあ」と眉を寄せた。

「わしら土佐はどうするがです」

「ちっくと、待たんといけん」

ようやく勤王党の力が藩政に食い込んだばかりである。長州や薩摩と合意した一藩勤王には未だ遠い。

とは言え、朝廷が力を持てば話は変わってこよう。そして朝廷の思惑は、きっと功を奏する。大老・井伊直弼が闇討ちにされて以来、幕府内部が真っ二つに割れているからだ。

「どういたって、この国の主は帝ながじゃ。朝廷が力ぁ持ったら誰も蔑ろにできん。土佐も朝廷に寄らんといけんようになる」

あれこれ語りながら、武市は何とも嬉しそうであった。もっとも以蔵には退屈な話である。そして退屈は、以蔵にとって最も疎ましい。

「はあ。そうながですか」

気のない返事を受けて、武市は「おい」と苦笑した。

「何ちゅう顔しゆうがじゃ」

「いやあ。朝廷がどうのこうの、長うかかりそうじゃ思いまして」

すると武市は久松と顔を見合わせ、天を仰ぎながら大笑いした。

「時なんぞ、かける訳ないろう」

「ちっくと待つ、ちゅうお話ですろう？」

久松が手を伸ばし、空を叩いて「待て待て」と笑った。

「まっこと、ちっくとに過ぎん。ひと月かそこら待てば済む」

ひと月の後——六月二十八日に、土佐藩主・山内豊範が江戸参覲の途に就く。この行列の護衛を願い出ると言って、武市は口元を歪めた。

「下総様が家老に戻られた。藩庁には勤王党を支えてくれゆう方々が八人もおられる。わしが申し出たら、護衛の話は必ず認められるきに」

そして続ける。江戸へ参覲する際は途上で京に上がり、しばし逗留《とうりゅう》することになる。その頃には勅使の一件も片が付いて、朝廷に力が集まり始めているだろう、と。

「京屋敷に着いたら、土佐を無理やり動かす。朝廷のお力を梃子《てこ》に使うて、藩公のお心を押し流すがじゃ。そんために」

以蔵を見る武市の目が、にやあ、と含みのある笑みを湛える。どうやら出番らしい。武市の刃として働く日が、間近に迫っていた。

それから一ヵ月、果たして勅使一行は幕府を動かし始めていた。

まず、井伊によって隠居に追い込まれた前水戸藩主・徳川斉昭の子――御三卿家の一橋慶喜を将軍後見職に据えることになりそうだという。

加えて新たに政事総裁職を置き、これには前越前藩主・松平春嶽が登用されるらしい。この人も井伊に粛清されたひとりであった。

勅使の一件を経て、世に新たな流れが生まれようとしている。そうと知って、武市は江戸参観の護衛を願い出た。

この請願は、いとも容易く認められた。勤王党寄りの八人が藩庁に食い込んでいたがゆえであった。

＊

六月二十八日、土佐から参覲の行軍が発せられた。家老以下の上士が三百人、白札以下が四十五人、郷士や足軽が数十人、総勢で四百人ほどである。

以蔵の姿も、その中にあった。

一行はまず北へ進んで讃岐国の丸亀に入り、そこから船で大坂へ渡った。

大坂への到着は七月十二日であった。然るに、京を目前にしながら長く逗留している。それというのも――。

「先生、以蔵です」

七月二十八日、武市が逗留する旅籠を訪ねて障子の外から呼ばわった。中から「おお」と返ってくる。

「どうも。ご心配おかけしました」

「呼び立ててすまんのう。もう具合はえい聞いちょったけんど、まだ痘痕《あばた》が残っちゅうねや」

言われたとおり、以蔵の顔には発疹《ほっしん》の痕が瘡蓋《かさぶた》になっている。麻疹《はしか》を患ったがゆえであった。

土佐の一行には、七月の頭から麻疹に罹《かか》る者が出始めた。そして大坂に入ったその日、ついに藩主・豊範までが寝込むこととなり、逗留を余儀なくされていた。

麻疹は概ね十日もすれば治る。だが藩公の病が癒えれば京に上がれるのかと言えば、話はそう簡単でもない。病の者を多く抱えて入京すれば、帝のおわす都に病が蔓延《はびこ》ることになる。それではならじと、随行の藩士全てが快癒するまでは大坂に留まらねばならなかった。

「まあ、まずは入りや」

促されて部屋に入れば、勤王党の七、八人が参集していた。島村衛吉に久松喜代馬、村田忠《むらたちゅう》三郎《ざぶろう》に小笠原保馬《おがさわらやすま》、などなど。

そして、ひとり武市の隣に見かけぬ顔があった。

「こちらさんは？」

問うてみると、その男が「おう」と胸を張った。

「京屋敷の新留守居組格《しんるすいぐみかく》、平井収二郎《ひらいしゅうじろう》じゃ」

面長の顔だが目と口の間がずいぶんと離れていて、何とも間延びした馬面であった。とは言え面相は問題ではない。新留守居組格はかなりの要職である。まさか、と武市に目を遣れば、笑みと頷きが返された。

「察しゅうとおり、収二郎さんは上士じゃ」

歳は二十八で武市より六つ下だが、珍しく上士の党員とあって、大石弥太郎と同じ副党首格として迎えたのだという。

「京に入ったら、こじゃんと相談があったがやけんどな。わしら大坂を動けんことになってもうたき、わざわざ来てもろうたがじゃ」

京屋敷に着いたら土佐を無理やり動かすと言っていた。朝廷が得た力を梃子に藩公の心を押し流すのだと。以蔵の頭ではどういうことか分からなかったが、相談とはそれに関わる諸々に違いあるまい。

いずれにせよ、平井との仲を良好に保って損はないはずである。以蔵は笑みを作り、努めて人当たり良く頭を下げた。

「そうながですか。いや、こがな高貴なお顔は見たことないですき、誰やろ思いました」

ともすれば噴き出そうな笑いを、武市が堪えている。一方、当の平井はまんざらでもなさそうであった。

「とりあえず、これからよろしゅう頼むちや。ほんで話はここからじゃ。実は、ひとつ面倒ごとが持ち上がっちょってのう。武市殿にどうしようか訊ねたら、ほんなら以蔵じゃ言うもんやき、病み上がりのとこ来てもろうたがじゃ」

　はて。国事国論に疎い自分が何か役に立つのだろうか。訝しく思って目を向けると、先まで笑いを堪えていた武市の頬がぴんと引き締まった。

「参観の中に、ちっくと怪しい奴がおるらしい」

　ことは吉田東洋の闇討ちに絡むのだという。

　闇討ちの下手人が誰であるか、土佐では様々に取り沙汰されていた。

　山内一門・深尾鼎《ふかおかなえ》の家来ではないか。なぜなら吉田と反目し、所領の佐川《さかわ》に蟄居《ちっきょ》させられた恨みがある。

　いや、帰参した脱藩者が怪しい。

　違う、かつて吉田によって手討ちにされた者の一族に決まっている。

　そうした憶測が飛び交う中、勤王党を疑う者たちがあった。他ならぬ吉田一派、土佐で「新おこぜ組」と呼ばれる面々である。

「あの闇討ちで、わしらは力を持った訳やき。疑われるのは、まあ当然ろう」

　武市がこちらの目をじっと見ている。その話と自分の関わりとは――。

「怪しい奴ゆうの、おこぜの奴らながですか」

「おう。それも、おまんの幼友達や」

「あ！　佐市郎ですかえ」

　井上佐市郎。父が吉田東洋一派に取り入って下横目の役目をもらい、それを受け継いだ男だ。当然ながら、新おこぜ組のひとりである。もっとも吉田派が土佐藩政から一掃された折、これに伴って佐市郎も下横目の役を解かれているのだが。

以蔵の得心顔を見て、武市が軽く頷いた。

「この参観に、井上が足軽として加わっちゅう。それは知っちゅうかえ」

「はい。ただ、お互い顔も見ちゃあせんです」

「それじゃ。おかしい、思わんか」

土佐に於いて、郷士と足軽が公の場で気安く話すことはできない。だとしても、道中の旅籠に訪ねて来るくらいは、あって然るべきではないのか。武市はそう言う。

「おまんら、仲は良かったがじゃろう？」

「まあ一応は。けんど好きか嫌いか言われたら……。あいつ、あほうですき」

武市は「ふは」と噴き出した。

「どがな盆暗やち、見聞きしたことを書き送るくらい、できるやろう」

「……密偵、ちゅうことですか」

「ああ」

新おこぜ組は、吉田東洋の闇討ちを勤王党の仕業だと疑っている。その確証を得るには、当の勤王党に近付くのが一番であろう。だが、それは多分に危ない橋である。

「ほんじゃあきに、井上は捨て石にちょうどええい駒じゃ。おこぜの奴らぁ、そがに考えたのかも知れん」

そう続けて、武市は小笠原保馬に目を流した。小笠原が頷き、分厚い唇を突き出しながら語る。

「井上の奴が、わしに頼んできたがよ。勤王党の力で下横目に戻してくれんか、言うて。ちょうど以蔵が麻疹で寝込んだ頃からじゃ」

以蔵は軽く唸った。小笠原に渡りを付けることができるなら、佐市郎が自分を訪ねて来なかったのは確かに怪しい。

少しだけ、無言の時が流れた。

「のう以蔵」

「平井さん？　何ですろう」

「佐市郎ちゅう奴、ほんまに下横目に戻りたいだけ……ちゅうことはないがか」

下横目に戻りたいのが本心なら、ただの足軽に手を下すのは如何《いかが》なものか。平井はそう言う。

「戻りたいがやったら、戻してやったらえい。ほんまに嗅ぎ回っとるがやったら、もっと上の役目に就けてやって抱き込む手もありゃせんかえ」

ことを荒立てる必要があるのかと問うてくる。確かにそれもひとつの考え方だろう。佐市郎の如きに手を下し、これが元になって綻びが生じれば、勤王党が、つまり武市や自分が損をするかも知れないのだから。

なるほど、病み上がりの自分がわざわざ呼ばれた訳が分かる。しかしだ。佐市郎がどういう男かを思えば、平井の考えは明らかに甘い。

「お言葉ですけんど、そりゃあ佐市郎には通じん思います」

土佐には身分の上下について厳しい取り決めがある。足軽の家は苗字を名乗ることも、城下で下駄を履くことも、笠を使うことも許されない。然るに父が金で下横目の役を買い、これによって佐市郎の立場は一変した。

ことに、父から下横目の役を受け継いでからというもの、佐市郎は目に見えて増長した。

この以蔵に対しては、変わらず友として接してきた。だが何かと言えば「忙しい、忙しい」と口にして、こちらが無役の郷士であることを肚の内で笑っていたのだ。身分というものに組み敷かれてきた者にとって、他人を下に見る優越は甘露の味であったろう。

「剣の腕もない、大した頭もない。下横目の役と気位しか、佐市郎は持たざった。それを取り上げられて、肚の底から悔しがっちゅうはずや。おこぜに『勤王党のせいじゃ』聞かされちゅうがやったら、酷う恨みゆうに決まっちょります」

そして何より、佐市郎の父が未だ存命なのである。下横目の役を継がせてくれた人に逆らい、吉田一派を裏切って、勤王党に丸め込まれてくれるとは思えない。

「さっきも言いましたけんど、一応は仲良うしちょりました。長い付き合いですき、わしには佐市郎の肚が良う分かるがです」

「なるほどのう」

武市が腕を組み、黙って考える。少しの後、虚ろな目がちらりと以蔵を向いた。どうする、と問われている。

決まっているだろう。にたあ、と笑みを浮かべ、当然の如くに返した。

「目障りながやったら、殺《ころ》いたらえいですろう」

進んで危ない橋を渡ろうという話である。しかも、曲がりなりにも友たる者を殺せと。あまりにも平然とそう言ったせいか、皆が驚き、ざわめきを作った。

「以蔵……おまん、肝が据わっちゅう言うか、何ちゅうか」

久松喜代馬が目を見開き、軽く身震いする。

「ほんまに、やる気ながか」

平井収二郎に至っては、明らかに慄いて声を震わせていた。この男は身分だけの腰抜け、世の常の凡俗か。ならば。

以蔵はにじり出て平井に詰め寄り、声音を強く応じた。

「吉田様の闇討ちは、間違いのう勤王党がやったことぜよ。それが明るみに出たら全員が咎を受けるがじゃ。憂いの種を潰すだけでも、やる値打ちはありますろう」

「いや……けんど井上を殺《ころ》いて、今度はそれが明るみに出たら」

以蔵は「ふふん」と鼻を鳴らした。

「佐市郎は、あほうの小物やき。大した罪にはならんはずです。違いますか」

喧嘩《けんか》になった挙句に死なせた、とでも言っておけば済む。咎を受けるのはそれに関わった数人だけで、勤王党の全てが泥をかぶることにはならない。以蔵の強い、強い声に押され、平井がおずおずと武市を向く。

溜息ひとつ、武市は「致し方ない」という面持ちで頷いた。

以蔵にだけは分かった。武市の目の奥底には、歪んだ笑みが湛えられていた。

＊

道頓堀《どうとんぼり》の南、大黒橋《だいこくばし》と戎橋《えびすばし》の間は九郎右衛門町《くろうえもんちょう》と呼ばれる。その町の堀沿いに「大与《おおくみ》」という名の小ぢんまりした居酒屋があった。

八月二日の夜、以蔵はその店に入った。久松喜代馬、島村衛吉、村田忠三郎など、数人と一緒であった。

小さい佇《たたず》まいながら、暖簾《のれん》をくぐった右手には奥へ向けて座敷が三つある。最も手前の一室、三畳の座敷には久しぶりに見る顔があった。

「お？　佐市郎やないか」

にこりと笑みを浮かべて声をかければ、井上佐市郎は丸顔を強張らせ、気まずそうに「おう」と返した。

「……久しぶりじゃねや」

「まっこと久しぶりじゃ。おまん参覲の列に加わっちょるくせに、どいて顔も見せてくれんかったがよ」

少し拗《す》ねたように応じる。佐市郎は乾いた笑いを漏らし、作ったと分かる呆れ声を返した。

「ちゅうても、おまん麻疹に罹っちょったやいか」

「初めっから麻疹に罹っちょった訳やないろう。その前にでも、声かけて欲しかったちや」

すると、佐市郎と席を同じくする二人――土佐勤王党の吉永良吉《よしながえいきち》と小笠原保馬が「まあまあ」と気の抜けた笑いを寄越した。

「そがに苛《いじ》めなや。仲間になる奴ながじゃ。以蔵があの人の一番弟子やき、話しにくかっただけや。なあ佐市郎、そうろう？」

吉永の声に、佐市郎は驚いた顔を見せた。

「まさか以蔵にも？」

「おう。以蔵も、あの人には色々思うとこがあるがじゃ。今、一緒におる人らぁも同じやぞ」

以蔵は大きく頷き、真剣な面持ちを作って佐市郎に向けた。

「吉永さんの言うとおりや。あの人には、もう……。あんな大それたことして、どいて」

あの人には――武市には、もう付いて行けない。吉田東洋の闇討ちなどという大罪を犯していながら、なぜああまで平然としていられるのか。その意味の言葉と察したのだろう、佐市郎の面持ちが強張る。そこに向け、さらに言葉を継いだ。

「おまんとは昔っからの友達や。仲間になってくれるがやったら、わしゃ嬉しいちゃ」

佐市郎と向かい合う小笠原保馬が「そういうことじゃ」と後を引き取った。

「一番弟子やき、以蔵はわしら以上に悩み続けちょったがじゃ。おんしのこと話したら、そらあ大喜びしてのう」

ここまで話して、佐市郎はようやく「そうやったがか」と安堵の息をついた。

「そんなら一緒に呑みもって話そう。なあ？」

しかし以蔵は「いやいや」と笑って首を横に振った。こちらの人数を合わせたら三畳の座敷に入りきらない、と。

「まず保馬さんたちと話しや。それが終わったら改めて一緒に呑もう」

佐市郎が「おう」と笑みを見せる。以蔵も良い笑みを返し、一緒に来た数人と共に奥の座敷に向かって行った。

三つある座敷のうち、手前の二つは三畳だが奥は六畳敷きである。共にあった数人でそこに入ると、島村衛吉が感心したように息をついた。

「以蔵、おまん役者じゃねや。ああまで巧いとは思わざった」

「言うたですろう。あいつ、あほうですき。筋書きどおりになっただけちや」

然り。筋書きどおり、であった。

今宵《こよい》、小笠原保馬と吉永良吉は佐市郎を呑みに誘うことになっていた。元々は佐市郎の側から擦り寄って来たのだが、二人は逆に「勤王党を離れたい」と偽って語った。吉田東洋の闇討ちは土佐勤王党の仕業であり、新おこぜ組がそう睨んでいることも承知している。ならば、いっそ自分たちが勤王党を離れて佐市郎に味方したいのだが、と。

佐市郎はいとも容易く騙され、新おこぜ組に密偵を命じられていたことを明かした。そして以後の算段を決めるという名目で、小笠原と吉永に連れられてこの店に来た。酔い潰され、殺されるのだとも知らずに。

「井上の奴、どればあ呑んだら潰れるがでしょう」

村田忠三郎の懸念に、島村が「分からん」と首を横に振る。しかし、それにさえ手は打ってあった。

小笠原と吉永だけに任せ、二人の方が先に酔ってしまっては話にならない。ゆえにこそ、初めに以蔵が顔を見せたのだ。後で一緒に呑もうと言っておけば、佐市郎に酒を呑ませる役を引き継げる。土佐の男には酒豪が多いものの、さすがにこれなら——。

ひそひそ話しつつ、自分たちが酔わぬようにと少しずつ酒を含む。そうこうするうち、座敷の前にひとりが姿を現した。勤王党の松山深蔵《まつやましんぞう》である。

「おう以蔵。楽しんじゅうとこ悪いが、ちっくと来てくれんか。すぐに済むき」

　佐市郎の座敷にも聞こえるようにと、大声である。だが口ぶりが硬い。この男は嘘のつけない薄鈍《うすのろ》だなと思いつつ、以蔵はにこやかに「えいですよ」と腰を上げた。

　松山と共に店を出て左に進み、道頓堀を右に見ながら大黒橋の方へ向かう。と、橋に至る少し手前で細い路地から人影が出て来た。平井収二郎であった。

「以蔵。そっちはどうじゃ」

「今、保馬さんと吉永さんが呑ませちょります。けんど、ちっくと長うなるかも知れんちや」

「そうか……。見張りを置いたき、酔わしたらこの辺に連れて来いや」

　平井が出て来た路地は狭く、二軒の商家に挟まれている。どちらも今日は店仕舞《みせじま》いの後で、ひっそりと人気もない。ここが佐市郎の死に場所となる。

「長うかかっても構《かま》ん。巧《うも》うやってくれ」

　平井の顔や声音は、がちがちに固まっている。肚の据わらぬ奴だと心中に蔑みつつ、軽い笑みで「分かりました」と返した。

　松山深蔵を平井の許に残し、ひとり先ほどの居酒屋へ戻る。手前の座敷からは愉快そうな笑い声が漏れるようになっていた。

「わしらの勝ちじゃあ！」

「土佐の夜も、もうすぐ終わるがじゃ！」

　小笠原と佐市郎がそう言って杯を掲げている。残る吉永が以蔵の姿を認め、手招きした。

「おう、こっち来いや。話、終わったき」

「お。ほんなら」

三人の座敷に上がり、佐市郎の左脇に腰を下ろす。それなりに酔って、気が大きくなっているようであった。

「のう以蔵。おまん、やっぱりえい奴やのう。いや嬉しいちや。ほれ呑み、呑み」

「もらうぜよ。ほんで、どういう話になったがじゃ」

「それよ」

この参覲が再び動き出すには今しばらくかかる。しかし藩公・山内豊範の麻疹はとうに快癒しているのだから、諸々の話を耳に入れることも許されるはずだ。そこで。

「武市の悪行をご家老に話して、殿のご裁断を仰ぐがじゃ」

さすれば武市半平太を始め、土佐勤王党は厳しく罰せられる。藩庁に食い込んだ勤王党寄りの者も全て廃されよう。以後は再び新おこぜ組が力を持つはずだ。自分も下横目に復するのみならず、さらに上の役をもらえるのではないか。佐市郎はそう言って浮かれた顔であった。

「ああ、心配せんでえいぜよ。おまんら、わしに同心した功で助けちゃる。ありがたく思いや」

げらげらと赤ら顔を崩している。以蔵は「そうか」と笑いつつ、肚の内では唾を吐いた。

やはりこういう奴だ。人を下に見るためだけに立場を手に入れたがっている。

だが、そうではない。力を得た者は世を正さねばならないのだ。だから武市は戦っている。

自分も同じだ。武市の懐刀として、いずれ力を与えられるだろう。その時には、正しい世で生きられない下衆共を殺してやらなければ。それが世にとっての利得となり、下衆共にとっての救いとなる。力の使い方とは、そういうものであるはずだ。

然るに佐市郎は、そんな簡単なことが分からない。斯様な者が死んでこそ世の中は得をする。勤王党も自分も恩恵を得る。他の何より正しい道理だ。

思いつつ、以蔵は立て続けに酒を勧めた。

「ほれ、もっと呑みや。前祝じゃろうに」

「お、お？　待ちや、まだ呑み終わっちょらん」

「えいき、ほれ。呑みや」

杯が干される前に勧め、なお勧め、終いには「面倒じゃ」と口を開かせて徳利《とっくり》から直に流し込んでゆく。四半時と過ぎぬうちに、佐市郎は泥酔して前後不覚の体となっていた。

「佐市郎。おい」

肩を叩く。ゆったりと顔が向けられるも、その目は以蔵の姿さえ判じられないらしい。

いざ支度は上々、小笠原と吉永を向いて頷き合う。気配を察したか、奥の座敷にいた面々が様子を見に来ていた。

「ずいぶん、でき上がっちゅうねや。ほんじゃあ帰るか」

いざ佐市郎を死に場所へ。それを促す言葉ゆえか、島村衛吉ほどの達人が声を震わせている。

小笠原と吉永が固唾を呑んで小さく頷いた。

＊

「あほう、あほう。あほうの佐市郎」

久松喜代馬と島村衛吉の提灯に付いて歩きながら、口から出まかせの歌を小声に捻り出した。以蔵は佐市郎の右脇から肩を貸している。左脇では吉永良吉が同じようにしていた。佐市郎は自分では満足に足も運べず、ほぼ引き摺られる格好であった。

右手に道頓堀、左手に九郎右衛門町の町並みが続く。どこかの寺から夜四つ（二十二時）の鐘が遠く渡ってきた。

この時分に開いている店は最前まで呑んでいた居酒屋しかない。大黒橋が近くなる頃には周囲の灯りもなくなり、堀の水にぼんやりと月光が撥《は》ねるのみだった。

その町並みから二つの人影が現れた。言うまでもなく平井収二郎と松山深蔵である。

「ご……。ご苦労、じゃった」

松山の声が上ずっている。もう一方の平井も似たような口ぶりであった。

「絞め殺《ころ》いて、ほ、堀に……捨てや。そいたら」

酒を過ごして酔い潰れ、溺れ死んだ愚鈍がひとり。その形を作れる。

平井は落ち着きなく眼差しを泳がせていて、ふと以蔵と目が合うと、言い訳でもするかのように続けた。

「わしらが殺いたち、知られちゃあならんがじゃ」

以蔵はにやりと目元を歪め、鼻から軽く息を抜いた。そして懐を探り、手拭いを取り出す。

「吉永さん」

小声を向け、だらりと伸ばした手拭いを佐市郎の首に回し掛ける。吉永が向こう側の端を握った。

「えいですか？　せえの」

「やっ！」

二人で息を合わせ、一気に引き絞った。

息のできなくなった佐市郎が、満足に動かぬ体を懸命に暴れさせた。断末魔の力は思いの外に強く、首を絞め付ける手拭いが時に弛《たる》んで中々に絶命しない。

と、慌てた声が佐市郎の正面に回った。

「暴れな、この馬鹿たれ」

暗がりで顔は分からぬが、声からして島村衛吉だろうか。その者が踏ん切りを付けるように大きく息をする。そして、佐市郎の股間をこれでもかと蹴り上げた。

「ぎっ」

裏返った小声で、短い悲鳴がひとつ上がる。佐市郎は白目を剝き、腰を引いて二度三度と不細工に飛び跳ねて、どさりと倒れた。口からは泡を吹いているが、息はしていない。

以蔵は長く息をつき、佐市郎の首から手拭いを外した。

「よ、良うやった。ほれ。早いとこ、堀に投げや」

平井の震え声に応じ、倒れた佐市郎の身を起こす。と、以蔵の右手に異なものが伝わった。

「こいつ……まだ脈が残っちゅう。意外としぶといねや」

共に首を絞めた吉永が身震いし、左の手首に触れる。ひとつ二つ数えるくらいの後に小さな頷きが返された。やはり佐市郎は絶命していない。

「構《かま》んぜよ。酔い潰れた奴ろう。堀に投げたら溺れるに決まっちゅう」

焦燥を湛えた平井の声には、とにかくこの場を早く離れたいという気持ちが滲んでいる。しかし以蔵はその声を聞き流した。

「忠三郎。ひとつ刺しときや」

村田忠三郎に声をかける。及び腰の声が「やけんど」と返り、次いで平井が「おい」と慌てて囁いた。

「いつまでも関わっちょって、誰ぞに見られたらどうするがじゃ」

慄くような震え声である。肝が小さいのは致し方ないが、いささか面倒に思えてきて、苛立った声で「はは」と笑い飛ばした。

「おまさん、一番大事なこと忘れたらいかんぜよ」

声音は静かだが、眼光は平井を食い殺さんばかりであった。

「万が一、こいつが息を吹き返したらどうなる」

その時、佐市郎は証言するだろう。勤王党の面々に酒を呑まされ、殺されかけたと。そして、それだけで済む話ではない。佐市郎を罠に嵌めるため、小笠原保馬と吉永良吉は言ってしまったのだ。吉田東洋の闇討ちは勤王党の仕業だと。

「勤王党は揃って打ち首や。そうですろう」

この場で何より大事なのは、時をかけずに間違いなく佐市郎の命を奪うことだ。刺し傷があれば、なるほど大坂の町奉行所が探りを入れるだろう。さすれば居酒屋にいた面々の幾人かは捕縛されるかも知れない。それでも、である。

「何人か死罪になったとこで、勤王党が潰れんかったらえい。店におらざった平井さんも捕まらんちゃ。少ない損で済むがです」

以蔵の眼光に押され、平井が息を呑む。少しの逡巡《しゅんじゅん》を経て、狼狽《うろた》えた目が村田に向いた。

「……忠三郎。刺しや」

村田がおずおずと頷き、短刀を抜く。そして「ままよ」と佐市郎の腹を一突きにした。

次第を見て、以蔵は苦笑した。

「そうやない。こうじゃ」

小さく呟き、村田の手を上から摑む。そして幾度も短刀を捻り、抜き差しを繰り返した。腹の中を掻き回されて、佐市郎は呻《うめ》き声《ごえ》を漏らしながら、びくびくと身を震わせた。

「まだ死んじゃあせん。けんど、これで大丈夫や」

腹の中がずたずたになっていれば、誰であれ必ず死ぬ。あとは堀に捨てるだけだ。

「仕上げじゃ」

皆が以蔵の声に従い、佐市郎の身を静かに堀へ落とす。

そして散りぢりに、闇の中へ消えて行った。

明くる朝、佐市郎の骸は青物屋の棒手振《ぼてふり》に見付けられた。

案の定、酷い刺し傷があったせいで町奉行所が調べ始める。だが、勤王党の仕業であることは露見しなかった。藩の大役を担う平井収二郎が奉行所に出向き、土佐藩にて詮議する旨を談判して骸を引き取ったためであった。

井上佐市郎は酒に酔って堀に落ち、溺れ死んだ。そういう形で片付けられた。参覲に随行した者たちに、仔細は明かされなかった。そこは平井の功績なのだろうか。或いは家老の判断かも知れない。真相はどうでも良い、京を前にして面倒ごとは御免だ——と。

一連のことが終わる頃、麻疹の流行もようやく治まってきた。参覲の行列は八月二十二日に再開され、京屋敷に到着したのは三日後の二十五日であった。

＊

土佐藩北会所、尋問小屋——。

証言を聞いて、聡介の身が小刻みに震えた。

この男だったのか。実の兄・井上佐市郎は、この以蔵が殺したのだ。

なぜだ。どうして。幼い頃からの友だったのに。肚の底では苦々しく思っていたと言うが、それだとて友であった者を。

ようやく分かった。この男には人としての情が、良心がない。

胸の内には怒りがあった。以蔵という男に対する驚愕《きょうがく》と、そして斯様な怪物が世にあることへの恐怖があった。それら全てが渦となって頭の中を掻き乱してゆく。血の気が引いてゆく。

聡介の青ざめた顔を目の当たりにして、しかし、当の以蔵は不思議なものを見るかのように口を半開きにしていた。

「なあ聡介。どいたがじゃ」

「どいた……やと？」

「おまん、佐市郎が死んだ訳を知りたかったがじゃろう。今、言うたとおりちや。良かったやいか、何もかも分かったがやき」

震えが大きくなる。息が荒く、熱くなってゆく。

その熱さが、極限の怒鳴り声となって猛然と弾き出された。

「何が、どう良かった言うがか！」

手にした帳面と筆を地に叩き付け、聡介は二歩、三歩、ぐいと身を進める。土間に座らされた胸倉を摑んで引っ張れば、およそ今までに出たことのない力が腕に宿り、以蔵の身が軽く浮くほどであった。

「おんしが殺《ころ》いた！　あにさんを！　ほんまか。ええ？」

「殺いたがは、わしだけやない。吉永さんも衛吉さんも、忠三郎もじゃ。そうせい言うたがは平井さんぜよ」

「やかましい！」

渾身《こんしん》の力で突き飛ばした。以蔵の身は再び座った格好になって、しかし腰から上が大きく後ろに倒れた。両脇で八角棒を構えた二人の同輩が、その棒を以蔵の背に宛がって無理に起こし、正面を向かせた。

「何人かで殺いたき、ひとりの罪は軽いとでも言うつもりか。ふざけな！」

違う。全くの逆だ。人ひとりを幾人かで殺して軽くなるのは、殺した側の心——各々が背負うべき負い目、良心の呵責《かしゃく》のみである。

たとえば五人掛かりでひとりを殺し、気持ちの重さが五分の一になったとしよう。

そんな軽い気持ちで、人がひとり死んだ。ならばそれは、ひとりで五人を殺したのと同じなのだ。これを裁くなら、何がどうあろうと極刑を以て臨むより外にない。それ以外の沙汰など、あってはならないのだ。

「岡田以蔵。おんし……罪は重いぜよ」

「いや？　そうかねや？」

分かりかねる、と眉を寄せている。その顔のまま薄笑いを浮かべ、以蔵は言った。佐市郎は人を見下したくて力を欲していた。それは世にとって害悪ではないのか。佐市郎が死んだことは世の中にも勤王党にも利得であった。佐市郎自身にとっても、愚劣な姿を晒《さら》さずに済んだのは僥《ぎょう》倖《こう》だったろう。皆が得をしたのだ、と。

「聡介も得したがじゃ。あほうの兄貴が生きちょったら、おまんの先々も不幸やった」

「……黙りや。何が、何が得ながじゃ！」

怒りに我を忘れる、という言い方がある。今の今まで、それが如何なことか知らずにきた。今、思い知った。

「あにさん殺されて、わしが何を得した言うがじゃ！」

何を思うこともできなかった。気付いた時には同輩の持つ八角棒を奪い取り、以蔵の身を打ち据えていた。

二度、三度、四度。まだ足りない。

「何が損得や。おんしには人の心がない！　人の道が！」

顔を、腹を五度、六度。歯止めの利かなくなった力を出し続けたせいか、そればかりの数しか棒を振るっていないにも拘らず、荒く息が上がっていた。同輩たちも呆気に取られ、目を丸くしている。

「……どうじゃ聡介。満足したかえ」

以蔵が問うた。左の頰を紫色に腫らし、口の右端に血を流しながら、如何にも嬉しそうな笑い顔であった。

聡介は手にした棒を強く握りしめた。

「満足らぁ、する訳ないろう。おんしを打ち殺《ころ》いて、何べんも殺いて、そんでも足りん」

今一度の力を振り絞り、勢い良く棒を振り上げる。すると。

「いけん、いけん、いけん聡介」

「殺いたら話も聞けんようになる！」

同輩たちが慌てふためき、両脇から聡介の腕を押さえた。拷問は取り調べの常、咎められる謂《いわ》れはない。だが、それが自白を引き出すための暴力である以上、殺してしまっては何にもならないのだ。今の聡介は傍目《はため》にもはっきり分かる殺意に包まれていた。

「気持ちは分かる。けんど落ち着きや」

「今は堪えや。なあ？　なあ聡介！」

両脇から必死の声を寄越されて、少しだけ、ほんの少しだけ、落ち着きを取り戻した。

「……分かった。もう、せん」

額から汗を滴らせ、ゆっくりと棒を下げる。その姿を見て以蔵が問うた。

「のう聡介。わしを、殺す気やったがじゃろう？」

分からないことを明らかにしたいという、稚児の如き面持ちであった。それが癪《しゃく》に障る。

「やかましい！　さっきも言うたとおりじゃ。何べん殺いても足りん」

「どいて、殺そう思うた」

「おんしの顔らぁ見んで済むがやったら、ちっくとでも気は晴れる」

偽らざる本音であった。

ところが以蔵は、これを聞いて嬉しそうに大笑した。げらげらと、縛られて腹を抱えられないのがもどかしいとばかりに。

「ほれ見い。人の道が何や。損得の方が正直やいか」

愕然《がくぜん》とした。

損得勘定で動く方が正直だと、以蔵は言い続けていた。

そんなことはない。あってはならない。良心に則った人の道こそが正道なのだと、そう思っていた。しかし。

「おまんも、わしと同じじゃ」

にたにた笑いながら言われて、身震いした。

兄を殺した以蔵に怒りを覚えた。憎しみを覚えた。そして、驚愕と恐怖を。

それが鍵となって、心の歯止めとなっていた扉が開いてしまった。

怒りと憎しみの心が、以蔵を殺してしまえと叫んだ。驚愕と恐怖の心が、この怪物を消してしまえと命じた。

そういう本心、正直な気持ちに、衝き動かされてしまった。この男が言う「心の利得」を是として、自分は動いたのだ。こともあろうに、以蔵と同じ道理で。

「わしが……おんしと」

「同じろう？　なあ？」

呆然《ぼうぜん》とした顔に、薄笑いのまま返された。人とは自らの心を偽り、飾り立てて生きている愚か者に過ぎない。以蔵の不気味な笑みがそう語っている。

分からなくなってきた。

良心。人の道。正しいのは、それではないのか。以蔵の言い分の方が、人として正直なのだろうか。心に嘘をつかないことが、正しい人間のあり様なのだろうか。

堪えきれない寒気を覚え、冷たいものが背筋を伝う。自らの抱える闇、人というものの奥底に積もった汚泥を突き付けられた気がしてならない。

しっかり握っていたはずの八角棒が、足許に転がっていた。

六　以蔵と天誅

土佐藩、北会所――。

執務の一室、文机の上には何も置かれていない。白木の机には誤って落とした墨の染みがひとつと、自分の手垢《てあか》か汗の染みか、少しの汚れがあった。

「わしの……汚れ」

小さく呟いて、聡介は長く溜息をついた。

元治元年も十一月半ばを過ぎている。初めの取り調べが八月、次が九月だったのに、この二ヵ月は以蔵への尋問をしていない。それと言うのも、前回の報告をまとめるのに時を食ったからであった。上役の和田に報告書を渡したのは、実に昨日である。

『のう聡介。わしを、殺す気やったがじゃろう？』

あの日の、以蔵の言葉が耳に蘇る。

『どいて、殺そう思うた』


少し胸が悪くなって、大きな息を幾度も繰り返した。

そう。殺そうとしたのだ。

死なせても構わないと思って、八角棒で激しく打ち据えた。

そして。


『ほれ見い。人の道が何や。損得の方が正直やいか』


続けられた言葉を思い出し、額にじっぱりと脂汗《あぶらあせ》を浮かせた。

「同じながか。わしも……以蔵と」

自分にとって何か得るものがあるなら、人を殺めることも厭《いと》わない。殺めて得られるものがあるなら、一切の躊躇いなく凶行に及ぶ。それが以蔵だ。良心をどこかに置き忘れ、自らを潤すことを何より重んじて、その心に正直に動く。

斯様な男と同じことをした。以蔵を殺そうとして、当の以蔵に「今のおまえこそが正しい」と示された。

そう、なのかも知れない。

以蔵が死ねば少しでも溜飲《りゅういん》が下がると思っていた。そのために殴り付けたのだ。心の利得を求めて。

「同じ……わしも」

呟きをひとつ、吐き気を覚えて口元を押さえた。思い起こすたび、こうした苦痛に苛まれている。報告が大いに遅れたのはそのためであった。

然るにその間、どうした訳か上役の和田は報告書を催促しなかった。或いは、共に以蔵を尋問した同輩が大まかなところを耳に入れていたのだろうか。

「だとしたら。気ぃ遣って……くださったがじゃろうか」

実の兄・井上佐市郎が殺められた経緯を、こと細かに記さねばならない。その辛さを和田が慮《おもんぱか》ってくれたのなら、ありがたい思いやりであった。だが、それでも苦しい。兄の死について知ったことより、自分で気付かずにいた闇を突き付けられたことの方が、強く心を苛んできた。

岡田以蔵は、おかしい。

頭か。

心か。

それとも両方か。

いずれにせよ、度外れておかしい。

その男と同じものが、自らの中にもあった。その心を押し殺していたのだと知った。

人の道に恥じぬ生き方と言えば聞こえは良い。しかし嘘ではないのか。自らの心を偽って生きようとする、ただの汚れではないのか。

自身への疑いを、如何にしても拭い去れずにいる。それを抱えたまま、明日にはまた以蔵への尋問をせねばならない。

できるのだろうか。

果たして、耐えられるのだろうか。

「わしゃ……どうなってしまうがじゃ」

呟いて、がくりとうな垂れた。両手で目を覆い、額に爪を立てるように頭を抱えた。

抱えた頭の中でも、あの日の以蔵の馬鹿笑いが渦を巻き続けた。おまえの言う良心とやらは嘘だ、おまえも俺と同じなのだ――。

「――切。小田切！　聡介、おい！」

大声で名を呼ばれ、はたと我を取り戻した。驚いて左脇を向く。いつの間にか和田が来て、傍らで心配顔を見せていた。

「おまん大丈夫か。外で声かけても返事がないき部屋に入ったがやけんど、それすら気付いちゃあせん。今じゃち酷い顔しちゅう」

酷い顔とは。何となくだが自分でも分かる。幽鬼の如き面持ちか。さもなくば阿呆の顔か。そんなものを目の当たりにしたからであろう、和田が危ういものを見る目になっている。

「昨日の、報告書のせいか」

「……遅うなりまして。そのくせ酷いもんでしたろう」

どうにか形だけは整えたものの、乱れた心がはっきりと映し出されていたはずだ。和田は「確かに」と頷きつつも、すぐに首を横に振った。

「けんど以蔵の方がもっと酷いぜよ。友達ながをえいことに、佐市郎を騙して殺《ころ》いたがやき。のう？」

労わる言葉、眼差しに慈悲の色が浮かんでいる。胸に抱えて、どうしようもないことがあるのだろう。吐き出してしまえと、言外に示されていた。

聡介は薄っすらと涙を浮かべ、力なく頷いた。

「和田様。わしゃ」

「ん？」

「わしゃ、正しいがですろうか」

向かい合う顔が「どういうことだ」と眉を寄せる。聡介は大きく息をついて背を丸め、ぼそぼそと語った。

「以蔵を殴りました。八角棒で」

「それも役目ろう。素直に吐かざったら当たり前の――」

「違うがです！　以蔵は何もかも素直に白状しゆうに」

そして明かした。ひとり胸の内で苦しみ続けた、その全てを。

「当の以蔵に言われたがです。わしの心は……以蔵と同じやて」

高邁な志や理想、人として正しいと言われる心根などは全て嘘であり、自身の利得のために動く方が正直だ。以蔵はそう言って憚らない。そして、その言葉どおりに人を斬ってきた。

夜鷹の「死んだ方が幸せかも知れない」という言葉が本心かどうか、知りたくて殺した。自らの興味を満たすという利得のために、女の命を奪った。

敬慕する武市半平太の益は自身の利得と考え、関係のない者を殺めた。山本琢磨の時計事件に際して河原者の首を刎ねた時、田那村作八と諸共《もろとも》に夜鷹を殺した時が、それだ。

吉田東洋の首を刎ねたのは、かの人が生き残って勤王党に報復するのを防ぐためだった。勤王党の損は自分の損になるから、と。兄・佐市郎を殺したのも同じ理由である。

「そがな道理で動く奴じゃて、分かるようになってしもうたがです。ほいたら、わしまで同じことを……。殺《ころ》いても構《かま》ん、清々する思うて以蔵を叩いたがです」

血を吐くように発し、聡介はすがるように和田を向いた。

「和田様、教えとうせ。わしは正しいがですか」

己が心に正直な者、以蔵や武市こそ正しい人間なのか。自分を始め、世の常の人は嘘にまみれているのではないか。

「間違った人間が……正しい人間を追い詰めて。追い詰めて！　そがな――」

「小田切！　しっかりせい、落ち着きや！」

両肩を摑まれ、強く揺すられた。和田の目が必死の思いを強く映し出している。

聡介の強張った面持ちから、狂乱の気配がじわりと抜けていった。

「……すんません」

「構《かま》んちや」

和田は少し安堵したように、大きく息をついた。

「寄越してきた報告を見て、こりゃいけん思うたがじゃ。佐市郎のことが明らかになったせいで気持ちを乱しゆうがか……とも思うたがやけんど」

そのくらいで済む話なのだろうか。何か、おかしなことになっているのではないか。そういう薄ら寒いものを覚え、心配になって訪ねて来たのだという。

「来て良かった。おまんが、おかしゅうなる前に」

上役の思いを知って、崩れかけた聡介の「普通」が形を整え直してゆく。焦点の合っていなかった目にも、次第に正気が戻っていった。

「……お心、痛み入ります」

「いや。頭のおかしい奴らぁ見続けて、心が疲れたがじゃろう」

和田はようやく笑みを浮かべて二度三度と頷き、またひとつ息をついた。

「まず佐市郎の一件な。おまんが睨んじょったとおり、武市の意向に間違いないろう」

「ほんなら武市を罪に問えるがですか」

「今はまだ難しい。逃げ道が残っちゅうき」

小さく首を横に振られた。以蔵の証言が全て正しいのなら、武市は佐市郎殺しを明らかに命じてはいない。以蔵が進言して、武市や皆が容れたに過ぎないのだ。

「やけんど、そりゃ言葉の上の話じゃ」

武市とて間違いなく佐市郎を殺す気だった。以蔵の進言はそれを汲み取ったに過ぎないのだ。

和田はそう言って、ぎらりと目を光らせた。

「手強《てごわ》いぜよ。けんど必ず追い詰めちゃれ。おまんは正しいがやき」

「わしは……正しい」

和田は大きく「おう」と頷き、力強く続けた。

「正直かどうか言うがやったら、確かに以蔵や武市の方が正直かも知れん」

世の常の人は多かれ少なかれ、自分にも他人にも嘘をつきながら生きている。幼い頃から綺麗ごとを叩き込まれ、育つほどに自らそれを唱えるようになって、心を押し殺す術を身に付けてしまうからだ。

「それが汚れじゃ言うなら、汚れには違いないろう。けんどな、小田切」

「は……。はい」

「正直が、常に正しいがか」

心に正直なことが常に正しいのなら、皆が嘘を身に纏うのは何のためだ。自分の正直な気持ちを押し殺すのは、どうしてだ。

誰も彼も思いのままに生きていたら、秩序がなくなるからだ。

「ほんじゃあきに皆、嘘をつくがじゃ。人と人の間を壊さんために。正直やき言うて、それが常に正しい訳やない」

「正直は、常に正しい訳やない……」

「ほうじゃ。正しいがは以蔵やない。おまんじゃ。綺麗ごとで自分を汚す、わしらぁじゃ」

綺麗ごとを唱え続けろ。嘘を身に纏って自らを汚せ。それが人というものなのだと、和田は語気を強めた。

「えいか小田切。そういう偽りこそ世を正しく導くがじゃ。以蔵に呑まれたらいけん」

真っすぐに言葉を向けられて、聡介の揺れが止まった。

自らの「普通」は形を取り戻してきたが、元の形に返ったとは言い難い。少しばかり崩れたままで、脆《もろ》いのが分かる。それでも、完全に崩れ去る前に踏み止まることはできた。

「ありがとう……ございます。明日、次の取り調べですき。今度は必ず、きちんとした報告を」

しかし、それには「無用じゃ」と返された。

「おまんは若い。以蔵が、こがに訳の分からん奴やて初めから分かっちょったら、わしも任せきりにはせざったろう」

和田は背筋を伸ばし、戦う面持ちになった。

「明日の取り調べからは、わしも出る。二人で立ち向かうがじゃ」

おまえが呑まれそうになったら俺が食い止めてやる。支えてやる。その思いを受け止めて、聡介は目を潤ませた。

「はい……。和田様と、わしで」

そして明くる日、二人で尋問の場に向かった。

これまでと同じように、以蔵の正面には聡介が座る。和田は聡介の少し左前に座し、引き出された以蔵を斜めに見る格好であった。

「おう聡介、久しぶりじゃねや。長いこと呼んでくれんかったき、退屈やったぞ」

八角棒を手にした獄卒二人に挟まれながら、以蔵はいつものように笑っている。昨日までならこれで呑まれていただろう。しかし。

「無駄口らぁ利きなや。聞かれたことだけ喋ったら、それでえいがじゃ」

今日からは和田が共にある。それが聡介の気を支え、発する声にも力があった。

「分かっちょるき。おっかない顔しなさんな」

「この間の続きじゃ。話しや」

以蔵の苦笑と軽口を受け流し、厳かに命じる。応じて、参覲が京に入ってからのことが語られていった。

＊

文久二年閏八月。以蔵、二十五歳——。

京に到着したのは前の月、八月二十五日であった。帝の御座所《ござしょ》を素通りする訳にはいかないため、参覲の折には必ず都に逗留することになっている。

その間の、閏八月八日。以蔵は武市に呼び出されて宿所を訪ねた。

「先生。以蔵です」

京屋敷の一画にある部屋を訪ね、廊下から声をかける。すぐに「入れ」と返ってきた。静かに障子を開ければ、武市や勤王党の面々の他に見慣れぬ顔があった。

「遅うなってすみません」

一礼して部屋に入ると、武市の手が右脇に——見知らぬ男へと向いた。

「紹介しよう。こちらは熊本の堤松左衛門《つつみまつざえもん》殿じゃ」

以蔵は「そうでしたか」と笑みを作り、堤に向いた。

「初めてお目にかかります。武市先生の弟子で、岡田以蔵ちゅう者です」

改めて一礼する。目鼻立ちのはっきりした堤の顔が軽い笑みを湛えた。

「あたが岡田君か。剣の腕は武市君と互角以上やて聞いとるぞ」

「そらあ、どうも」

武市に目を流せば、含みのある笑みが向けられていた。剣について堤に云々したのは、どうやら当の武市らしい。とは言え自分の剣は、やはり師に及ばぬところが多い。それを互角以上と言ったのは、きっと「人を斬るに於いては」の意味だ。ここに堤が招かれているのは、そのためのだろうか。

思いを察してか、武市が少し声をひそめて切り出した。

「堤君とは昨日、長州の屋敷で知り合《お》うたがじゃ。面白い話を聞かせてもろうたき、皆ぁにも知っちょいてもらおう思うてな」

そして「頼みます」と堤に目を向ける。平井収二郎、島村衛吉、小笠原保馬など、勤王党の面々が背筋を伸ばした。対して以蔵は背を丸め、掬い上げるような眼差しである。

一同をざっと見回して、堤はおもむろに口を開いた。

「あたらも天誅ん話は聞いとるやろう」

天誅と聞いて、平井が「もちろん」と声を上げた。

「七月二十日の、島田左近《しまださこん》のあれですろう。けんど詳しゅうは知らんがです」

平井は元々が京屋敷詰めだが、七月二十日には都にいなかった。麻疹のせいで足止めを食った

武市を訪ねて、大坂に来ていたからだ。斯様な次第で、天誅なる事件の仔細は知らぬまま今日まできたという。

「京に戻ってから屋敷の者らぁに聞いてみたがですけんど、誰っちゃあ話しとうないようで」

武市が「わしも同じじゃやった」と大きく頷いた。天誅そのものは聞こえてきたが、詳しい話はこ

の堤松左衛門に会ってようやく知り得たのだと。

「土佐の藩庁には勤王党を支えてくれゆう人も多うなったけんど、まだ藩の全てが勤王になった訳やない。口止めしちゅう奴が、おるがやろう」

「そこで、俺ん出番ちゅう訳や」

堤はそう言って、眼差しを厳しく改めた。

「平井君が言いよったとおり、七月ん天誅では島田左近ちゅう男が斬られた」

帝の摂政を出せる五摂家《ごせっけ》の一、九条《くじょう》家に仕える衛士《えじ》であるという。

「じゃが島田は井伊大老に尻尾ば振っとった。井伊ん下に長野主膳《ながのしゅぜん》ちゅう奴がおるとばってん、島田はそん長野と昵懇《じっこん》でな。井伊ん悪巧みば助けて陰で動きよった」

徳川家茂——井伊直弼が推していた人が十四代将軍になれたのも、島田が主君の九条尚忠《ひさただ》を動かして幕府寄りに変心させたからだという。また島田は、井伊が各藩を弾圧した安政の大獄に際し、上方の勤王家を多く捕縛してもいた。

「それで幕府から一万両もろうた、ちゅう噂《うわさ》や」

朝廷に重きを成す摂家の臣でありながら、朝廷と帝の権威を踏みにじる井伊直弼に与《くみ》した。許し難い奸物《かんぶつ》だったと、堤は語気を強くする。

島村衛吉がこれに応じ、目元を引き締めて問うた。

「左近ちゅう奴を殺いたがは、堤さんのお知り合いながですか」

「おう。薩摩の田中新兵衛《たなかしんべえ》ちゅう人や」

部屋の空気が、ざわ、と蠢《うごめ》いた。平井は少し慄いた顔だが、島村や小笠原は英雄を見る目になっている。ひとり以蔵だけは、最前と同じ佇まいであった。

その格好、背を丸めたままで、武市に掬い上げる目つきを向ける。

「先生。堤さんのお話を聞かせなさるがは、つまり……。そういうこと、ながですか」

「そんとおりじゃ」

武市の目元が小さく歪む。気を付けて見ていなければ分からないほどに、眼差しだけでほくそ笑んでいた。

「以蔵には前に聞かせちょったろう。京屋敷に着いたら土佐を無理やり動かす、藩公のお心を押し流すゆうて」

確かにそう聞いていた。護衛として参観の列に加わると決めた時の話だ。

武市は言う。京に入ったら朝廷に働きかけ、何かしらの下命、あわよくば勅をもらい、藩公・山内豊範が従わざるを得ないよう仕向けるつもりだった。しかし。

「それには長うかかる。ほんじゃあきに、まず殿が京から動けんようにするがじゃ」

手段はひとつ。幕府に近しい面々を襲うことだ。

「都のあっちこっちで物騒なことが起きちょったら、参観の旅も繰り延べにせざるを得んろう」

藩公が勤王の意を明らかにせぬままなら、参観の行路を襲う者が出るかも知れない。家老たちにそう思わせれば十分に足止めはできると、武市は言う。そして。

「殿を脅すことにはなる。けんど、それで殿が恐れてくれたら」

或いはその恐怖によって、藩公・豊範の心を勤王に押し流せるのではないか。そうならなかったとしても、朝廷に働きかけるだけの時を稼ぐことはできよう。

武市の肚を聞いて、部屋の空気が凍り付いたように張り詰めた。それと察して、武市と堤は互いを同志と認め合うように胸を張った。

「皆ぁ、考えてみいや。わしらは国賊を許してえいがか」

強く、強く、武市の言葉が一同に迫る。他の面々がすっかり呑まれる中、以蔵だけは動じることなく、にやりと笑みを浮かべて発した。

「えい訳ないですろう。皆ぁも同じ気持ちや。のう？」

凍り付いていた気配が、安堵したように動き出す。そして次第に熱を持ち始めた。

「……そうじゃ。国賊を見過ごして何の勤王じゃ」

小笠原保馬が静かに言った。皆の目が集まる。

島村衛吉が「そうじゃ」と応じ、縦に長い四角の顔を紅潮させた。

平井収二郎は強張った面持ちで固唾を呑み、喉を上下させた。

「なら、決まりじゃねや」

武市は静かに発し、面持ちを厳しく引き締めた。

「これからは、わしらも天誅を下していく。土佐を動かすため、世の中を改めるためじゃ」

「ほんなら、まず誰を？」

島村の問いに、剣呑な笑《かた》みが返された。

「手始めに、勤王を騙る幕府の間者を――」

＊

閏八月二十日、十九夜の寝待月《ねまちづき》は未だ天に昇っていない。京都市中、蛸薬師《たこやくし》通の南にある裏路地は暗く、微かな星明かりだけが頼りであった。

今宵、ここでひとりの男に天誅を下す。その者の名は、本間精一郎《ほんませいいちろう》。

「元々が幕臣じゃ。勘定奉行、川路聖謨《かわじとしあきら》の中小姓やった」

暗闇の中、勤王党の面々を前に語られた。顎の大きな細面は、薩摩の田中新兵衛――去る七月二十日に初めての天誅を働いた者、熊本の堤松左衛門から名を聞いていた男である。

「まず四年前ん話じゃ」

安政五年、日米修好通商条約の勅許を奏請すべく幕府の使者が西上した折のこと。本間は使者に随行して上洛し、攘夷論者の頼三樹三郎《らいみきさぶろう》と交わりを持ったのだという。

以来、本間は幕政に批判を繰り返すようになる。そのために追われる身となり、やがて伏見で捕縛されて、獄に繋がれた。

「じゃっどん、簡単に赦免された」

以後の本間は公家と交わりを持っている。朝廷と手を携えて幕府を抑え込むためだと、当人は吼《ほ》えているらしいのだが――。

「そもそも、おかしな話じゃろ。本間がまた嚙み付いて来っとは目に見えちょったんに、それを幕府はわざわざ解き放ったんじゃ。じゃっで俺《おい》たちは思っちょい。捕縛も赦免も幕府の謀《はかりごと》に違いなか」

全ては勤王の面々を陥れるため。赦免の後で公家と通じているのも、薩摩・長州・土佐の離間を企んでいるからだ。紛うかたなき奸物であると言って、田中は小さく「ふふ」と笑った。

「汝《わい》ら土佐勤王党にとっては初めての天誅じゃ。不安になっかも知れんが、大船に乗ったつもりでいて良か。堤君と武市君の頼みじゃっで、俺が手助けしてやっで」

田中は一同を見下すように胸を張った。どうにも、土佐勤王党を盟友ではなく手下とでも思っているらしい。

以蔵には、それが気に入らなかった。

勤王党の面々は以蔵と平井収二郎の他、島村衛吉と清岡治之助《きよおかはるのすけ》、弘瀬健太《ひろせけんた》に松山深蔵。全て武市が選んだ顔ぶれであり、これを見下すのは武市を愚弄するに等しい。平井だけは肝の細い男だが、それとて使いようなのだ。京屋敷の新留守居組格、重い役目を負うがゆえ、同道していれば他の面々が嫌疑を受けた時に「関わりなし」と退けることもできる。

「田中さん。ちっくと、えいですろうか」

以蔵は静かに声をかけた。平井がこちらを向き、下手に意見するなと言いたげな眼差しを寄越す。阻まれては鬱陶しい。気付かなかったことにして言葉を継いだ。

「天誅ゆうがは詰まるとこ闇討ちですろう。ほんなら、うちらぁ初めてやない。わしにえい考えがありますき、まずは見ちょってください」

「ほう？」

「どいても危なくなったら、そん時は頼みますき」

平井が「おい」と小声を震わせる。しかし田中はそれを「構わん」と制し、以蔵に剣呑な笑みを向けてきた。

「面白か。なら、お手並み拝見じゃ」

「はい。ほんじゃあ」

以蔵は皆に「酒に酔った振りを」と頼んだ。すぐ近くには店を閉めた後の茶屋があり、表に出されたままの縁台がある。一同はその辺りの地に座り込み、或いは縁台に凭《もた》れ掛かって体の力を抜き、泥酔の体を装った。以蔵も縁台の端に凭れ、首をだらりと前に落とした。

しばらく――夜の冷え具合からして四半時も経ったろうか。路地の向こう、東側から提灯がひとつ、静かに近付いて来た。

「手筈どおりじゃ」

右隣の田中が囁き声を寄越す。以蔵は最前の格好のまま、船を漕《こ》ぐように頷いて応じた。

今宵、本間精一郎は祇園《ぎおん》西詰の先斗町《ぽんとちょう》にある料理屋で遊んでいた。その帰路、この路地に誘い込む手筈だった。提灯持ちの従者に金を渡し、今宵はいつもの帰り道でひと騒動あるからと言い含めたものである。

三十と数えぬうちに、提灯の火は一同から数歩のところまで近付いた。

「だらしない奴らだ。この危急存亡の秋《とき》に」

蔑む小声を漏らしながら、男が通り過ぎようとする。これが――。

「本間さんやね」

以蔵は小声と共に立ち上がり、素早く相手の左側に回った。ことさらに狭い路地、以蔵の背には町家の敷地を囲う木の壁がある。

「何奴か」

本間が身構えた。返答はしない。ただ見せ付けるように、ゆっくりと刀を抜いた。

「死なせてやるちゃ。嬉しいろう？」

「たわけが！」

発するが早いか、一気に刀を抜いて斬り掛かってくる。しかし以蔵はその一撃を易々《やすやす》とかわして、本間の刀を背後の壁に食い込ませた。

「甘いのう」

欠伸でも漏らしそうな声と共に、以蔵の刀が本間の刀を上から叩いた。高く鋭い音がして、本間の刀はなお深く壁に食い込む。

「細身の大坂ものかえ。使いものにならん刀じゃ。腕前も三流ぜよ」

せせら笑い、目にも留まらぬ一刀を右の首筋に見舞った。

「あが！」

短い叫び声をひとつ、本間の傷から血の霧が噴き出した。これを合図に勤王党と田中がむくりと身を起こす。

提灯持ちと荷物持ち、本間の連れる小者たちが悲鳴を上げて逃げ出した。以蔵は田中に「あいつらぁ頼むぜよ」とひと言を飛ばす。田中は「何を」という目を見せたが、歯噛《はが》みしつつも小者たちを追って行った。

「ぎ、う……。この」

ひとり残された本間は、どうにか壁から刀を抜き取った。しかし短い間に多くの血を流したせいか、構える手はがくがく震えている。

「皆ぁ、ひと太刀ずつ斬っちゃりや。先々のためになるちや」

声をかけると、清岡治之助が吼えて刀を抜いた。血気に燃える一刀が右の脇腹を裂く。松山深蔵が固唾を呑み、腹を目掛けて突いた。本間が少しよろけたせいで、一撃は左の脇腹を抉《えぐ》ってい る。弘瀬健太が続き、横薙《よこな》ぎに払う。これも松山と同じく左脇腹を斬った。

「平井さんも」

以蔵に促され、平井が顔を青ざめさせる。震えながらの打ち下ろしは、ふらふらになった本間に弾かれるくらいに頼りなかった。

「ほんなら、わしが」

最後に島村衛吉である。軽く飛び跳ね、体の重さを乗せて上段から打ち下ろす剣——江戸で修業をしていた頃に見慣れた太刀筋であった。だが、やはりこの打ち込みは隙がある。

「こ、この！」

本間精一郎は刀を横に構えて何とか受け止めた。しかし島村の一撃は重い。キンと鋭い音をひとつ残し、本間の刀は鍔元《つばもと》から見事に折れていた。

「い……かん。これでは」

本間が背を見せ、逃げようとする。以蔵はへらへら笑いながら追い、背後から袈裟懸けの一刀を見舞った。

短い悲鳴ひとつ、叩き飛ばされるように本間が倒れた。

そして。叩き飛ばすほど力を込めたのが悪かったか、以蔵の刀は勢い余って地を叩き、切っ先まで三分目の辺りで折れてしまった。

「ありゃあ。参ったねや」

本間はまだ息があるようだが、もう動く力は残っていないらしい。そこに勤王党の面々が群がってゆく。

「刀、買わんといけんのう」

狂気の渦巻く中、以蔵は折れた切っ先を手に取った。のんびりと溜息をつく傍らで、島村衛吉が本間の首を刎ねていた。

本間の首は四条《しじょう》河原に運ばれ、そこで晒された。土佐勤王党による初めての天誅であった。

＊

天誅の明くる日、武市と勤王党員の多くは宿所を変えた。新しい宿所は土佐藩京屋敷から少し南の木屋町《きやまち》である。藩邸の武家長屋を引き払ったのは、他国の志士と談合を繰り返し、また天誅を働くに於いて目立たぬようにするためだった。

その二日後、閏八月二十三日の朝。以蔵は武市や勤王党の面々と共に朝の散歩に出た。とは言え、散歩は本来の目的ではない。

誰もが口を開かず、木屋町通を鴨川《かもがわ》沿いに南へ進む。松原《まつばら》通と交わる辺りに至れば、河原近くには人だかりがあった。青ざめた顔の群れが、ざわめきを作っている。

「あれじゃ」

武市が小声を発する。皆の見遣る先には、槍の穂先に刺されて晒された首がひとつあった。添えられていた斬奸状《ざんかんじょう》には「宇郷玄蕃頭《うごうげんばのかみ》　天誅」と記されている。

「あの宇郷ゆうがも、九条家の家来ながですろう?」

島村衛吉の問いに、武市が黙って頷いた。

初めての天誅で殺された島田左近と同じ、九条尚忠の臣。島田と共に勤王志士を調べ上げ、幕府役人に密告を続けた男。それが討たれたと知って、勤王党の面々は口々に「えい気味や」「当然の報いろう」と小声でせせら笑っている。

以蔵も笑っていた。だが、笑う意味は違った。

一藩勤王がどう、幕府がこう、というのは、正直どうでも良い。それでも世は、力ある者や能ある者が上に立つように変わろうとしている。かつて坂本龍馬が言ったとおり、それは確かな流れなのだ。

この流れの末に、上に立つべきは武市である。自分と同じ、心を偽らずに生きる真実の人。その上で勤王党をまとめるだけの能がある。武市が宇郷への天誅を是とするなら、疑う余地なく正しい。不安げな町衆を悠々と眺める師の姿を見て、以蔵の心には恍惚があった。

「さて、散歩は終わりじゃ」

武市に促され、一同は来た道を戻った。

木屋町の宿所に帰ると揃って朝餉《あさげ》を取る。供された粥《かゆ》をすすりながら、清岡治之助が「ところで」と武市に問うた。

「宇郷の天誅、誰がやったがです。武市さん、ご存じながですろう？」

武市は粥の椀を置いて「ふふ」と笑った。

「田中さんと堤さんじゃ」

薩摩の田中新兵衛、および熊本の堤松左衛門。本間精一郎への天誅に際しては田中が助太刀していたが、土佐勤王党の手際を目にして「負けてなるものか」となったらしい。

「勝ち負けとは違うがやけんどな。ちゅうても、奸賊《かんぞく》がひとりでも多う減るがはえいことや。それに騒ぎが大きゅうなったら、土佐の参覲はどいても遅れるじゃろう」

さすれば方々の公家と談合するだけの時を稼ぎやすい。その上で、朝廷から藩公・山内豊範に何かしらの下命を発してもらうのだ。或いは豊範を恐れさせて勤王に押し流せるのなら、それでも良い。

「勤王党の天誅はそのためやき。ただ、高みの見物はしておられん。朝廷が幕府を抑え込んだとして、わしらぁの功が目立たんと何にもならん。重い役目を得られんようになる」

薩摩や熊本にばかり任せておく気はない。そうと知って、すわ、と党員たちが色めき立った。

「ほいたら、やるがですか」

「誰を？」

小笠原保馬が腰を浮かせ、島村衛吉が身を乗り出す。朝一番で宇郷の首を見たせいか、或いは既に天誅を働いたせいか、皆が熱に浮かされた顔であった。

武市は大きくひとつ頷き、残った粥を一気に呑み込んで居住まいを正した。

「猿《ましら》の文吉《ぶんきち》、ちゅう目明かしがおる」

最初の天誅を受けた島田左近の縁者だという。それも島田に近付いて甘い汁を吸うべく、孤児《みなしご》の美しい娘を養女に取って妾《めかけ》に差し出したのだとか。

「文吉は悪党の手先じゃ。島田に言われて勤王の志士をこじゃんとお縄にした。その働きで褒美もろうて、阿漕《あこぎ》な金貸しをしゆう。町衆の評判も悪いき、殺《ころ》いてやったら世の中が得をする」

皆が「まさに」と鼻息を荒くする。武市も顔を紅潮させていたが、一方では釘《くぎ》を刺すことも忘れなかった。

「けんど、文吉ひとり殺いただけで終わらしたらいけん」

島田左近の手足となっていた男なら、きっと幕府の間者を多く知っている。天誅を加えると共に、それらの名を聞き出すべし。そしてさらなる天誅を――。

「此度は他の手は借りん。わしらだけでやる。やりたい者は手ぇ上げや」

皆が「わしも」「わしこそ」と手を上げ、鼻息を荒くする。が、ひとり以蔵だけは平然と粥を食い続けていた。それを怪訝に思ったか、左隣の阿部多司馬《あべたしま》が「おい」と声を向けてくる。

「おまんは手ぇ上げんがか？　本間の天誅で満足しちゅう訳やないろう」

以蔵は朗らかに胸を張った。

「だって多司馬さん、わしゃ手ぇ上げんでも先生の方から『やれ』言うてくれますき」

「ほう。えらい自信じゃねや。どいて、そう言いきれる」

正面の島村が少し苛立った声を寄越した。余の者も「ほうじゃ」「どいてじゃ」と不満げにしている。

「どいても何も、皆ぁ気負い過ぎちゅうき。いつもと同じなん、わしだけですろう」

一同が唸る。武市が腕組みで楽しそうに笑った。

「確かに、ほうじゃねや。分かった、ひとりは以蔵じゃ。あと二人……これは籤引《くじび》きにしよう」

かくて紙縒《こよ》りを作り、皆で籤引きとなる。当たりを引いたのは阿部多司馬と清岡治之助であった。

＊

清岡治之助と阿部多司馬、以蔵の三人は鴨川の西岸——河原町《かわらまち》通と今出川《いまでがわ》通の辻に身を潜めた。閏八月二十九日は夕暮れ時を迎えており、暗がりはあちこちにある。

その三人を前に、島村衛吉がしゃがみ込んで小声を寄越した。

「今日、文吉の奴は山に遊びに行っちゅう。その帰りを狙うがじゃ」

「国が危ないちゅうがに、遊びかえ。えい身分やのう」

阿部が腹立たしそうな声で吐き捨てた。

猿の文吉が出向いたのは、京洛《きょうらく》の北、低い山が折り重なる頂のひとつである。松茸《まつたけ》山と呼ばれているところらしい。島村はそれを告げ、次いでひとつ釘を刺した。

「奴は娘を連れちゅうがやけんど、その娘は殺《ころ》いたらいけんぞ」

「ほえ？　文吉には娘がおるがか。島田の妾に入れたのとは別にかえ？」

清岡が驚いて目を丸くする。島村が小さく頷いた。

「ちゅうても、また養女らしいけんど」

「ほいたら、それも誰ぞに差し出すがか」

「島田が死んだき、幕府方の他の者に取り入る気ぃながじゃろう」

阿部が「なるほど」と大きく頷いた。

「武市さんが、文吉はようけ幕府の犬を知っちゅう言うちょったけんど」

どうやらそれに間違いはないようだ。是が非でも名を聞き出さねばと、面々が鼻息を荒くする。

以蔵はずっと黙って聞いていたが、ここで「あの」と小声を向けた。

「文吉の娘、まっこと殺さんでえいがですか」

島村が鋭く目を向けてきた。

「わしら無道の賊やない。関係ない者は殺いたらいけんて、武市さんも言うちょる」

「いやあ？　関係ないとは」

養女でも娘には違いあるまい。そういう眼差しが、島村には少し不服なようであった。

「娘は文吉の手駒にされちゅうだけろう。かわいそうな娘じゃ。殺いてえい訳がない。解き放っちゃるがじゃ」

「かわいそう、ですか」

言葉の意味は分かる。が、どういう心の動きなのかが分からない。否、よしんば分かったとしても疑問は残る。

「けんど衛吉さん。それで見逃すがは危ない思いますよ」

島村は大きく首を横に振った。

「奉行所にでも駆け込むて思いゆうがやろう。そうならんように、わしらぁが辻々で見張っちゅう」

天誅を下す三人とは別に、そういう見張りが何人もいる。文吉の娘が助けを求めるのを阻み、かつ、天誅の場に誰かが紛れ込むのを防ぐためであった。

「ほんじゃあきに、おまんらは自分の役目を確かに果たしや。えいか？」

否やを言っても聞き容れられそうにない。ゆえに以蔵は黙った。

しかし、やはり島村は甘いと感じた。

武市が「殺すな」と言うのなら従うのみだ。とは言え勤王党の見張りだけで、文吉の娘が奉行所に駆け込むのを防げるだろうか。如何な小娘であれ、向こうは京に暮らしてきたのである。参観で都に上がっただけの勤王党以上に、細かい裏路地から何から知り尽くしているはずだ。

「わしゃ見張りに付くきぃ。巧くやりや」

島村はそう残して、三人の前を去った。

ほどなく辺りが暗くなってきた。先ほどまでの夕暮れが夕闇に変わっている。

そして、さらにその夕闇が宵闇に変わった頃、阿部多司馬が小声を寄越した。

「おい」

顎をしゃくって道の北方を示している。そちらを見れば、でっぷりとした体軀《たいく》が小柄な人影と共に歩いて来るところだった。

「文吉じゃ。あの小さいのが娘やろう」

目元を引き締めた阿部に「よし」と応じ、清岡が以蔵に声を向けた。

「とにかく娘は殺《ころ》いたらいけん。えいな？」

「……分かりました。誓うて、殺しません」

清岡は「それで良い」とばかりに頷いて、白の鉢巻きを締めた。阿部と以蔵もそれに倣う。三人は眼差しを交わし合い、辻の暗がりからさっと駆け出した。

「目明かし、猿の文吉やな」

正面に阿部、左側に清岡が回る。以蔵は娘のいる右側であった。

「誰や、おまえら」

じろりと睨み返してくる。人違いだと言わない辺り、文吉に間違いない。曲がりなりにも十手《じって》を預かる身、肚の据わった低い返答だった。

「国を憂える者じゃ。おんしに聞きたいことがある」

阿部がすらりと刀を抜いた。文吉は「何を」と腰の十手に手をかける。その動きを、清岡が止めた。

「ここでは落ち着いて話せん。場所を変えるき付いて来い」

短刀の切っ先が、脇腹にぴたりと宛がわれていた。文吉は軽く奥歯を嚙み、焦燥の色を滲ませながら小さく頷く。

「よし。行くぞ」

清岡は短刀を突き付けたまま文吉の左腕を取り、以蔵は右腕を抱えて動きを封じた。阿部が後ろに回り、やはり短刀を抜いて首筋に当てる。

と、文吉の娘が――十二、三歳だろうか――震え声で「待って」と目を潤ませた。

「おとんに何すんの。なあ、やめてや。殺さんといて。お願いや」

足をがくがく震わせながら、か細い声で命乞いをする。実の父ではないものの、文吉に養われてこそ生きられるのだと、それだけは分かっている泣き顔であった。

清岡が苦笑を漏らす。阿部が鼻から軽く息を抜き、少しばかり柔らかな声を娘に向けた。

「殺す訳ないろう。さっき言うたとおり、ちっくと話ぁ聞くだけや」

「でも……。でも、刀」

「命は取らんき、心配せんで構《かま》ん。おまんは家に帰りや」

娘は「おとん」と、文吉に心細い眼差しを向ける。文吉は硬い声音で小さく頷いた。

「こいつらの言うとおりに。な？」

娘は震えながら頷き、その場に立ち尽くしていた。

「さあ。ほんなら行くかえ」

阿部が後ろから文吉を小突き、鴨川沿いを南へと進む。十歩ほど進んだところで、以蔵はちらと後ろを振り返った。

今のところ、娘は足が竦《すく》んでいるようだ。星明かりに滲む人影は動いていない。しかし本当に良いのだろうか。
三、四町も進んだ辺りで、以蔵は心中に「やはり」と思い切った。
「多司馬さん。ちっくと、すんません」

文吉の後ろにいる阿部に声をかける。すぐに「何だ」と返され、眉尻を下げて応じた。

「右脇、代わってもらえませんろうか。小便しとうなったがです」

「おまん阿呆か。我慢しいや」

「ちゅうても秋の寒空に長いこと待っちょって、体ぁ冷えてしもうたがです。お願いですき」

やれやれ、と呆れ顔を向けられる。文吉の左腕を取る清岡が「仕方ない」と溜息をついた。

「わしら先行くき、早いとこ済まして追い付きや」

以蔵はまた「すんません」と会釈し、文吉の右腕を阿部に渡す。そして左手――鴨川の河原へと下りて行った。

「……さて」

もっとも本当に小便をする訳ではない。しばし、空の天の川をぼんやりと見上げていた。

百ほど数えた頃になって元の道に戻る。南を見れば、清岡と阿部はずいぶん遠く離れていた。では、と北を見る。置き去りにした娘の影は、既にそこになかった。

「さすがに、そうなるやろ」

とは言え、まだ遠くには行っていないはずだ。思って、来た道を小走りに戻った。

＊

文吉を攫《さら》った辻に至って四方に目を遣れば、案の定、すぐ近くに人影があった。覚束ない足取りで今出川通を西へ一町ほど、背格好からしてあの娘である。

以蔵は小走りにその姿を追い、後ろから肩を叩いた。娘は「ひっ」と短く悲鳴を上げて振り向き、総身を強張らせた。

「い……嫌や。やめてや」

「あっはは、こりゃ嫌われたねや。けんど恐がらんでえいき」

軽く腰を屈《かが》め、目の高さを合わせる。にこりと人好きのする笑みを作って見せると、娘の恐怖と警戒はわずかに失《う》せたようであった。

「父ちゃんとこ連れてっちゃろう思うて、戻って来たがじゃ」

「え？　あの。ええの？」

娘が不安げに目を見開く。以蔵は朗らかに「もちろんじゃ」と返した。

「おまんが恐がっちょったき、気になってのう。まっこと話聞くだけやち、分かってもらいとうなったがよ」

「でも……さっきの人らは？　刀やら抜いとったやない」

「そらあ武士やき刀くらい持っちゅうよ。けんど誓うて、おまんの父ちゃんを斬ったりせん。あの二人にも決して斬らしやせん。わしの命に代えても約束は守る」

「ほんまに？」

藁《わら》にもすがりたい思いが眼差しに浮かんでいる。深い笑みで、大きく頷いて返した。

「わしゃ、さっきも刀らぁ抜かざったろう？」

右手を伸ばし、娘の頭を優しく撫でる。少しずつ、少しずつ、強張った娘の身から力が抜けていった。

「急いで走って行くき、負《お》ぶさりや」

背を向けて腰を落とす。全くの無防備な姿に、ついに娘の心が靡《なび》いた。

「ほんなら、お願い。おとんを助けたって」

「何べんも言うちょろう？　話聞くだけや」

以蔵は屈託なく笑って娘を背負い、小走りに進んで行った。

河原町通を鴨川沿いに南へ小半時、三条《さんじょう》大橋の近くに至る。暗い中にじんわり光る川面、その脇の河原には提灯の灯りがぼんやり佇んでいた。

「あそこじゃ」

声をかけて背から下ろすと、娘は逸る気持ちを押さえ、転げ落ちぬようにとゆっくり土手を下り始めた。以蔵は懐から手拭いを出して軽く汗を拭う。そして。

その手拭いを後ろから娘の口元に回し、無理やりに猿轡《さるぐつわ》を嚙ませた。ぐいと引き絞ってきつく縛る。何が起きたか分からないのだろう、娘は喉だけで悲鳴を上げた。だが猿轡の布に阻まれて大声にはならない。以蔵は懐からもうひとつ手拭いを取り出し、総身を強張らせた娘の両足首をも縛り上げた。

「すまんねや。父ちゃんとこは確かに連れて行くけんど、黙っちょって欲しいがじゃ」

娘の襟首を摑んで河原へと引き摺って行く。そこでは清岡が太い竹竿《たけざお》を振り回し、鬼の形相で文吉を打ち据えていた。文吉は素裸に剝かれ、染物の干場に使う杭《くい》に縛り付けられて身動きが取れない。打たれるたびに、ぎゃあぎゃあと悲鳴を上げるばかりだった。

「清岡さん、多司馬さん。待たせてすんません」

二人が「お」とこちらを向く。

「待たせすぎ――」

応じた阿部の目の前に、娘の身を無造作に放ってやる。必然、阿部の言葉は止まった。

一方の清岡は血相を変えて詰め寄って来た。

「おまん何しちゅう。娘らぁ連れて来て、どういうつもりじゃ」

怒りも露《あら》わに咎め立ててくる。以蔵は動じることなく呆れた溜息を漏らし、爛々《らんらん》と光る目で一歩を踏み出した。

「おまさんら、あほうかえ。殺《ころ》いたらいけん言うて、放っとく奴がどこにおる！」

静かながら、この上なく峻烈《しゅんれつ》な一喝を加えた。詰め寄って来たはずの清岡が軽く仰け反り、阿部は息を呑んだ。そこに、なお厳しく言い放つ。

「五つや六つの童《わっぱ》やない。十を過ぎた娘や。衛吉さんたちが見張っちょっても、目ぇ盗むばあ、できるかも知れんろう」

清岡が、たじろぎながらも抗弁した。

「あほうは、おまんじゃ。見られたら殺さんといけんき、連れて来ざったんに」

見られたら――。

文吉の裸身には相当に殴り付けられた痣《あざ》があり、口元などは血まみれだった。娘はその姿を見て涙を流し、喉だけで悲鳴を上げている。

以蔵はそちらに目を遣って、くす、と笑った。

「見られたら殺さんといけん……。手ぬるい責めで済ませちょるき、そうなるがじゃ」

ずい、ともう一歩を進み、この上なく落ち着き払った眼差しで問う。

「のう清岡さん。こがなんで、何か聞き出せたがか」

清岡は唸って口を噤《つぐ》む。そこへ、阿部がおずおずと歩みを進めて来た。

「ちゅうても、竹竿が折れるばあ叩きゆうがじゃ。こいつが、しぶといだけや」

阿部が手にする竹竿は、なるほど中途のところが折れて縦に裂けている。以蔵はその竿に手を伸ばし、にたあ、と笑った。

「えいこと思い付いたぜよ。どうやって責めたらえいか、おまさんらに教えちゃる」

懐から短刀を出し、竹竿の縦に裂けたところを切り取ってゆく。並のものより三倍も太く、ささくれ立った串が三本できた。

「嬢ちゃん、えいもん見せちゃるき」

娘の襟首を摑み、嫌がる呻き声も聞き流して文吉の前に引き摺り出す。先ほどの粗い竹串から二本を取って左手で箸に使い、剝き出しになった文吉のいちもつを持ち上げた。

「のう文吉。この嬢ちゃん、誰の妾にする気やったがじゃ。教えてくれんか」

返答がない。虚ろな、それでいて恐怖に血走った眼差しが寄越されるのみだった。

以蔵は「仕方ないのう」と苦笑をひとつ。

そして右手に残った、ささくれ立った一本の竹串を――。

「教えや、言いゆうがじゃ！」

いちもつの先、小便の穴から一気に突き入れた。文吉は狂乱して、ぎゃあぎゃあと叫ぶ。

「ほたえちょっても分からんがよ。教えや」

言いながら、いちもつに突っ込んだ竹串を抜き差しした。顔を洗う時、飯を食う時と全く同じ面持ちで、幾度も。幾度も。これでもかと。

「あ、ぐ、ぎゃ、ぎぎぎっ！　言う！　ぎぎゃっ！　言うさかい！　やめ、や、や、ああああぎあぎゃがあああ！」

阿部と清岡が色を失って立ち尽くしている。その傍ら、以蔵は文吉から幕府の間者の名を聞き出していった。

他にも教えるべき名があるのではないか。問いながら、竹竿で総身を打ち据える。いちもつの串を抜き差しする。尻の穴にも二本の竹串を見舞う。

いつしか文吉は、悲鳴すら上げられなくなっていた。

その代わりに、おかしな笑い声が聞こえるようになった。猿轡でくぐもった声は、足許に転がした娘であった。

「ああ、すまんのう。おまさん忘れちょった。これやと笑いにくいろう」

朝の挨拶をするように笑みを向け、口と両足首から手拭いを外してやる。途端、けたけた笑う声が大きくなって闇夜の河原に響き渡った。誰が見ても分かる。二度と治らないほどに、心が壊れてしまっていた。

「い、以蔵……」

「ああ清岡さん。さっきは生意気なこと言うて、えらいすんませんでした」

泣きそうな声を寄越され、頭を下げる。人好きのするいつもの笑みであった。

娘はなお、けたけた笑っている。以蔵は柔らかな笑みと優しい声を作って語りかけた。

「約束どおり刀は使わんき、安心しいや」

そして竹竿を振り上げ、静かに笑みを浮かべて文吉の前に立つ。

「ほうじゃねや。衛吉さんのやり方やったら、一発や」

以蔵は軽く飛び跳ねて体の重みを竹竿に預け、渾身の力で振り下ろした。島村衛吉が好む、上段からの一撃であった。

猿の文吉は、頭を割られて絶命した。

*

土佐藩北会所、尋問小屋――。


以蔵の証言を聞いて、聡介は背に冷たい汗を感じた。何を言うこともできない。だが不思議であった。前回の報告をまとめた折には吐き気すら覚えたのに。今回ほどの話を耳にしながら、それを感じないのはどういう訳だ。

おかしい。なぜ胸が悪くならない。体は楽だが、心はかえって慄き騒ぐ――。

と、上役の和田が左前の椅子で声を震わせた。

「以蔵。どいてじゃ……。何で」

当の以蔵は何を問われたのか分からない顔であった。

「何が『どいて』ながじゃ」

「ふざ、ふざけな！　年端もいかん娘に何ちゅうことを！　何で、どいて、ひと思いに殺《ころ》いてやらざった。その方が幾らかでも……ちっくとでも、ましやった！」

和田は椅子が後ろに倒れるほどの勢いで立ち上がり、わなわなと身を震わせた。以蔵の両脇、八角棒を構える同輩の身も震えている。怒り、だけではあり得ない。間違いなく恐れゆえでもあったはずだ。

面々の様子を見て、以蔵はなお平然としていた。

「ほんなことか。殺《ころ》いたらいけん言われちょったき、殺さんで済ましただけや。頭ぁ壊れてしもうたら、奉行所にも行けけんようになるやろう。えい考えやち思わんかえ？」

「だ……だ、黙りや！」

和田は激昂してつかつか足を運び、同輩の持つ八角棒を取る。そして奥歯を固く食い縛り、渾身の力で以蔵の背を叩き据えた。二度、三度、四度。叩かれる度に以蔵の面持ちは歪むも、すぐに楽しげな薄笑いに戻ってしまう。

「和田様」

聡介は立ち上がり、上役の許へ進んで「そのくらいで」と静かに押《お》し止《とど》めた。あなたが呑まれてしまっては、と。

和田は額に脂汗を浮かべ、荒く、大きく息をしながら、驚いた顔であった。

「小田切……落ち着いちゅうねや」

そう言われて、ぎくりとする。何ゆえこうまで落ち着いているのか、他ならぬ自分自身が分からないのだ。

「……それは。和田様が、いてくださるからで。それより」

尋問を続けなければ。聡介の言葉に、和田は怪訝な顔で「おう」と頷く。そして手にした棒で以蔵の顎を持ち上げた。

「おんし、ここで話したことに偽りはないがやな」

「もちろんじゃ。何から何まで正直に話しゆう」

「本間精一郎殺し、目明かし文吉殺し。武市半平太の指図に間違いないか」

「ほうじゃ。ついでに、その次の天誅も先生のお指図ちや。けんど、そらあ、ちっくと後の話になる」

文吉殺しから数日、土佐藩の参観は再開を見合わせることとなった。物騒な事件が立て続けに起きている中、江戸に下るのは危ない。逗留の宿場本陣なら万全ではあろうが、そこまでの道中で襲われたら防ぎきれるかどうか。しばし京屋敷に留まるに如《し》くはなしと。

「先生は、まずは十分やて仰せやった。ほんじゃあきに、しばらく天誅はせざったがじゃ」

参観の再開を遅らせたことで、各方面と密談を繰り返すだけの時が生まれた。武市はこれを使い、三条実美《さんじょうさねとみ》や姉小路公知といった公家と談合を進める。

そして九月二十一日、幕府への勅使下向を勝ち取った。

同じ文久二年の五月にも攘夷督促の勅使が発せられていたが、その実は薩摩の島津久光が幕府を恫喝《どうかつ》するのが本当の目的だった。武市が画策した勅使はこれに続くもので、幕府をさらに追い詰めるための策略である。使者は三条が正使、姉小路が副使と決められ、土佐藩は姉小路の護衛を命じられた。

「これで土佐も勤王の藩じゃ言うて、先生はことの外にお喜びやった。けんど、えい話ばっかり続きやせんでのう」

勅使発行の決定と前後して、四人の男が京から姿を晦ましていた。猿の文吉から聞き出した親幕派である。それらは元々が江戸から寄越された面々で、どうやら江戸に逃げ帰ろうとしているらしかった。

「奴ら、ただ恐《こわ》ぁなって逃げた訳やない。先生はそう仰せやった」

なぜなら文吉が殺されて二十日も過ぎているからだ。繋がりのあった文吉が殺されたことを恐れただけなら、もっと早くに逃げて然るべきである。しばし時を置いて逃げるのは、文吉への天誅が土佐勤王党の仕業と察したからであり、それを江戸表に報せるためだと言えた。

「そがな話やったら、勅使が出る前に片付けんといけんろう？」

勅使の東下には嫌でも時を食う。その間に四人が先に江戸に入ったら、一連の天誅と勤王党の関わりが明るみに出るかも知れない。さすれば藩公・山内豊範のみならず、隠居して江戸の下屋敷に入っている先代・容堂も処罰される恐れがある。

「ほんじゃあきに、そいつら追って近江の石部宿《いしべじゅく》に行ったがじゃ。四人とも殺いてやった」

「待て、以蔵」

聡介は証言を遮って自らの席に戻った。二つある帳面の片方には、勤王党の関与が疑われる事件が記されている。これを捲っていくと、確かに石部宿で四人が殺されたという記述があった。

「京都、西町奉行所の与力・渡辺金三郎《わたなべきんざぶろう》。同じく同心・上田助之丞《うえだすけのじょう》。東町奉行所同心・大河原《おおかわら》十蔵《じゅうぞう》、並びに森孫六《もりまごろく》。おんしらぁが襲ったがは、以上四名で間違いないか」

「わしが殺いてあげたがは、渡辺ちゅう名ぁで間違いない。他の三人も、まあそがな名前やった思うちゃ」

もっとも、この襲撃は土佐勤王党のみで行なった訳ではない。長州から久坂玄瑞を始め十名、薩摩から田中新兵衛を始め二名が加わっていたという。

「勤王党は、わしの他に清岡さんやら誰やら七、八人じゃ」

「えい加減に済ましな。他に誰がおったか、もっと詳しゅう聞かしや」

各々の名を分かる限り聞き出し、この日の尋問は終わった。

尋問小屋から引き上げる聡介の胸は、もやもやしたものに埋め尽くされていた。鬱々とした気分でいると、それ以上に陰鬱な様子の和田が小声を向けてくる。

「小田切、えいか。話がある」

「はい。何ですろう」

「わしの部屋へ。落ち着いて話したいき」

これに従って執務の一室へ。中に入って障子を閉め、双方膝詰めで座った。

和田は腕組みをして、胸を洗うかのように大きく息をついた。

「岡田以蔵か。まっこと訳の分からん奴ぜよ。おまんが呑まれかけた訳も分かる。けんど、どがな男か……ちっくと分かった。奴が今までやってきたこと思い出してみいや」

幼少から蛙を殺して楽しんでいた。

江戸で夜鷹を殺した。時計事件に際して河原者の首を刎ねた。

吉田東洋の闇討ちに出くわし、その首を刎ねて仲間を助けた。

田那村作八、および田那村が買った夜鷹を殺した。

参覲の途上で聡介の実の兄・井上佐市郎を殺した。

「おまんの報告どおり、ここまでは以蔵自ら『やる』て決めて手ぇ下しちょった」

然るに、京に入ってからの天誅は違う。自ら進んで動いてはいない。

「以蔵は己が満たされるかどうか、損か得かを大事にする奴ながじゃろう。けんど、意外なことに権威ちゅうものには逆らわん」

目明かし文吉の一件などは良い例である。娘の心を壊した理由と手管は、どう考えても正気の人がすることではない。だが武市が「無関係の者は殺すな」と言い、島村衛吉らに釘を刺されたことで、確かに娘の命を奪ってはいないのだ。

「それやったら突き崩す手はあるかも知れん。さっき聞いた勅使の護衛、あれが終わった後で以蔵は脱藩しちゅうろう」

和田は半ば目を伏せ、その視線を虚空に泳がせながら続けた。

「おかしい思わんか。先生、先生ちゅうて、今でも武市を慕いゆう奴ながに」

それが脱藩に及んだ訳は、何だ。どうして武市の許を離れ、勤王党を抜けたのか。

聡介は目を見開いた。

「まさか。脱藩も武市の指図ながですろうか」

「あり得る話ろう」

だとしたら。その経緯を聞いた時、以蔵という男の心を崩せるかも知れない。人を食ったあの物腰を取り払い、世の常の人に変えてやれるのではないか。和田はそう言う。

「あの男、自分から捕らえられた言いゆうがじゃろう。けんど」

聡介は頷き、固唾を呑んだ。

「それが、どがなことか分かるかも知れん。和田様はそう睨んでおられるがですか」

大きな頷きが返された。

「今日の話は、わしが帳面に書いちょく。近いうちに次の取り調べじゃ」

向けられる目には熱いものが湧き上がっている。聡介も同じ面持ちであった。

しかし。

同じなのは顔つきや目つきだけで、胸の内には拭い去れない不安が残る。文吉殺しの一件が全てだった。

あの話を聞いて、自分はなぜ落ち着いていられたのだろう。

分からない——。

七　以蔵と勝海舟

文久二年十月十二日。以蔵、二十五歳――。


「進め」

武市が声を上げた。ゆっくりとした号令にはどこか雅《みやび》やかな響きがある。この行軍が勅使を護衛するものだからだ。武市以下の土佐勤王党は副使・姉小路公知の護衛を任されていた。

「ようやく出発ちや。のう多司馬さん」

「ん？　ああ」

行軍に付いて進みながら、以蔵は阿部多司馬に声をかけた。だが思いの外に素っ気ない受け答えである。

「わしらぁが護衛のお役目をもろうたき、殿様も安心して旅ができるちゅう訳じゃ」

「その……。そうだな」

「河原でのこと、面白かったねや」

「お、おい」

阿部の顔から、さっと血の気が引いた。目が泳いでいる。その面持ちに戸惑っていると、少し前で清岡治之助がこちらに目を流しているのに気が付いた。

「清岡さん、どいたがじゃ。多司馬さんも。何か変ちや」

「いや。それは、まあ」

言葉尻を濁しつつ、清岡が軽く首を横に振る。以蔵は困ったような笑みで応じた。

「まっこと、どいたがじゃ。護衛のお役目も、わしらぁが河原で――」

「以蔵。無駄口を利きなや」

行軍の中央を進む輿《こし》の脇、馬上から武市が小声を寄越した。見れば、輿の屋形に設《しつら》えられた小窓が開いている。中の姉小路がこちらを窺っているらしい。

「もう河原でのことは……な？」

阿部が及び腰の声を寄越した。公家の前で天誅の話はするなということだろうか。だとしたら馬鹿げている。勤王党が何をしてこの役目を捥《も》ぎ取ったのか、少なくとも勅使の二人、三条実美と姉小路公知は重々承知しているはずなのだ。

「姉小路様も、うるさいがはお嫌いやろうし。のう？」

今度は清岡である。懇願するような小声であった。致し方なし、何より武市に窘《たしな》められたとあっては、以蔵も口を噤むより外になかった。

ならば宿を取った時にでも皆と酒を酌み交わし、大いに語ろう。そう思っていたのだが、この当ても外れた。

皆で宿場町の酒場に繰り出すも、どうにも席が温まらない。以蔵は朗らかに語りかけたが、阿部や清岡ばかりか、気安い間柄だった島村衛吉さえ余所余所《よそよそ》しい眼差しを寄越す始末である。

「まあその……。以蔵は名人やき」

「おまさんがおったき、護衛のお役目も頂戴できたがじゃ。のう皆、そうやろう？」

「おお、そうじゃ。ほれ、呑んでくれ以蔵」

名人——天誅の名人という意味だ。皆はそう言って以蔵を持ち上げ、盛んに、しかしおずおずと酒を勧めてくる。さっさと酔い潰れてくれと言わんばかりの物腰であった。

これでは楽しめない。以蔵は早々に席を立った。

「ああ……こじゃんと酔うたき、わしゃ先に帰って寝ることにしますちゃ」

一同が「そうか」「しっかり寝ぇや」と笑みを浮かべた。愛想笑いであり、また、紛うかたなき安堵の笑みであった。

夜道を歩きながら、以蔵は口の中に呟いた。

「まっこと、つまらん奴らぜよ」

世の賊徒、奸物を皆で殺したのだ。くだらぬ生から救ってやったのである。然るに、どうしてそれを共に喜ぼうとしない。武市の思いに応じて、皆が土佐勤王党に集った。力を合わせて世を直すためだ。その先には自らの栄達も待っている。そして力を持ったら——。

「もっと、ようけ殺すことになるちゅうに」

なのに何を恐れているのだ。京で天誅を働き、数人を殺めただけで肝が冷えてしまったのか。

否。そうではない。

分かっている。そうでは、ないのだ。

皆が恐れているのは、他ならぬこの自分——天誅の名人・人斬りの岡田以蔵だ。猿の文吉を始末した後から、薄々それは察せられていた。

「わしと同じながは、やっぱり武市先生だけじゃ」

薄笑いで呟き、以蔵は宿に戻った。

それからの行程も同じような日々が続いた。皆と共にあるのは居心地が悪く、かと言って武市は姉小路の相手をしたり、藩の上役と話したりで忙しい。勅使護衛の行軍は以蔵にとって退屈なだけの旅であった。

京を出立して十七日目の十月二十八日、勅使一行は江戸に到着した。

往路の護衛を終えた勤王党は、築地の土佐藩中屋敷に入った。もっとも武市の姿はない。護衛してきた副使・姉小路公知と何やら話があるらしかった。

「ああ、くたびれたねや」

「何年か前に江戸に来たけんど、そん時よりダレちゅう」

「そらあ、えらいお役目の後やき」

武家長屋に入った皆が口々に言い、がやがやと騒がしい。が、以蔵が部屋に入ると急に静かになる。その様を見て思わず苦笑が漏れた。

「皆さん、どうやって疲れを抜くがかえ？」

問うてみても、まともに答える者がない。ちらちらと互いの目を窺い、軽く頷いている。

「……まあ。まずは軽う眠る。ほんなとこじゃろう」

間崎哲馬《まさきてつま》が答えた。武市が特に重んじる党員のひとりである。そうした立場ゆえか、皆の代わりに口を開かざるを得なかったようだ。

もっとも以蔵にとっては、そんなことはどうでも良かった。

「眠るがですか。わしゃ疲れた時は」

言いつつ押入れへと近寄れば、ざわ、と人混みが動いた。さっと退かないのは、あからさまに避けている様子を見せまいとするためか。要らぬ気遣いだが、わざわざ「退いてくれ」と言って道を空けてもらうよりは楽である。

「お。あった、あった」

押入れから取り出したのは釣り竿であった。かつて江戸に遊学した際も、やはり到着した初日にこれを持って釣り糸を垂れに行ったものだ。

「ほんじゃあ、ちっくと息抜きして来るちや」

「お、おい。まだ武市さんが屋敷に入っちゃあせんのに」

島村衛吉が戸惑いがちに咎めた。以蔵は人好きのする笑みで――今までならそれだけで何とでもなった――こともなげに返す。

「先生は姉小路様んとこじゃ。お戻りの後は屋敷の偉い人らぁとお話があるはずやき。暗うなる前に戻れば構《かま》んですろう？」

誰も何も言わない。にこりと会釈して武家長屋を出た。

屋敷の門を抜けて浜辺に至る。昼下がりの日を浴びて、のんびりと釣り糸を垂れた。とは言え針には餌を付けていない。そもそも魚を釣りたくて浜に来ているのではなかった。

「幾らか……暮れてきたねや」

初冬十月、傾きかけてからの日はあっという間に落ちてしまう。居心地の悪い中屋敷に戻るのは億劫《おっくう》だが、武市が戻った時に長屋にいなければ叱責を受けるだろう。致し方ない、と竿を片付け始める。すると。

後ろに、人の気配がした。

「以蔵。久しいのう」

聞き覚えのある声だ。座ったまま振り向くと、そこには――。

「やっぱり。龍馬さんかえ」

思ったとおり、坂本龍馬である。腕組みで立っているが、相変わらずどこか落ち着きがない。

「驚かんがか。まあ、おまんはそういう奴やったねや」

「江戸におられたがですか」

「八月からな。小千葉に居候しゆう」

小千葉――北辰一刀流・千葉定吉道場である。

「えいがですか。脱藩の身で、中屋敷のこがな近くに」

脱藩は重罪ゆえ、藩邸の者に見付かれば捕縛されよう。そう問うと、龍馬の眼差しに一本芯が通った。

「なんぼ危のうても、来ん訳にいかざった」

一大事が起きようとしている。ついては武市の助力を得たいと考え、藩邸の近くに張り込んでいたそうだ。

「けんど武市さん、一向に戻って来やせん。今日は諦めようか思い始めたら、ちょうど外に出て来た奴らぁがおってのう。そいつらが、以蔵が釣りに出たって言うのを聞いたがじゃ」

「そうながですか。誰ちゃあ知らんけんど、どうせ陰口らぁ叩きよったがですろう?」

「細かいとこまでは聞いちゃあせん。けんど以蔵やったら武市さんへの言伝《ことづて》も頼みやすいろう。ほんじゃあきに、ここ来てみたがじゃ」

以蔵は釣り竿を竿袋に納め、腰を上げて袴の砂を払った。

「武市先生に助けて欲しいて、言うちょった話ですか」

「それと、おまんの顔も久しぶりに見とうなった。弟みたいなもんやて言うちょった奴やき」

少し笑って「そりゃどうも」と返す。

「で、先生に何を言伝したら?」

「おう、それよ。わしゃ小千葉におるき、すまんが来て欲しいて伝えてくれんか」

「さっき、一大事や言うちょりましたねや」

「一大事になるには、ちっくと間がある。けんど向こう五日ばあ過ぎたら、何が何でも動かんといけんようになるちや。早いとこ頼むて言伝してくれ」

以蔵はこの頼みを容れ、中屋敷に戻って行った。

＊

十一月一日、以蔵は武市に伴われて千葉定吉道場を訪ねた。

玄関から案内を受け、門弟が稽古をする脇を抜ければ中庭である。その庭に沿った廊下を奥へ進み、突き当たりの薄暗い一室に龍馬は待っていた。

「武市さん、良う来てくれた。以蔵も一緒ながか」

「こいつが、藩邸におると退屈やて言うもんでな。おまんと以蔵は気心も知れちゅうき、構んろう思うて連れて来た」

龍馬は「そうか」と軽く笑みを見せた。ともあれ、と武市が龍馬と差し向かいに座る。以蔵は武市の右後ろで胡座をかき、右膝に肘を置いて頰杖《ほおづえ》を突いた。

武市は「さて」と切り出した。

「一大事やて聞いちゅうけんど、何があったがじゃ」

「順を追って話す。まず、わしゃ八月にこっち来たんやけんど、それからは長州の人らぁと色々話しちょったがじゃ。知り合うといて損はない思うてのう」

久坂玄瑞や高杉晋作といった錚々《そうそう》たる顔ぶれと面識を持ち、諸々を語り合ったのだという。しかし、と龍馬は溜息をついた。

「あん人らぁ、ことを急ぎすぎちゅう。横浜《よこはま》を襲う気ぃらしい」

相模国《さがみのくに》の横浜は、かつては漁民が住まうばかりの寒村だった。それが今では湊町となり、諸外国の公使館も建ち並んでいる。ここを襲うと聞いて、武市が軽く息を吞んだ。

「攘夷……やる気ながか」

以蔵は「あの」と声を上げた。

「ずっと前やけんど、龍馬さん、攘夷らぁ難しい言うちょりましたねや。この目で黒船を見ちゅうき分かる、て」

「おう。外国の武器に日本は勝てんちゃ。そこら辺は今も変わっちゃあせん」

武市が苦しげな溜息を漏らした。

「江戸に来てご隠居様にお目通りしたがやけんど、同じこと仰せられちょった」

ご隠居様――先代の土佐藩主・山内容堂である。

この年の五月、島津久光が幕府を恫喝して政治の刷新を求めた。結果、水戸家から御三卿の一橋家に入嗣した一橋慶喜が将軍後見職となり、前福井藩主・松平春嶽が政治総裁職に就くことになった。この少し前に容堂も江戸下屋敷での謹慎を解かれ、そのまま幕政の改革に携わっている。

「ご隠居様に聞いたとこやと、幕府も外国から大筒やら銃やら仕入れゆうそうじゃ。けんど、そんくらいで互角になれるほど甘うないようでな」

なぜなら幕府が一枚岩ではないからだ。一橋慶喜や松平春嶽は幕政の刷新に舵を切ったが、そうした中でなお旧来の体制を保とうとする者たちがいる。それらがこの国の病巣なのは間違いないのだが――。

龍馬が「なるほどのう」と眉を寄せた。

「幕府があるき日本が帝の下にまとまらんて、長州は思いゆうがじゃ。ほんじゃあきに横浜を襲うて、外国との戦を起こそうと企みゆう」

それほどの大事があれば、確かに幕府は潰れるかも知れない。だが逆もあり得る。勅使が江戸に下向している今、外国の公使が襲われたらどうなるか。

龍馬が深く懸念するところを聞いて、武市の面持ちが焦燥を湛えた。

「そがなことになったら、帝と朝廷が命じたち思われかねん。外国の矛先が帝に向くかも知れんやないか」

「そんとおりじゃ。確かに幕府は潰した方がえいかも知れんし、攘夷を考えるのもえい。けんど長州のは順序が逆ぜよ」

まず帝がきちんと日本の頂に立ち、幕府を潰すか従え直すかして政を一新する。次に国を富ませて軍兵を強くする。外国との戦を考えるなら、その後であるべきなのだ。

「武市さんは、久坂さんとも高杉さんとも知り合いろう？　ほんじゃあきに頼む。あの人らぁを止めるの、手伝っとうせ」

龍馬が深々と頭を下げ、武市が「分かった」と口を開きかける。

しかし、そこに「はは」と軽やかな笑い声が重なった。以蔵であった。

「止めるくらい簡単ですろう。久坂と高杉いう人、殺《ころ》いたら済む話や」

即座に、武市が「あほう」と睨んできた。

「少し黙っちょきや」

窘められ、首をすくめて「はい」と応じる。武市は龍馬に向き直った。

「話は分かった。わしにできることは何でもする」

「ありがとう。ほんなら武市さんは、高杉さんを頼むぜよ。わしは久坂さんを」

二人は無言で頷き合い、話を終えた。

小千葉道場からの帰り道、以蔵は武市の後に付いて歩きながら、小声で問うた。

「先生。どいてです」

「何がじゃ」

背中で返され、以蔵は大きく首を傾げた。

「長州は先生の考えと違うこと、しゅうがですろう。殺《ころ》いてあげた方が早い思います」

「……使える縁があるうちは同志やき」

相手を利用できるうちは、ということか。一面で得心した。しかし。

「使えんようになったら？」

久坂玄瑞や高杉晋作が、武市や龍馬の説得を容れなかった時はどうするのか。その意味の問いに、武市が肩越しに目を流してきた。確固たる決意を示しながらも、どこか蛇の如く虚ろな眼差しであった。

「高杉さんと話す時は、おまんも来い」

話し合いがもの別れに終わった時は、おまえの出番——言葉の底にその意志がある。以蔵の頬が、にたあ、と歪んだ。

二日後、武市は長州藩邸を訪ねて高杉との談合に及んだ。以蔵もこれに随行した。

六畳の控え室に通されて、待つことしばし。高杉晋作が顔を出した。

「武市さん。良う訪ねて来てくれたな」

「久しいねや、高杉さん」

土佐勤王党を立ち上げたのは、長州や薩摩と連携して動くためだった。武市と高杉はその談合に関わっていて、互いを良く知っている。一方、以蔵は高杉と初めての顔合わせだった。

「そちらは？」

高杉の、糸を引いたような吊り目が以蔵に向く。

「以蔵。挨拶しとき」

武市に促されて「土佐勤王党の岡田以蔵です」と会釈する。高杉は薄笑いで二度頷いた。

「あんたが武市さんの言いよった弟子か。じゃが今日の話は二人だけでしたい。終わるまで、ここで待っちょってくれ」

それでは、と武市が腰を上げる。二人は六畳間を離れ、幾つか向こうの部屋に移った。

取り残された以蔵は、ひとり退屈な時を過ごした。そうするうちに高杉の面相が思い出されてくる。有り体に言って気に入らない顔だった。特にあの目つきである。鋭さの中に、誰彼構わず見下しているような気配が察せられた。

「まあ……ほんでも。先生があぁ仰せやったき」

使える縁があるうちは同志だ。しかし説得を容れなければ斬れ。そう示された。

「先生の言うこと聞かん奴は」

呟いて、にたりと笑みを浮かべる。武市は真実の人だ。もし高杉が武市の忠言を容れないような愚か者なら、その命は軽い。思うほどに笑みは深くなった。

話し合いは、その日だけでは終わらなかった。明くる日からも武市は高杉を訪ねて談合し、一方では龍馬が久坂玄瑞を説得に掛かった。三日に一度、武市と龍馬は双方の状況について語っている。

そして十日が過ぎ、十一月十二日の夜半になった。

「以蔵、帰ろう」

談合を終えた武市が控えの間に戻って来た。面持ちに浮かぶ安堵の色を察し、以蔵は問うた。

「巧くいったがですか」

「おう。長州はまだ同志じゃ」

「分かりました」

笑みを返して立ち上がり、連れ立って長州藩邸を辞する。土佐藩邸へと戻る夜道、以蔵は口の中で呟いた。

「退屈じゃねや」

武市の肩が、ぴくりと動いた。が、何を言われるでもなかった。

＊

勅使が江戸に下向しても、すぐに将軍に接見する訳ではない。まずは数日の休息を取るのが常である。ところが此度は、さらに長く間が空くことになった。幕府側が勅使を迎えるのに手間取って、十一月も半ばを過ぎてなお接見が行なわれていない。帰路も護衛をせねばならぬため、土佐勤王党の面々も江戸に逗留したままである。

以蔵にはその日々が退屈でならない。勤王を叫ぶ者、攘夷を唱える者は江戸にもいるが、京と違って平穏に過ぎる。何の動きもない日々、余所余所しい勤王党の面々と過ごす毎日が、自らの心身を腐らせるかに思えた。

「以蔵、どこ行くがか」

とある日の昼過ぎ、中屋敷を出ようとすると島村衛吉に声をかけられた。勅使の復路を護衛する任が残っているのだから、あまり勝手なことをするなと言いたげである。

「ちっくと息抜きです。えいですろう？」

そう言って笑みを返すと、島村は少し腰が引けた面持ちを見せた。

「……そうか。いや、あまり遅うならんようにしいや」

「分かっちょります」

会釈して門を抜ける。向かった先は品川宿であった。

宿場町には往々にして色町がある。江戸に近い品川や千住《せんじゅ》の色町は特に大きく、何軒もの茶屋や岡場所が軒を連ねていた。

その中の一軒で女を買い、男の欲を吐き出した。

外に出れば既に夕暮れ時である。あと十日余りで十二月、冬の夕日はあっという間に落ちてしまうだろう。もっとも、島村の「遅くなるな」に従う気はない。中屋敷で皆と夕餉《ゆうげ》を取るより、海辺を歩いている方が幾らかでもましだ。

思いつつ歩を進めていると、いつの間にか品川湊に来ていた。西の空はまだ茜色《あかねいろ》だが、見遣る江戸湾の先、房州《ぼうしゅう》の空は既に群青に彩られている。その色を背に、少し沖に大船の影が黒く染まっているのが見えた。

「ありゃあ……軍艦かえ？」

ふと興味を引かれて浜辺へ進む。軍艦から下りて小船に移った者が、湊の桟橋に漕ぎ着けたところだった。小船から下りたのは五、六人である。ぼんやり眺めていると、それらの中から若い二人が小走りに寄って来た。

「おい。おまえは誰だ。ここで何をしている」

「狼藉を働く気か」

軍艦に乗れるくらいだから、相応に立場のある者だろう。だが、こうも頭ごなしに咎められては気分が悪い。

「誰やち構《かま》んろう。船見ちょっただけや」

突っ慳貪《けんどん》に返すと、相手二人が「何を」と目を吊り上げた。

「障りがあるから申しておるのだ」

「さては貴様、先生を闇討ちに来たのだな」

そう言って腰の刀に手を掛けている。面倒だとは思うが、向こうが抜くなら一刀の下に斬り捨ててやるつもりだった。佇まいや物腰から見て、そのくらい力の差があるのは明白である。

だが、そうはならなかった。

「おいおい。よせよ、おめえら」

二人の後ろから、江戸言葉が渡ってきた。整った総髪の髷、目鼻立ちのはっきりした壮士である。

「しかし先生」

若い二人の片方が異を唱える。壮士は「馬ぁ鹿」と苦笑交じりに一蹴した。

「おめえらじゃ返り討ちに遭うだけだ。黙って言うこと聞いとけ」

以蔵は軽く目を見開いた。

「刀も抜いちょらんに、分かるがか」

壮士は屈託なく笑った。

「目ぇ見りゃ分かるさ。おめえさんは敵に回すとおっかねえ奴だ」

「そがな目ぇしちょったかえ。おまさんも相当に――」

修羅場をくぐって来たのだろうな。そう言おうとしたら、先ほどの二人から「無礼者」の大喝が飛んだ。

「貴様、こちらにおわすお方をどなたと心得る」

「畏れ多くも御公儀の海軍奉行並、勝海舟先生にあらせられるぞ」

名は聞いたことがある。確か――土佐勤王党の結成に際し、共に発起人として名を連ねた大石弥太郎が師事していたはずだ。

「勝先生ゆうたら、大石さんの先生で？」

勝の弟子と思しき二人はなお「控えよ」「頭《ず》が高い」と喚《わめ》いているが、それを無視して当人に言葉を向ける。勝は少し驚いた顔であった。

「おお？　弥太郎の知り合いかよ。そういや、おめえさんも土佐の言葉だな」

「はい。わしゃ岡田以蔵いいます」

「岡田君か。ずっと江戸に？」

「いえ。前に桃井道場で修業しちょりましたけんど、一年で国に帰りました。今は姉小路様の護衛でこっちに来ちょるがです」

姉小路公知の名を口にすると、勝はそこはかとなく面持ちを曇らせた。

「土佐っぽで今回の勅使護衛なら、武市君の土佐勤王党だな」

「武市先生もご存じながですか」

「ずっと前だが、弥太郎が連れて来たことがある」

勝の面持ちは相変わらず晴れない。勤王党、武市の下に付く身であることが面白くないのだろうか。だとしたら、この人とは相容《あいい》れないが――。

「なあ。勅使の護衛って役目、岡田君はどう思ってんだ？」

少しばかり警戒していると、そう訊ねられた。真意の分からぬ問いに怪訝なものを覚える。

「さあ？　どうもこうも。やれ言われたき、やっちょるだけです」

すると勝は「子供みてえだな」と苦笑した。

「俺の知ってる土佐っぽにも、子供みてえなのがいるぜ。まだ正式な弟子じゃねえんだが、坂本龍馬って奴さ」

「ありゃ。龍馬さんまでご存じで」

「何だよ。おめえさんもか」

以蔵は頷いた。龍馬とは土佐にいた頃からの仲だ、と。

「何日か前まで会うちょりました。昔っから『弟みたいなもんじゃ』言われちょって」

勝が興味深そうな顔をする。そして、自身の供を務める面々に「少し待ってな」と言って下がらせ、以蔵に歩み寄った。

「つまり岡田君も、長州の狼藉を止めるのにひと役買ったって訳だな」

それも知っていたとは。龍馬を動かしたのは、もしかしたら勝なのかも知れない。

「わしゃ何も。武市先生のお供しちょっただけですき」

「まあ、それでも龍馬が気を許してる奴だ。それに武市君を先生と呼ぶ身なら、少しばかり愚痴を零《こぼ》してもいいかも知れねえ」

「愚痴ですかえ。あ……」

　ぴん、と来るものがあった。先ほど勅使と聞いて、渋い顔を見せていたが――。

「姉小路様に関わりのある話ですねや？」

「そのとおり」

　今回の勅使はまだ接見の席に着けないでいる。幕府側が手間取っているためだが、それは勅使の名目が攘夷督促であることが原因らしい。

「俺は幕臣だから分かるが、御公儀の立場ってのも辛いものがあるんだよ」

　帝と朝廷を奉戴《ほうたい》する立場ゆえ、攘夷を督促されれば容れざるを得ない。しかし国の実を担ってきたからこそ、攘夷が難しいことは重々承知している。

「だから勅を容れても聞き流すしかねえ。とは言いつつ……」

　今年は五月にも同じ名目の勅使があった。同じ年のうちに二度目を寄越され、果たしてこれを聞き流せるだろうか。下手をすれば徳川幕府が朝敵の汚名を着せられかねない。

「なるほど。けんど……わしなんぞに、そこまで話して構《かま》んがですか」

「岡田君に話せば武市君の耳に入るだろ？」

「そこは、まあ。はい」

「必要以上に上様を苛めねえでやれって、武市君から根回ししてくれると嬉しいんだよ。さっきも言ったとおり、御公儀はこれ以上の駆け引きもできねえんだ。もう負けちまってんだから、それで手ぇ打ってくれって」

この勅使は幕府を追い詰めるためであり、土佐の勤王を示すためだと武市は言っていた。勝もその辺りは察して――龍馬から聞いたのだろうか――いて、ゆえにこそ悩んでいるらしい。ことほど左様に攘夷とは扱いの難しい思想である。

「……勝先生は、攘夷には反対ながですか」

向かい合う目が「当たり前だ」と信念の光を宿した。

「そもそも攘夷なんぞ、できっこねえんだよ。日本は外国と巧く付き合っていかにゃあならん。その上で、見くびられねえように軍備を増す必要がある」

「それなら、できると？」

「できる。挙国一致の形を作りゃあな」

幕府がどう、朝廷がこう、ではない。国を挙げて一丸にならねばいけないのだ。本当ならその中心は、長く日本の実を執ってきた幕府であるべきだろう。とは言え井伊大老による安政の大獄以来、幕府は諸藩の反感を買っている。勝はそう言って「だからさ」と続けた。

「俺は思うんだよ。もう幕府って形に拘《こだわ》るこたあねえ。壊したっていいんじゃねえか、ってさ」

帝をまさしく国の頂点に据え、その下に議会を作って諸藩が思うところを述べる。幕政を担ってきた面々は、その取りまとめ役として用いれば良い――。

「今まで国を視てきた奴らの力は、どうしたって必要になる。それで十分だろ？」

以蔵は政治や国論に興味がない。しかし勝の熱い言葉に、つい問うていた。

「先生は、それをやろう思うて？」

「やる。この国のために、何としても成し遂げにゃあいかん」

そう言って、しかし、すぐに「あはは」と笑った。

「まあ、そりゃ半分は建前だな。もう半分は、俺がいい思いをしてえからさ。俺の考えが形になりゃあ、国……とはいかねえまでも、海軍くらいは動かせる立場に収まれそうだろ？」

思わず以蔵は笑った。ここしばらくの退屈など吹き飛ばさんばかりの大笑だった。

「先生は中々、正直ですねや。わし、そういうお人は好きですちや」

「お。じゃあ俺の弟子になるか？」

「考えときます。まだ護衛のお役目も終わっちゃあせんですき」

久しぶりに愉快である。その思いを胸に、以蔵は丁寧に頭を下げて立ち去った。

＊

思いがけず勝海舟と知り合ってから数日、文久二年十一月二十七日を迎える。この日、勅使はようやく将軍・徳川家茂に接見して攘夷督促の旨を通達した。

これに対し、幕府は何とも曖昧に回答した。まずは翌年に将軍・家茂が上洛し、攘夷実行の方法を説明するというものである。時間稼ぎ、さもなくば勅を有耶無耶にしたいという思惑であったろう。

だが勅使はこれで引き下がった。とりあえず幕府が攘夷を約束した格好で、使者として顔が立つようになったからだ。或いは、本当に武市が何か根回しをしたのかも知れない。

そして十二月七日、勅使は帰京の途に就いた。

勤王党も復路の護衛としてこれに随行する。以蔵にとってはまたも退屈な旅であり、少しでも早く終わって欲しいところだったが、やはり往路と同じだけの時は食う。帰京したのは十六日後の十二月二十三日であった。

その二日後――。

「武市さん、おめでとうございます」

「これで勤王党は、ますます力ぁ持つことになりますねや」

「いやあ！　まっこと、めでたいちや」

木屋町の宿所、武市の部屋に土佐勤王党の面々が参集して口々に祝辞を述べた。それというのも、武市が留守居組に取り立てられたからであった。この任に就けるのは上士のみである。武市は上士扱いの白札郷士から、紛うかたなき上士になった。

「ありがとう。皆の働きのお陰じゃ。謹んで礼を言うぜよ」

武市の面持ちは笑みに満ちている。しかし以蔵には、それが作りものに見えた。同じ種類の人間だから分かるのだ。何か、心に晴れないものが横たわっているのではないか。

もっとも、ただでさえ皆に煙たがられている身である。ここで理由を問えば、めでたい話にけちを付けたと受け取られよう。さらに息苦しくなるのは目に見えており、ゆえに敢えて口を噤んだ。

そうした中で年を越し、文久三年（一八六三）の正月を迎えた。勤王党は一月四日――祇園の茶屋が商売を始める日を待ち、参集して宴を張った。

「さあ皆、今日は心置きなく呑んでくれ」

武市が声を上げ、わっと宴席が沸いた。

賑《にぎ》やかな宴の中、以蔵はひとり静かに杯を傾けつつ師の面持ちを窺った。

そこはかとない、違和を覚えた。留守居組に取り立てられた日の、憂いを含んだ気配が消え失せている。どうしたのだろう。悩みの種が消えたのなら良いのだが。

思いつつ退屈な宴をやり過ごし、夜更けになって店を出る。宿所へ戻る道中、以蔵は武市を捉まえて小声で問うた。

「先生、どいたがです」

「以蔵……」

武市の眉がぴくりと動く。それだけで分かった。師の悩みは未だ続いている。

「何か気になること、あるがですろう」

重ねて問う。武市の面持ちが、昨年末に見たのと同じになった。

「おまんに頼みがある。後で部屋に来てくれ」

夜道ではそれ以上を語らず、武市は騒ぎながら帰る皆の輪に入って行った。

木屋町の宿所は祇園にほど近く、そう時はかからない。帰り付くと、皆は酒の酔いに任せてすぐに眠ってしまった。

以蔵は違う。同室の面々が寝息を立て始めると、ひとり起き出して武市の部屋を訪ねた。

「先生、以蔵です」

「入りや」

静かに障子を開け、行燈《あんどん》の暗い灯りを受ける師の前に座った。一礼して顔を上げると、開口一番で切り出された。

「実は、まずいことになっちゅう」

順を追って、武市の憂えるところが語られていった。

「おまん、わしが留守居組に取り立てられた意味が分かるか」

「さあ。お沙汰があった日に、先生が何か悩んじょったがは分かりましたけんど」

武市は深く溜息をついて、二度頷いた。

「この身分はな……わしを縛る鎖じゃ」

昨今、土佐の隠居・山内容堂が勤王党を締め付けに掛かっているのだという。第一に、勤王党が――武市が暗躍して、勅使護衛の任を得たことが気に障ったらしい。

「ご隠居様は公武合体を思われちゅうがじゃ」

二年ほど前の文久元年（一八六二）十一月、孝明天皇の妹・和宮親子内親王《かずのみやちかこないしんのう》が将軍・徳川家茂の御台所《みだいどころ》として降嫁した。これを以て皇室と幕府が一体となり、国難に立ち向かおうという考え方である。昨文久二年の二月には家茂と和宮の婚礼が執り行なわれている。

しかしながら、この婚儀には「幕府が皇女を人質に取るためのもの」という批判が根強い。そう唱えているのは公卿たちであり、勤王の志士たちであった。

「勤王党が土佐を握るがは、ご隠居様には都合の悪い話ながじゃ。ほんじゃあきに、わしが身動きできんように、藩の要職に取り込もうとしちゅう」

以蔵は得心して頷いた。上士に取り立てられながら、武市が本当の意味で喜んでいなかった理由が知れた。しかし。

「それだけやない。ですろう?」

上士となって縛られ、しかし今日の宴ではその憂いが全く見えなかった。何かしら事態を打開する策があったはずなのだ。にも拘らず、今ここで見せている顔には、やはり懊悩《おうのう》が見え隠れしている。

「敵わんな。おまん、やっぱり……わしと似ちゅうぜよ」

苦笑をひとつ、武市はなお語った。

「わしが縛られるがやったら、手足になる者を動かせばえい。そう考えた」

「国論の分かる人ですろう。誰です」

「間崎哲馬じゃ。わしの代わりに、親王様を動かしてもろうた」

間崎は青蓮院宮尊融親王《しょうれんいんのみやそんゆうしんのう》を動かし、ひとつの令旨《りょうじ》を得た。土佐藩は勤王の意を明らかにし、それに沿って藩政を改めるべし——と。

「やけんど、間崎の動きが京屋敷のお偉方に知られた。ほんで、ご隠居様に報せが行った」

山内容堂は「越権も甚だしい」と言って、間崎の動きに大いに憤慨した。その上で今月のうちに上洛するのだという。

「間違いなく、間崎には切腹のお沙汰が下る」

「先生にも累の及ぶ話ながですか」

「今のとこは。ただ……」

容堂はこれを以て、さらに勤王党を締め上げに掛かる。そうなると、まずいことがあった。

「去年の天誅じゃ。ご隠居様は、これについても勤王党をお疑いなさっちゅう」

それは、武市が留守居役に取り立てられたからこそ知り得た話らしい。以蔵は目を丸くした。

「まさか。わざわざ先生のお耳に入るようにした、ゆうことですろうか」

「ほうじゃ。揺さぶりを掛けてきちゅう」

武市は大きく溜息をつき、然る後に目元を引き締めて居住まいを正した。

「天誅の話になったら、今度は以蔵、おまんが危ない」

なぜなら勤王党が働いた天誅の全てに関わっている。容堂が真相を知ろうとすれば、その鍵になるのは間違いなく岡田以蔵なのだ。武市はそう言って悲しげなものを滲ませた。

「ご隠居様がその気になったら、おまん、切腹は免れんやろう。けんど、おまんはわしの弟子じゃ。勤王党でも並ぶ者がない働きで尽くしてくれた。死なせとうない」

武市は少しにじり出て、自身の両手を以蔵の両手に被せた。

「以蔵。脱藩して身を隠せ。ほいたらご隠居様も、天誅のことは調べにくうなる」

「脱藩ですか」

「わしのため、勤王党のため。何より、おまんの身を守るためながじゃ。曲げて聞いてくれ」

涙声である。対して以蔵は、にこりと笑みを浮かべた。

「分かりました。先生のためやったら。それに、ここんとこ勤王党の皆ぁも冷たいし。えい引き際ですろう」

武市は「おお」と嘆じ、軽く目元を拭った。

「恩に着るちや。けんど急がんといけん。ご隠居様が上洛なさる前に」

「ほんなら明日の晩にでも」

しかし武市は、なお念を押すように問うた。

「ご隠居様が上洛なさるがやき、京におったらいけんぞ」

「安心しとうせ。ご隠居様が江戸から来られるがやったら、わしゃ逆に江戸に行きますちや」

ずっと慕ってきた人、自分を分かってくれる唯一の人——武市の許を離れる。それはこの上なく寂しい。一方で、この先に頼るべき人の顔も既に思い描いていた。

明くる日の晩、以蔵は夜陰に紛れて京を去り、脱藩した。文久三年、二十六歳の新春である。山内容堂が上洛したのはそれから二十日後、一月二十五日であった。

＊

土佐藩北会所、尋問小屋——。


「今話したとおり、わしゃ脱藩して江戸に向かったがじゃ。ご隠居様と鉢合わせになったらいけんき、気ぃ遣ってのう。江戸に着くのも遅うなった」

そう語る以蔵を、和田が厳《いか》めしい顔で睨み付けた。

「いつ江戸に入った」

「ええと。確か二月の……六日？　やったかのう」

和田の傍らで、聡介は筆を走らせて証言を書き留めている。以蔵がお構いなしに次々と話していくものだから、箇条書きにするだけでもひと苦労であった。

「江戸は三度目ちゅうことになるがやけんど、そうは言うても隅々まで知っちゅう訳やない。中屋敷には入れんし、ひとりで身を隠すらぁ、できる訳ないろう？」

ようやく書き留める必要のない話になった。聡介は軽く息をつき、その先を促す。

「ほんで？　おんし誰を頼ろう思うた」

「勝先生に決まっちゅうろう。さっきの話で粗方分からんかえ？」

何しろ「おまえも弟子になるか」と言われたのだと、以蔵は楽しげに笑う。和田が呆れたように「あほう」と返した。

「お愛想、ゆうのを知らんがか」

「そんな訳ない」

珍しく、以蔵が不機嫌なものを発する。

聡介にはその気持ちが分かる気がした。以蔵の証言が全て正しいのなら、勝海舟は「日本のため」が半分は建前で、残り半分は「自分の栄達のため」と言ったのである。そういう正直さを好み、武市の次に信を置けると考えるのは十分に頷ける話――。

「あ……」

考えていて、思わずそう発した。驚愕の、さもなくば恐怖の声である。

和田が怪訝な目を向けてきた。

「小田切。どいた」

「いえ、その……何でも」

「なら、えいけんど」

和田は首を傾げ、また以蔵に向き直る。そのことに胸を撫で下ろしつつ、聡介の背には嫌な粟《あわ》が立っていた。

何たることか。以蔵の考えることが手に取るように分かるとは。

否。分かるだけなら、まだ良いのだ。

恐ろしいのは、自分が以蔵の中の道理に頷いてしまったことである。自身の益のために動くのが正直で、世のため人のためと唱えるのが嘘だという、あの考え方に。

いつからだ。唾棄すべき考え方だと思っていたのに。いつから自分は、それを呑み込めるようになった。

いや。違う。そんな馬鹿な話があって堪《たま》るか。以蔵がどういう男かを知って、この男ならこう考えると理解したに過ぎない。

そうであって欲しい。

そうでなくては、ならない！

「――切。小田切！　何をぼんやりしゆう！」

和田に一喝され、はたと我に返った。体には軽い震えが残っている。

「も、申し訳ございません」

「今の、ちゃんと書き留めたかえ」

「え。その。いえ……」

和田が大きく息をつき、幾らか危ういものを見る目になった。

「疲れちゅうがか。まあ……えい。以蔵が江戸でどこに隠れちょったか、ちゅう話じゃ」

聞けば、以蔵は勝海舟ではなく江戸の長州藩邸を頼ったのだという。武市の供をして幾度か訪れ、その折に面識を得た高杉晋作の許で数日を過ごしたらしい。

それは、勝が以蔵と入れ違いに江戸を離れていたからだ。では坂本龍馬を訪ねようとしたところ、龍馬も小千葉道場にいなかった。

「勅使の護衛が江戸を離れてすぐ、坂本龍馬は正式に勝海舟の門下になったらしい。ほんで高杉から、二人とも京に行ったち聞いたそうじゃ」

和田の説明を掻い摘んで記してゆく。以蔵が気の抜けた笑い声を寄越した。

「聡介、何ぞ顔が青いねや」

ぎくり、とした。

もしや先ほどの、こちらの心の揺れを嗅ぎ取ったのでは。以蔵の心を正しく摑み、それに頷いてしまった自分の中の食い違いを。

「……やかましいぜよ。人のことより、自分の首の心配でもしちょきや」

強がりを返すのが精一杯である。対して以蔵は、本当にこちらの胸の内を見透かしているかのように、へらへらと笑った。

「首の心配らぁ必要ない。何遍も言うたとおり、わしゃ斬首されるつもりで捕まったがやき。脱藩も同じじゃ。それが先生のためや思うて、言われたとおりにしたがじゃ」

武市のため。そうだ。以蔵はずっとそう言ってきた。全てを包み隠さず話せば、武市も死罪は免れない。なのに何を以て武市のためになると言うのか。

その辺りを明らかにしようと思ったのだろう。和田が、にやりと笑った。

「この期に及んで武市、武市かえ。その、人を食うたもの言いを崩しちゃるぜよ」

聡介の目が、軽く見開かれた。

前回の尋問の後で和田は言っていた。以蔵は自身に益があるかどうかで動くが、一方では権威に従順だと。そこから崩せるかも知れないと。

何を突き付けるつもりなのか。固唾を呑んで見守る。

和田は、勝ち誇ったように胸を張った。

「武市は言うたがやろう。脱藩は、おんしの身を守るためじゃと」

「おう。そう仰せられたねや」

「嘘じゃ！　武市は藩庁に捕らえられてから、ずっと『勤王党の悪行は以蔵が勝手にやった』て言い張っちゅう。おんしの身を思うがやったら、そがな言い逃れなんぞするはずがない！」

がん、と響く声であった。以蔵が目を丸くする。しかし、すぐに――。

「あは、あっははははは！　何言いゆうがやろう、このお人は」

笑い始めた。おかしそうに、この上なく楽しそうに。

「先生がわしを売った、言うがか」

「ほうじゃ。何ぞ間違《まちご》うちょるか」

以蔵はなお笑い、笑い、笑い。そして。

「何も間違うちょらん。先生は確かに、わしを売った。その何がいけん」

「何がいけん……じゃと？」

和田が色を失っている。対して以蔵は自信満々、縛られたまま胸を張った。

「先生はご自分が助かるために、わしを売った。当たり前のこと、しただけちや。ほんじゃあきに、わしも先生のために脱藩したて言いゆうろう」

聡介は心中に嘆息した。

以蔵は今でも武市を慕っている。和田はその一点を突いたつもりだったのだろう。おまえは武市に裏切られたのだ、と。

しかし、それでは駄目だ。なぜなら武市は、自らの心に正直に動いたに過ぎない。それだけのことだ。そもそも――。

「あ。あ……」

考えを巡らすうちに、またも愕然とした。

怖気が走る思いだった。以蔵の考え方を、自分はそれで当然と捉えてしまっている。

なぜだ。どうして自分は。

「ふ、ふざけな！」

和田の大喝で、びくりと身が引き締まった。半ば震えながら見れば、余裕綽々《よゆうしゃくしゃく》の以蔵に対して和田の息は苦しげであった。

「えいか以蔵。武市は嘘を言うて、おんしを売ったがじゃ。おんしの嫌う嘘つきやないか！」

叫び散らして和田が立つ。そして以蔵の後ろの二人へと進み、片方から八角棒を取り上げて目《め》茶苦茶《ちゃくちゃ》に振り回した。打ち据えられながらも、以蔵はにやにやと笑みを崩さない。

違うのだ。和田の言い分は、違う。

嘘とは自分の心に背くことであって、他人を騙すことではない。自身の益のために他人を騙そうとするのは、心に照らし合わせれば正直な行ないであるはず――。

「い……。い、あ……」

声なき叫びを上げ、聡介は身を強張らせた。恐怖のあまり目の焦点が合わない。

何が違う。和田の言い分の、何が違う。

違うのは自分だ。以蔵の考え方に沿ってしまう自分なのだ。自分の心は、頭は、いったいどうなってしまったのだ。

「あは、あはっは……は」

力ない笑い声に続き、ばたりと音がする。

以蔵が倒れていた。口元から血を流し、顔のあちこちを紫色に腫らして、ぴくりとも動かずにいる。

「小田切。ここまでじゃ」

「あの。和田様、あの。以蔵……殺《ころ》いてしもうたがですか」

汗みどろの顔が、軽く左右に振られた。

「気ぃ失うとるだけぜよ。喋れるようになったら、また今日の続きじゃ。おまんも少し休んどいたらえい。疲れちゅうがじゃろう」

そう言って立ち去る上役を、聡介は震えながら見送った。

八　以蔵と姉小路

文久三年二月二十九日。以蔵、二十六歳――。

京に戻って来た。武市に言われて、離れたばかりだというのに。しかし、自らの望むとおりにするには是非とも必要なことであった。

「どうも。龍馬さん」

戻って早々に坂本龍馬の宿所を訪ねた。江戸で高杉晋作に会った折、龍馬がいつも使っている宿を聞いていた。勝海舟に会って身を寄せるため、この人の伝手を使わなくては。

そう思って言葉を継ごうとするも、龍馬は大層驚き、慌てているようであった。

「おまん、どいたがじゃ。脱藩したて聞いたぜよ。何があった。あんなに好いちょった武市さんから、どいて離れた」

矢継ぎ早に問われるも、すぐには答えずに部屋の中を見回した。たった今まで他に誰かいたのだろう、座布団が三つ出たままになっている。自分が訪ねて来たと知って人を払ったらしい。なら、小声で話せば良かろう。それを確認して「ばつが悪い」という面持ちを繕った。

「ああ、その……。脱藩は、先生に言われてのことですき」

「武市さんが？　どいてじゃ」

以蔵は、努めて声を小さく続けた。

「わしゃ去年、江戸へ行く前に三つ四つ天誅を働いたがです。けんど今年の正月になって、ご隠居様が上洛なさるちゅう話になって。そこら辺を調べられたら、わしの身が危ないちゅうて、先生に勧められたがです」

「天誅て、おまん……」

龍馬の驚きが深くなった。が、すぐに「そうか」と続く。大きな溜息と共に、龍馬の声も囁きに近くなった。

「ひとりでやった訳やないろう。勤王党が？」

「ええ、まあ」

龍馬は脱藩こそしたが、土佐勤王党には名を連ねたままである。その上で、今まで一連の天誅については知らされていないようであった。

「……怪しいとは思うちょった。土佐の参覲が京に入って、急に天誅が増えたき。武市さん、どいて何も教えてくれんかったがじゃ」

以蔵は、ゆっくりと頭《かぶり》を振って返した。

「龍馬さんは他の国の人らぁと仲良うなって、あっちこっち動いちょりましたろう。ほんじゃあきに、先生も邪魔したらいけん思うたがやないですろうか」

「ちゅうても……天誅は人殺しじゃ。武市さん、どいてながじゃ。わしと一緒に長州を止めてくれた人が」

去年の十一月、江戸でのことである。長州の志士たちが横浜の外国公使を襲うと聞き、武市は龍馬と共に説得してこれを食い止めた。

とは言え、だ。武市がそれに手を貸したのは、ひとえに自分自身のためである。龍馬の言うような、人殺しの是非を問う気持ちなど微塵もなかったろう。長州が騒ぎを起こし、勅使と朝廷の立場が悪くなったら自分が困る。それだけの話なのだ。まことに正直で、この上なく正しい。

思う傍ら、龍馬はなお悔やんでも悔やみきれないという顔であった。

「ひと言でも、わしに相談してくれちょったら」

「相談されたら、止めたがですか」

「当たり前じゃ」

だから相談しなかったのだろうに。それが分からないとは――。

龍馬が天誅のような手管を嫌うことを、武市は見越していたのだろう。一方で龍馬は諸国の志士と交わりが深く、武市にとって使いでのある手駒だった。いざ大掛かりな行動を起こす時、龍馬を軸にすれば数を束ねて力にできる。それを、みすみす捨てる手はない。ゆえに全てを伏せていたのだ。

もっとも、そういう武市の肚を明かす気はない。言えばこの以蔵が困る。今でさえ話が進まないでいるのに。

「のう龍馬さん。武市先生も好きで天誅なんぞやった訳やないがです。何とかして日本を変えたい思うて」

「それが道を外れてえい理由にはならん」

「けんど過ぎたことやないですか。それに今からでも遅うないがです。先生は、わしの身を案じて脱藩を勧めてくださった。優しいお人ながじゃ。龍馬さんが忠言してくれたら、もう道を外さんようになるはずですろう？　それも龍馬さんの役目ですろう？　違いますか」

真っすぐに目を見て語りかける。だが、胸の内には全く違うものがあった。武市は真実の人であり、この以蔵と同じ類の人間なのだ。龍馬が何を言おうと自らの心に従うのみであろう。

斯様な思いを、龍馬は読み取れなかったらしい。寂しさと安堵がない交ぜの笑みを見せ、小さく頷いた。

「分かった。武市さんは偉あなってしもうたき、話す機会もそうそうないけんど、わしも手ぇ尽くしてみるぜよ」

「お願いします。それと、もうひとつ頼みが」

「ん？　ああ。そのために、わしを訪ねて来たがじゃねや？」

以蔵は「はい」と笑みを見せ、座ったまま少し後ずさって畳に両手を突いた。

「実は、勝先生に身を寄せたい思うちょります。全く偶然やけんど、去年の勅使ん時、勝先生と少しお話しさせてもろうたご縁がありまして。それを頼ろうか、て」

龍馬は得心したように頷いた。

「そん時のことは先生から聞かされちゅう。以蔵は面白い奴やて仰せやった」

「そらあ、ありがたい話や。どうですろう、龍馬さんから口利いてもらえんですか」

するると龍馬は少し眉を寄せた。

「えいけんど、勝先生は今、海の上におられるがじゃ。順動丸《じゅんどうまる》ゆう軍艦に乗っちょってな。ちっくと待つことになるけんど」

「構《かま》んです。脱藩した身やき、こじゃんと時間だけはありますちや」

「そんなら、わしと大坂へ行くか。あと何日かで先生が大坂に入られるき、一緒にお迎えしたらえいろう」

その上で取り次いでやる、と言う。以蔵は龍馬に伴われ、大坂へと向かうことになった。

＊

三月初旬、勝の乗る幕府軍艦・順動丸が大坂湾に姿を現した。

蒸気の煙を上げる巨大な船体が、穏やかな波に揺れている。しばし眺めるうちに順動丸から小船が下ろされ、これに数人が乗り移って湊に向かって来た。

小船が湊に着けられると、龍馬は桟橋を進みながら大きく手を振った。

「先生！」

その大声に、供の者に囲まれた勝が「よう」と笑みを寄越した。

「出迎えご苦労……って、おい」

勝は少し眉を寄せ、眼差しに軽い喜びを湛えて以蔵に目を留めた。

「なあ龍馬。おめえさんの後ろ、岡田君じゃねえのか？」

龍馬は肩越しに以蔵を向き、軽く頷く。以蔵は少し前に出て会釈した。

「わし、脱藩したがです。ほんで先生を頼ろう思うて、龍馬さんを訪ねた次第でして」

「おいおい。龍馬に続いて、また脱藩者かよ」

そう言って苦笑しつつ、しかし勝は「まあ仕方ねえな」と続けた。

「土佐のご隠居、どうやら勤王党を締め上げに掛かるらしいからな」

「あの、間崎さんの一件ですかえ？」

武市から聞かされている。昨年末、勤王党の間崎哲馬が青蓮院宮尊融親王から令旨を得た。土佐の藩政を改め、勤王の意を明らかにすべしというものだ。だが間崎の行動は明らかな越権で、土佐の先代・山内容堂はこれに怒りを発した。かかる上は間崎を詮議し、処罰せんとして上洛を決めたのだと。

しかし、勝が明かした話はその上を行っていた。

「間崎哲馬だけじゃねえぞ。平井収二郎っての、岡田君も知ってんだろ。こいつも近いうちに罰せられるみてえだ」

新留守居組格、勤王党には珍しい上士である。その立場ゆえ、副党首格の扱いを受けていた男だ。

「平井さんもですか」

勝は軽く頷いて後ろを向いた。

「詳しい話、してやれよ」

声を向けられ、供を務める数人の一番後ろから歩み出た者がある。その顔に、以蔵は「あ」と漏らして首をすくめた。

「そがな格好しても、もう顔も見てしもうたがじゃ」

勤王党の大石弥太郎であった。江戸で結党した時には武市の次に名を記し、武市が土佐に帰ってからは江戸の党員をまとめていた男である。大石が勝の門下で航海術や砲術を学んでいたのは承知していたが、まさかここで会おうとは。それと言うのも――。

「弥太郎さん……その。藩のご命令で西国を探りよったがと違いますかえ？」

「そりゃ、もう終わった。ほんで報告しに土佐へ帰ったがやけんど、今度は長崎に行けって、ご下命を頂戴してのう」

新たな役目のために出立しようとしたところ、龍馬から文を受け取って、勝が大坂に入ると知ったらしい。そこで順動丸が停泊する湊で待ち、ここまで乗せてもらったのだという。

「おまんの脱藩は武市さんから聞いちょった」

「その、わしが上方におること、武市先生には」

大石は、からからと笑った。

「分かっちゅう。けんど武市さんに迷惑かけなや」

と、勝が軽く咳払いをした。

「積もる話は後にしろい。話が先に進まねえぞ」

大石は苦笑して勝に会釈し、以蔵に向き直った。

「間崎の一件、令旨を頂戴したことには平井さんも噛んじょったがじゃ。ただでさえ元からの上士やき、お咎めはきつい。けんど、もっと重い咎があってのう」

その咎とは、参観の列に加わっていた足軽を殺した罪であった。

大石の眼差しが鋭くなった。なぜならその足軽とは、あの井上佐市郎のことだからだ。

「ご隠居様が勤王党を締め上げに掛かっちゅう話、おまんも聞いちゅうろう。佐市郎殺しの一件も、ご隠居様の知るところとなったがじゃ」

往時の大石は京にあって、参観の一行が逗留する宿所の手配に関わっていた。勤王党の副党首格である以上、以蔵が佐市郎殺しの多くを担ったことは承知していよう。だが、それについては触れようとしない。勤王党の凶行が全て明るみに出た時、もしも以蔵が捕縛されていれば、罪を着せる者がいなくなる――武市のその考えを聞いているのだろう。

ゆえに、であろうか。大石は勝に、裏の事情までは話していないようであった。

勝は「さて」と発して、以蔵と大石の話を断ち切った。

「粗方は察しの付くところだが、龍馬が岡田君を連れて来たってことは、だ」

龍馬は「そんとおりです」と大きく頷いた。

「先生、京に行かれるがですろう？　今の都は危ないですき、取りあえず以蔵を護衛に使うてやっちゃあくれませんか」

昨年の天誅騒動以来、京都市中では無法が罷《まか》り通《とお》っている。斯様な中、勝が都に上がるのには大事な訳があった。

昨年の二度の勅使によって、幕府は攘夷を約束させられた。形ばかりの約束ではあれ、少なくとも攘夷実行の算段だけは朝廷に報告しなければならない。これを受け、十四代将軍・徳川家茂が上洛した。

ところが都は混乱の渦中、家茂の命を狙う者は必ずあると考えておくのが道理だ。この先、将軍を如何に護衛するかを話し合うために、勝は上洛するのだとか。

「俺の護衛は、こいつらに頼もうと思ってたんだけどな」

勝が自らの後ろに控えた数人に目を流す。だが龍馬は「いやいや」と首を横に振った。

「そんな、ぞろぞろ連れてったら目立ちますろう。腕の立つのをひとり連れて行く方がえい思います。以蔵やったら、必ず先生を守れますちや」

勝は少し考え、然る後に頷いた。

「岡田君の腕が立つことは、江戸で会った時に分かっていたからな。頼むとしようか」

「ありがとうございます。しっかり護衛しますちや」

以蔵は大きく頷き、人懐こい笑みを作った。

＊

三月七日の夕刻、以蔵と勝を乗せた船が鴨川を遡った。

四条大橋を過ぎる頃には闇も迫り、右手の先――祇園界隈《かいわい》から賑々《にぎにぎ》しい三味線の音が渡り始める。かつて京にいた折と、色町は何も変わりない。

とは言え物騒な世相、そこを過ぎて三条大橋に至る頃には喧騒《けんそう》も消えた。灯りが漏れるのは旅籠のみ、他はどの家も早々に戸締まりをして息をひそめている。

「はい、着きましたよ」

二条《にじょう》大橋近くの桟橋に至り、船頭が声を寄越す。勝は「ありがとよ」と会釈して船を下り、以蔵もその後に続いた。

「さて。宿を取らねえとな」

勝の声に頷き、連れ立って歩いた。

ところが、どうしたことか。今宵はどの宿も部屋に空きがない。勝は「参ったな」と困り顔である。

「どうします？　今出川通の方でも当たってみますか」

以蔵はそう問うた。二条大路の近辺に宿が取れないのなら、南の三条大路まで戻る手もある。しかし三条界隈は土佐の京屋敷から近く、また勤王党が屯《たむろ》する武市の宿所からも近い。京を離れるように言われている手前、その辺りをうろつきたくはなかった。

勝は「任せるよ」と溜息をついた。

「宿に空きがねえのに、この辺りにいたって始まらねえ。俺より岡田君の方が京の町には詳しいだろうからな」

では、と御所の東、寺町《てらまち》通を北へ進む。空には既に半月が昇っているが、人気のない道は暗く静かであった。

そうして、どれほど進んだ頃だろうか。

脇道から駆け足の音が近付き、夜の静寂を掻き乱した。覆面に黒ずくめの三人が、勝と以蔵の行く手を阻む。襲撃に来たのは明らかであった。

「ちっ。物騒なこったぜ」

軽く毒づいて勝が身構える。以蔵はその前に進み出て刀に手を掛けた。

「やれ」

三人の中、後ろの覆面が静かに発した。その声に、以蔵は「おや」と違和を覚えた。どこかで聞いたような声だ。もっとも考えている暇はない。前にいる二人の覆面が刀を抜き、ものも言わずに斬り付けてきた。

「む！」

以蔵は居合に剣を抜き、向かって右の一撃を弾いた。返す刀で、その刺客に袈裟懸けの一刀を見舞う。一撃が、相手の左肩から右脇腹を両断した。真っ二つになった刺客は、悲鳴ひとつ上げることも許されずに道端へ投げ出された。

斬り掛かって来たもうひとりが、慄いて出足を止める。以蔵はそこに向け、にたあ、と笑みを浮かべた。

「おう弱虫、どいたがじゃ。もう終わりかえ」

にたり、にたりと楽しげな笑みを向けながら、じりじり前に出る。仲間の凄惨な死、そして以蔵の狂気に尻込みしたか、刺客は背を見せて逃げようとした。

「逃がさんぜよ」

その背を貫くべく、真っすぐに刀を突き出す。しかし。

一撃は男の背に届かなかった。二人の後ろにいた覆面が抜刀し、さっと前に出て、以蔵の突きを自らの剣に絡めるようにして往なしていた。

以蔵の目が軽い驚愕を映した。この技、太刀筋には確かに覚えがある。

「しゃっ！」

突きを往なした男が、一声と共に下から斬り上げる。以蔵の刀が撥ね上げられた隙に、生き残った刺客二人は逃げて行った。黒ずくめの姿が闇に呑まれるのに、時はかからなかった。

「まさか。けんど」

以蔵は小さく呟いた。あの声、そして太刀筋。覚えがあって当然である。間違いない、あれは土佐勤王党の島村衛吉だ。

「岡田君」

勝の声音が少し硬い。以蔵はちらりと目を流して会釈し、先ほど斬り捨てた男の亡骸に歩み寄って覆面を剝《は》ぎ取《と》った。

「……知らん顔や」

勤王党で京にいる面々なら、見れば分かる。だとすると他国の者だろうか。骸が握る刀も土佐の誂《あつら》えではない。どこか他国で打たれたと思しきものであった。

その晩、勝と以蔵は宿を取らなかった。襲撃されたことを奉行所に報せる必要があり、そこで一夜を過ごしたためである。

眠れない夜が明けて、三月八日を迎えた。

この日、勝海舟は朝一番で幕府目付の大井信道《おおいのぶみち》に面会した。

勝が京に上がったのは、将軍・徳川家茂の今後の警護について話し合うためであった。しかし、いざ大井に目通りすると、それが無用となったことを告げられた。江戸で将軍警護の浪士組が結成され、これが十分な人数に達しているから、と。

三月九日、勝は虚《むな》しく大坂へ戻ることとなった。往路と同じく、復路も船を使った。

昼日中、しかも船に乗っているとあって刺客に襲われる気遣いもない。然るに勝は、どこか難しい顔で黙りこくっている。わざわざ上洛したことが無駄足に終わって、くさくさした気持ちを持て余しているのだろうか。

もっとも、それならそれで構わぬところだった。以蔵には以蔵で考えるべきことがある。

三人の刺客のうち、首魁《しゅかい》と思しき男は間違いなく島村衛吉だった。島村を動かしたのは武市に違いない。勝の上洛は将軍警護の算段を話し合うためであり、勤王党がこれを襲う理由は十分にあったと言える。

そこまでは分かるのだ。しかしあの襲撃は、でき過ぎてはいまいか。そもそも――。

「どいて分かったがじゃ」

ぽつりと呟いた。

そうだ。勝が寺町通を北へ、今出川通の方へ向かうと知っていなければ、待ち伏せはできない。二条大橋まで船を使うことが分かっていて、その上で近辺に宿が取れないという偶然が重ならなければ、できなかった待ち伏せなのである。

つまり勤王党は勝の動きを、そして、この以蔵が護衛に付くことを知っていた。かかる上で人を動かし、二条近辺で宿を取らせて塞いだのではないか。さすれば、護衛の以蔵は土佐藩の京屋敷や武市の宿所に近い三条近辺を避け、北へ向かうはずだと読んだ。そして道中で待ち伏せ、襲った。そう考えれば辻褄が合う。

「知っちょったがは」

勤王党には勝の動きを知っていた者がいる。坂本龍馬と大石弥太郎だ。どちらかが、それを勤王党に――武市に教えたのだ。

ならば、怪しいのは大石だ。

もしも勝が斬られていたとしたら。そして、それが勤王党の仕業だと露見したら。真っ先に疑われるのは大坂にいた勤王党員、つまり龍馬と大石なのだ。馬鹿にでも分かる道理である。

然るに龍馬は大坂に留まったままだ。対して大石は長崎に向かう道中であった。恐らくはもう出立して、大坂を離れているはずである。

からくりが、見えてきた。

なのに。何だろう、この違和は。今ひとつ釈然としないものが残る。

それは、いったい何だ。

「――君。岡田君！　おい以蔵」

「え？　あ。はい」

ずっと黙っていた勝に声をかけられ、慌てて返答した。

「どいたがです？」

「一昨日の晩のことさ。なあ以蔵。おめえさん……人を斬るの、初めてじゃねえな？」

「ええ、まあ。それが？」

勝は「やれやれ」とばかりに大きく溜息をつき、真剣そのものの顔を向けてきた。

「ひとり斬り捨てて、嬉しそうに笑ってやがったろう。そういうのは……人を殺めることに慣れちゃいけねえ」

なるほど。勝がずっと黙っていたのは、それゆえだったか。

「人斬りに慣れたらいいけん、ですか」

「ああ。おめえさんのためだ」

以蔵は、けらけらと笑った。

「何を仰《おっしゃ》いますろう。わしが賊を斬らざったら、先生が殺されちょったやないですか」

勝が口籠もっている。苦虫を噛み潰したような顔でもあり、返す言葉がないという顔でもあった。

＊

大坂に戻って十日余りが過ぎた。以蔵の胸には未だ、もやもやしたものが残っている。

武市は島村衛吉を差し向け、勝を亡き者にせんと企んだ。しかし、本当にそれだけなのだろうか。宿所の部屋にひとり、手枕で畳の上に転がりながら溜息をつく。

「分からんぜよ」

武市は勤王を掲げ、攘夷を唱えている。とは言え、それは幕府を追い詰めるための方便だ。天皇を戴《いただ》いて国を治める形を作り、力ある者が世の中を引っ張って行く。武市の本当の望みは、その「世を動かす立場」なのである。

「勝先生を殺《ころ》いたとこで」

果たしてその目的に近付き得るだろうか。勝を斬って将軍上洛時の警護が手薄になったとしても、それを利して将軍を亡き者にするのは難しい。よしんば首尾良く将軍を討ち果たしたとて、後継を立てられたら元《もと》の木阿弥《もくあみ》である。なのに、どうして。

「……わしゃ頭悪いき。ああ、もう！」

ごろりと体を横に回し、うつ伏せで大の字になる。と、いきなり障子が開いた。

「おまん、何しゆうがじゃ」

龍馬であった。以蔵は「あ」と発して顔だけを向けた。

勝が襲われたことは当然ながら話してある。だが、刺客に島村衛吉が寄越されたことは黙っていた。昔から落ち着きのない龍馬のこと、これを話せば誰が何を言おうと京に上がって武市に会い、問い詰めようとするだろう。武市に深い考えがあって勝を襲わせたのなら、龍馬という男の奔放が全てをぶち壊しにしかねない。

思いつつ身を起こし、胡座をかいて背を丸めた。

「どいたがです。わしに何ぞ用ですろうか」

「おう、そうそう。おまんに、また護衛を頼みたいがじゃ」

話は、まさに将軍の上洛に関わることであった。

三月に上洛した徳川家茂を、勝は順動丸に乗せるつもりらしい。大坂や神戸の海には多くの外国船が行き来している。これを家茂とその側近に見せて海軍の増強を談判しつつ、勝の唱えるところを説く肚なのだとか。開国して外国と巧く付き合いながら、国力と軍備を増強して対等の立場にもって行くのが最善だ、と。

その辺りを話して、龍馬は「やけんど」と続けた。

「幕府のお偉方だけやったら道は半分じゃ」

幕府が勝の論に賛同したとて、帝が攘夷に凝り固まり、朝廷がそれを強く支持したままでは話が先に進まない。ゆえに勝は、将軍一行に次いで目の開いた公家を乗艦させ、攘夷が不可能なことを知らしめるつもりなのだとか。

「以蔵に警護を頼むんは、そん時じゃ。勝先生と公家さんを護衛して欲しい」

「そらあ構《かま》んですけんど、公家さんですか。やりにくいねや」

龍馬は、にやりと笑った。

「知らんお人やない。右近衛権少将《うこのえごんのしょうしょう》、姉小路公知様じゃ」

それは昨年、幕府に差し向けられた勅使の副使を務めた人であった。あの折は以蔵も土佐勤王党として護衛に付いていている。

「ほぇ……。あの公家さんですかえ」

「話したこと、あるがか」

「ある訳ないですろう。向こうは輿ん中から、わしの顔らぁ見ちょりましたけんど」

「ほんなら十分や。頼んだぞ」

龍馬は満足そうに頷き、こちらの肩を痛いほどに叩いて立ち去った。

ひと月近く後の四月二十三日、勝海舟は将軍・家茂を順動丸に乗艦させた。

勝の思惑は当たり、海軍の増強は幕府の方針として受け容れられた。さらには、神戸に海軍操練所を設立する許可も下されている。

そして、その二日後――。

「そなたが勝殿か」

勝の待つ順動丸に、白粉《おしろい》を塗ったふくよかな男が乗り込んで来た。他の公家と違って、眉は起き眉にしていない。生来の太い吊り眉、凛と引き締まった大きな目に、若い覇気と聡明《そうめい》さが見て取れた。

「姉小路様に於かれましては、此度のご足労、痛み入ります。本日は攘夷のご参考に、諸外国の海軍が如何なものかをお目にかけたく存じまする」

勝が丁寧に挨拶し、深々と一礼する。以蔵は勝の後ろに控え、同じように頭を下げた。

すると――。

「ん？　其方《そのほう》。勝殿の後ろの」

「わしですろうか」

声を向けられて顔を上げる。姉小路はこちらの顔をまじまじと見て、大きく頷いた。

「その反っ歯と、荒々しい面構え……。いずこかで見た顔やと思たら、江戸に下った折に麿《まろ》の護衛を務めよった者やないか」

「あ。はい、土佐の岡田以蔵いいます」

「やはり、そやったか」

姉小路は扇で口元を隠し、嬉しそうに「ほほ」と笑った。

正直なところ驚いた。江戸に下る道中で一度だけ顔を見られたが、まさかその一度だけを覚えていたとは。

「わしのような、取るに足らん者を」

姉小路は「いやいや」と目を丸くした。

「護衛のひとりでも国事に関わる者や。侮ってはあかん」

そのひと言が、この人の聡明の証と言えた。

「それはそうと、勝殿の許におるんは武市の下知か？」

「いえ。実はあの後で脱藩して、勤王党からも外れちょりますき」

すると、姉小路は眉を寄せた。

「勤王党を外れたとは……。勤王の心、攘夷の志をなくした言うんか」

明らかに不機嫌な面持ちである。嫌なものが流れ始めた。

しかし、勝が「お待ちを」とその空気を断ち切った。

「それがしの許におること、すなわち勤王の証にござります。それより、そろそろ船が出る刻限なれば、お座りになられませ。都人に潮の香は生臭《なまぐそ》うござりましょうが、しばしのご辛抱を」

姉小路は軽く鼻息を抜き、笑みを——勝の顔を立てんとしたものか——浮かべて二度頷いた。

ほどなく順動丸は大坂湾に滑り出して行った。姉小路は支度された椅子に座り、勝がその傍らに立つ。以蔵は二人の後ろに控えた。

勝からは、船が大きく揺れた時に姉小路を守れと言われている。もっとも、この日の海は穏やかに凪《な》いでいて、大船の揺れは心地好いばかりであった。

しばらくすると、勝が遠く西の先を指差した。

「ご覧くださりませ。あれが外国の船にござります」

示す先は神戸の湊である。そこを行き来する船を見て、姉小路が首を伸ばした。

「軍艦か？」

勝は「いいえ」と首を横に振った。

「全て、外国が商いに使う船にござります」

「何と……」

遠目に見ても容易に分かる。それらの船は順動丸と同じか、それ以上に大きい。姉小路は目を丸くして、お歯黒の口を半開きにしていた。

「いや。そやけどあの船……。ほれ見い、大筒を積んでおるやないか」

「外国の船は、世界の海を越えて日本に来ております。道中で海賊に襲われる恐れもあります上は、大筒の二門三門を備えずしては身を守ることも叶《かな》いませぬ」

姉小路は順動丸の大砲と、外国商船の大砲を交互に見た。船の大きさと積まれた大砲の大きさを比べるだけで、外国商船の方がよほど立派なのが分かる。白粉の顔が次第に青ざめていった。

「お。あれこそ軍艦にござりますな」

勝がさらに遠くを指差した。遠くのものは小さく見えるのが常、しかし外国の軍艦は近くにある商船と然して変わらぬ大きさに映る。

「軍艦は商いの船より強い大筒を何門も積んでおります。乗っておるのは異国の兵にて、ひとりひとりが鉄砲を持っておりまする」

「異国の兵か。どれくらい乗っておるのや?」

「船によって違い申しますが、あの大きさなら、まず三百は下らぬところかと」

「三百とな!」

その数は、将軍・家茂の護衛に集められた浪士組を超える。遠い異国に寄越される軍艦一隻だけでそれほどの数と知り、姉小路の顔がますます青くなっていった。

勝は、そこに追い討ちをかけた。

「なお外国の兵が持つ鉄砲は、四半里先の的さえ容易く射貫《いぬ》く力がござります」

四半里の先と聞き、姉小路の身がぶるりと震えた。

「そないな鉄砲が、兵の数だけ……」

以後、この公家は口を開かなくなった。対して勝は饒舌《じょうぜつ》に語っていった。外国がどれだけの軍艦を持っているか、そのうち何隻が日本に寄越されているか、そして外国に比して日本の軍備がどれほど劣っているか――。

順動丸は辰の刻（八時）に出航し、午の刻（十二時）を前に大坂湾に戻った。

船足が止まって碇《いかり》が下ろされ、姉小路一行を湊に帰すための小船が支度されている。そうした中、当の姉小路がしばらくぶりに口を開いた。

「勝殿。ひとつ問いたい」

「はっ。何なりと」

「攘夷ちゅうのは、できることなのやろうか」

自信のなさそうな、か細い声である。勝は、にこりと笑って返した。

「今のままで、できるや否や。姉小路様は既にご承知のはずでは？」

姉小路は「そうやな」と冷めた笑みを浮かべ、しみじみと幾度も頷いていた。

小船が支度され、公家たちが甲板を歩いて行く。と、姉小路は不意に以蔵を向いて穏やかに発した。

「其方、岡田と言うたな。先ほどは、すまなんだ」

攘夷など、できることではない。日本にとって必要なのは、まず外国と対等に付き合えるだけの力を蓄えること。その思いが、賢明な眼差しに映し出されていた。

「麿は今まで、攘夷こそが帝のために一番の手立てやと思うておった。が……」

それ以上は言わず、軽く首を横に振っている。以蔵も何も言わず、ただ丁寧に頭を下げた。

＊

順動丸での一件から少し過ぎ、五月を迎えた。

勝の薬が相当に効いたようで、昨今の姉小路は攘夷に慎重な姿勢を取っているという。

朝廷は幕府に攘夷を強いてきた。国の実を奪い返すための方便でもあったが、何より大きかったのは帝――孝明天皇が筋金入りの攘夷論者であったことである。

だが、姉小路のような朝議に加わる身が、攘夷などできないという現実を知った。かくなる上は今後の成り行きも変わってくる。幕府と朝廷の談判も前向きなものになってゆくだろう。勝はそう言って喜んでいた。

然るに、である。

「武市さんが、えろう怒っちゅうがじゃ」

部屋に入って来るなり、龍馬がそう言って眉をひそめた。数日前に一通の文が届いたのだという。昨今の姉小路について、武市は「変節だ」と受け取っているらしい。

以蔵は「はあ」と気の抜けた返事をした。

「お怒りも仕方ない話ですろう。姉小路様ほど攘夷じゃ攘夷じゃ騒いじょったお人が、急に変わってしもうたがやき」

「仕方ないで済ませちゃあいけん」

隠居の山内容堂が締め付けに掛かっているとは言え、土佐勤王党は大所帯である。武市の怒りは、それらの数を動かし得るのだ——龍馬はそう言って深く溜息をつく。

「このままやったら、武市さんは姉小路様を襲うかも知れん。けんど、そがなん許されるか」

日本が外国の脅威に抗うには、国がひとつになって力を付ける以外にない。だからこそ勝は、幕府と朝廷が同じ方を向くように仕向けたのだ。その流れを止めてはならない。何としても姉小路を守らねばと、この上ない渋面を向けてくる。

以蔵は気の抜けた声で「はあ」と頷いた。

「勝先生は、何て？」

「また海に出られたちゅう。けんど、お指図を待っちょったら……」

俯いて腕を組み、低く唸りながら考えている。

しばしの後、龍馬は思い切ったように顔を上げた。

「よし……。以蔵、おまんが姉小路様を護衛してくれ」

「え？　勝先生のお許しも頂戴しちゃあせんのに？」

「そもそも以蔵は先生の正式な門下やない。わしも門下では新参やけんど、おまんのことについては任されちゅうき」

坂本龍馬の責任に於いて、頼む。そう言われて以蔵はこれを了承した。

「まあ……分かりました。それに、何もせんで大坂におっても退屈やき」

その日の昼過ぎ、以蔵は大坂を発った。

京までの道は十五里余りで、一日半の行程である。道中で宿を取り、京に入ったのは明くる日の夜、すっかり暮れた頃であった。

姉小路の屋敷は御所の北、朔平門《さくへいもん》から東に行ったところにある。その門が見える辺りの物陰に身を隠し、朝日を待ってこれを訪ねた。

「もし。どなたか、おられませんですろうか」

声をかけると、閉ざされた門の脇、背の低い木戸から声が返った。

「どちらさんで？　姉小路公知様のお屋敷やて、ご承知でのお訪ねどすか」

以蔵は「もちろん」と応じた。

「わしゃ勝海舟先生のお世話になっちゅう者で、岡田以蔵いいます。姉小路様を護衛するように仰せ付けられて来たがやけんど、お取り次ぎ願えませんですろうか」

驚いた小声が「お待ちを」と届く。

従って待つことしばし、門の内に数人の足音が近付いた。

「お入りください」

やや狭く木戸が開けられた。身を屈めてそこを抜けると、屋敷の玄関に続く飛び石の小径《こみち》を挟み、三人の男が抜刀して立っている。何とも物々しいが、用心としては順当であろう。

「おお。間違いない、岡田や」

男たちの後ろ、三間ほど離れた飛び石の上に、姉小路公知の姿があった。

以蔵は改めて深々と一礼した。

「取り次いでもろうたとおり、護衛に参じました」

「何と、ありがたいことよ。これ、もう良い」

その声に制されて、周囲の男たちが刀を収める。姉小路は大きく二度頷いて、飛び石の上を進んで来た。

「勝殿のご配慮か？」

「先生はまた海の上でして。門下の坂本龍馬さんに言われて参上したがです」

「そうか。いや頼もしい。其方に護衛してもらうんは、これで二度目やな。よろしゅう頼むぞ」

＊

以蔵は姉小路の家士として召し抱えられ、以後は姉小路が屋敷を出るに当たって必ず伴われるようになった。とは言え姉小路も聡明な男である。どうしても外せない用事がなければ、決して外に出ようとしない。

その「どうしても」の用事ができた。朝議である。以蔵がこの屋敷に来て十日余り、五月二十日であった。

「長州が無体を働いてのう」

屋敷から御所に向かう道中、輿の内からうんざりした声が寄越された。衛士は以蔵の他、輿の後ろに付く太刀持ちがひとり。今の声は、すぐ脇にある以蔵に向けられたものだと分かった。

「無体て、何ですろう」

「……下関で外国の商船に大筒を撃ち込みよった」

「え？　いや。あの。御公儀のお指図で？」

「そないな訳があるか」

この公家にしては語気が強い。若さゆえの――二十五歳らしい――心の熱か。

朝廷は昨年、二度に亘って幕府への勅使を遣わした。いずれも攘夷を督促するためである。攘夷に乗り気でない幕府を追い詰めて、天下の権を奪い返すのでも良し。幕府が攘夷を実行して諸外国を追い払うのなら、それでも良かった。

二度目の副使を務めた折には、当の姉小路もそういう肚であった。だが外国の力を目の当たりにしてからは、幕府の方が正しかったことを認めている。

「幕府が苦労して外国と付き合うとるんは、戦《たたこ》うても勝てんのが知れとるからや。長州かて同じはずやろ。下関の海で、外国の船を何度も見とるのや」

にも拘らず、長州は外国商船に砲撃を加えた。そして交戦となり、やはり負けたそうだ。

しかし、長州にとっては敗北さえも十分な戦果なのだという。

商船への砲撃は紛うかたなき蛮行である。然るに幕府はこれを罰し得ない。なぜなら孝明天皇が攘夷を望み、長州はそれを実行に移した格好だからだ。

とは言え、天皇の意志云々は日本の事情である。砲撃された側にしてみれば知ったことではない。当然ながら諸外国は賠償を求めてきた。長州は幕府統治下の一藩、ゆえに責任を問われるのは幕府――そういう形に追い込まれているのだとか。

「この先の幕府は、えらい額の賠償金に苦しむはずや。なのに長州を咎めることもできん。長州は笑いが止まらんやろな」

仔細を聞いて、以蔵は感嘆の息を漏らした。世の常の人なら長州の悪辣と卑怯《ひきょう》に憤るところだろう。以蔵は違う。ただ、巧いやり方だと思うのみであった。

勤王と攘夷を掲げる面々は、幕府を追い詰めるために諸々の策を弄してきた。だが通り一遍の手管で潰せるほど幕府は甘くない。下関での砲撃は、並の手管で潰せないからこその謀略だったのだ。敗北が十分な戦果だという話が、ようやく腑に落ちた。

「長州の人らぁ、自分の心に正直ながじゃねや」

もっとも、そのひと言は姉小路の気に障ったようであった。

「感心しておる場合か！　そのせいで、いらぬ朝議を開かなあかんのや」

以後、輿の中からは怒気と嫌気の気配が漏れ出すばかりで、声は寄越されなかった。

少しして御所に至り、姉小路の輿は北の朔平門から中に入った。以蔵は門内の詰所で朝議の終わりを待つことになった。

ただ待つだけの退屈な時は、実に長かった。朝一番で御所に来たというのに、姉小路が戻ったのは夜更けである。どこかの寺から夜四つ（二十二時）を報せる鐘が渡り、そこからさらに半時も過ぎた頃であった。

「待たせたのう」

そう言って輿に乗り込む姉小路の顔は、はっきりと疲れに彩られていた。

輿はすぐに発ち、朔平門を出て東へ。屋敷に戻る道中、以蔵は小声で問うた。

「朝議、どうなったがです」

「持ち越しよ。二日後、また朝からや」

長州の蛮行について、幕府に責めを負わせることは容易に決まった。が、如何にして莫大《ばくだい》な賠償金を支払うかについては、朝廷も知らぬ振りはできない。少なくとも二つ三つの案をまとめ、幕府に示さねばならないのだという。

「そこが難しい、ちゅう訳ですか。大変ですねや」

「其方もな。明後日、また護衛を頼むぞよ」

そのまま言葉を交わすこともなく進む。輿は真っすぐ東へ進み、ひとつの辻――猿ヶ辻《さるがつじ》と呼ばれる――に差し掛かった。ここを右手に折れ、少し南へ行けば屋敷である。

ようやく帰って来た。その、一面の安堵が漂い始めた矢先であった。

「来たな」

静かな声と共に、覆面をした三人の男が輿の前に躍り出た。

以蔵は舌打ちして腰の刀に手を掛ける。だが、すぐには抜刀しなかった。否、できなかった。賊は前に二人、後ろにひとり。後ろのひとりに全く隙がないからだ。

「やれ」

後ろの男から小声がひとつ、前に立つ二人が以蔵を目掛けて斬り付けてきた。こうなると抜かぬ訳にはいかない。

「甘いぜよ！」

抜きざまに二人の刃を払う。重い音が立て続けに二つ響き、それぞれに火花を散らした。輿の舁《か》き手が情けなく叫び、一目散に逃げ出してゆく。

そうした中、以蔵の前にいる二人はなお勇んで斬り付けて来た。大した腕ではなく、防ぐだけなら楽な話である。とは言え、こう次から次に剣を振るわれては反撃も難しい。

と、剣を交える脇を抜けて、残るひとりの賊が輿の横に回り込んだ。

「姉小路様！」

輿の内にいては瞬く間に突き殺される。その思いで発した声だった。姉小路も中から様子を窺っていたのだろう、転げるように外に出る。

「磨の太刀を」

ところが姉小路は剣を取れなかった。あろうことか、太刀持ちが輿の舁き手と共に逃げ出してしまっていた。

「忠義者の家来じゃねや」

賊の男が嘲って笑う。その声、そして土佐の言葉。勝を襲ったのと同じ、またも島村衛吉か。

「おまんら邪魔や！」

以蔵は目の前の二人を一喝して怯ませ、この隙に片方の懐へ体当たりを食らわせた。その際、肘を鳩尾《みぞおち》に突き込んでいる。相手が息を詰まらせたと見るや、左脇にいるもうひとりに刀を振るい、胸を斬り裂いた。

手応えは軽く、肉を斬っただけだと分かる。それでも体に傷を付けたのは大きい。相手二人が怯み、及び腰で後ずさりして行く。

「い、やっ！」

その声を耳に、左後ろへと顔を向けた。二人の相手をしている間に、残るひとり、きっと島村衛吉であろう男が姉小路に刀を振り下ろしていた。

以蔵は見た。刀を上段に振り上げ、右足で軽く飛んでから一気に撃ち下ろす動きを。剣に力を乗せようとするこの太刀筋、やはり間違いない。

「こ、この」

剣を持たぬ姉小路は、懐から扇を取って一撃を受けた。だが、当然ながら剣撃を食い止めることはできない。袈裟懸けの一刀は姉小路の左肩を断ち、某かの骨に食い込んで止まった。

「狼藉……者が」

姉小路は気丈にも右手を動かし、骨に食い込んで動かなくなった刀の柄を握る。火事場の馬鹿力というものか、島村らしき男が剣を引こうとしても容易に動かない。

「そこ、動きなや！」

以蔵は一気に間合いを詰め、男の脇腹に一撃を加える。左手の返しだけで鋭く打ち込むやり方は、江戸の桃井道場——あの「あほう塾」で習った鏡心明智流の技であった。

以蔵に気付いた男は、刀を手放して飛び退いた。何度も見た技を食らうものか、とでも言うかのように。そして。

「仕方ない。引き上げじゃ」

一声を発し、他の二人と共に駆け去って行った。

追うことはできた。だが衛士である以上、主君と戴く者を捨て置く訳にはいかなかった。

「姉小路様」

駆け寄ると、姉小路はぺたりと地に座していた。荒く、しかし弱い息を小刻みに繰り返している。

「血ぃが出過ぎちゅう」

言いつつ刀を引き抜く。相当に痛むはずだが、姉小路は叫び声ひとつ上げられない様子であった。

以蔵は思う。この人を斬ったのは確かに島村だった。そして島村は、三つあったはずの目的のうち、ひとつしか成し遂げていない。

目的のひとつは、姉小路を亡き者にすることである。まず、それを仕損じた。深手ではあれ、早々に手当てをすれば一命は取り留めるはずだ。

そして、残されたこの刀である。土佐の誂えではない。恐らくは他国の誰かに罪を着せようという肚だったのだろう。こちらが何をしなくとも、この場に捨てて行ったはずだ。

「やけんど……」

姉小路に肩を貸して起き上がらせながら、そう呟いた。

勝を襲った時も、此度も然り。岡田以蔵が護衛に付いていると承知の上で襲ったのだ。覆面の下が島村衛吉だと、悟られないとでも思ったのだろうか。

違う。島村は馬鹿ではない。何より襲撃を指図した武市半平太が、そこを軽く見るはずがないのだ。

「姉小路様。お屋敷に戻りますき」

昇き手が逃げた以上、輿で運ぶことはできない。屋敷まであと少し、歩いて戻るのみである。力の入らぬ姉小路の体を引き摺って歩きながら、以蔵はなお考えた。

刺客が島村だと知られても良い。その上で他国の者に罪を着せたい。武市がそう思って襲わせたのだとしたら。

行き着くところはひとつ。島村が果たせなかった目的の、もうひとつとは。

それは、岡田以蔵を亡き者にすることではなかったか。刺客の正体が知られたところで、知った以蔵も殺してしまえば済む。武市の思うところは、それではなかったか。

「先生……」

武市は勤王党の凶行を揉《も》み消《け》したいのだ。山内容堂による締め付けが、それほどに強いということである。だからであろう、武市は「全て以蔵が勝手にやったこと」と唱えるために、殺して口を封じようとした。

自分はあの人の一番弟子だった。あの人はその弟子を殺そうとした。

だとしても、恨む気持ちは毛頭ない。自分が生き延びるために、誰かを生贄《いけにえ》にする。自分が助かるために嘘をつく。心の底から湧き出た望みに、正直に従っただけではないか。それの何が間違っている。自分が武市の立場だったら、果たしてどうしただろうか。胸を張って言える。間違いなく同じことをした、と。

同じ考え方をする人間、同じ種類の人間だと分かっているからこそ、武市はこの以蔵を殺そうとした。自分は敬愛する師に認められたのだ。むしろ誇らしい。他に何がある。

「武市先生。まっこと」

どこまでも心に正直で、真実を曲げない人だ。その思いに喜悦の薄笑いが浮かぶ。と、左肩に負う姉小路が「う」と呻いた。ゆら、と顔が上がる。

「武市……とな。あの者が、麿を。襲わせた？」

敢えて何も言わず、沈黙を以て肯じる。姉小路は「ふは」と笑いを漏らし、うわ言のように呟いた。

「麿が変節したと。そやから殺す、ちゅうのか。じゃが武市も、いずれ容堂殿に媚《こ》びる。生きるために」

以蔵の身が、ぴくりと震えた。

「おまさん、何言うがか」

返答はない。姉小路は少し朦朧《もうろう》として、虚ろな笑みを浮かべるのみだ。

「先生が、己を曲げるちゅうがか！」

肩に負っていた体を払《はら》い除《の》け、突き飛ばす。姉小路は地に投げ出され、苦しげに「うあ」と発した。その胸倉を摑む。

「どいてじゃ。どいて武市先生が自分を曲げる。どいて、自分に嘘をつく！」

へらへらと、力ない笑いが返った。

「容堂殿に逆らうたまま、土佐で生きられはせん。武市は、もう……志を捨てなあかん。生きたいんやったら。曲げんことには、どないにも」

姉小路はそう言って、裏返った声で笑った。夜空にけたけたと声が響く。

「ははははっ！　武市も、麿と同じになるのよ。あは、あはははは！」

「……黙り。黙りや公家さん」

何かに衝き動かされ、以蔵は刀を抜いた。そして。

「先生を、武市先生を！　愚弄しな！」

振り下ろした一刀の下に、姉小路の息の根が止まった。

骸となった人を見下ろして、以蔵は呆然と呟いた。

「何ちゅう……。そがなこと」

山内容堂に逆らったまま、生きることはできない。武市もきっと、生き延びるために節を曲げる。姉小路はそう言った。

それはきっと、自身が変節したと蔑まれたこと、その上で斬られたことへの恨み言でしかないのだろう。にも拘らず、姉小路の言葉に「違う」と返せなかった。武市が己を曲げるはずがないと、断言できなかった。

なぜなら。

「先生は、正直な……真実のお人や。それやったら」

生き延びたいというのは、生きものとしての根源の望みである。その心に従うのは真実そのものであろう。然るに何たることか、その望みを叶えようとするなら、武市は人としての志操を曲げねばならない。自らの心に嘘をつき、それを呑み込まねばならないのだ。

「そがなこと。先生が……」

以蔵は、ふらふらとその場を離れた。

どこをどう歩いたのか、何をしていたのかは覚えていない。ただ、目が覚めた時には鴨川の河原にいて、萌《も》え始めた夏草に包まれていた。斬り合いの血を浴びた小袖や袴は、しっかりと水で洗われていた。

六日後、姉小路公知を殺した咎で捕縛された者があった。

下手人とされたのは田中新兵衛だった。京で最初の天誅を働いた男であり、土佐勤王党が初めての天誅を働いた折に手助けをした薩摩藩士である。島村衛吉が捨てて行った刀は田中の差し料であったらしい。

そして。

武士の魂とも言うべき刀を、何者かに盗まれた。その恥ゆえか、田中は取り調べの場で腹を掻き切って果てたという。

九　以蔵と聡介

元治二年（一八六五）三月、土佐藩庁北会所――。

以蔵の自白を聞いて、聡介は深く長い息をついた。

初めての尋問を思い出した。あの日、以蔵は言った。死ねば助かる、幸せになれると。その言葉の真意が、今さらながら理解できた気がした。

恐らくそれは――。

思う傍ら、上役の和田が尋問を続けている。

「そんなら姉小路公知様を殺《ころ》いたがは、おんしながか」

尋問小屋の土間に下座させられたまま、以蔵は呆れたかのように笑った。

「言うたとおりや。わしが止《とど》めを刺したがじゃ」

「夜道で襲うたんも、田中新兵衛やないと？」

「そうじゃ。わしの見たとこ、あの太刀筋は間違いのう衛吉さんやった。けんど顔まで見た訳やない。それに姉小路様のことは、もう田中さんが下手人で決着しちゅうろう」

和田の右後ろに立って、聡介は小さく頷いた。

既に調べが終わったこと、しかも田中新兵衛が自身の罪を認めるかのように切腹しているとあっては、覆すことはできないだろう。土佐藩がわざわざ異を唱え、蒸し返すべき話でもない。

その辺りは和田も重々承知しているらしく、苦い面持ちで忌々しそうに頷いていた。

「……致し方ない。そいたら次じゃ。姉小路様を殺《ころ》いた後、おんし、どこで何しちょった。勝海舟殿の許にも戻っちゃあせんかったようじゃが」

以蔵は珍しく、やる瀬無さそうな面持ちで溜息をついた。

「わしにできること、探しちょった」

「そりゃあ。武市のために何ができるか、ちゅう話か」

「おう。けんど、わしには何もできんかった」

姉小路公知の闇討ちは文久三年五月二十日のこと、武市半平太は藩命によって既に帰国させられた後――島村衛吉には書状で指図したのだろう――であった。直後の六月、土佐藩は勤王党をさらに厳しく締め付け始めている。

「そがな時に先生が国を出るらぁ、まっこと難しいろう。何かしよう思うなら、わしが土佐に帰らにゃ話にならん。けんど脱藩しちょったき、それも無理な話やった」

かくて以蔵は、当てもなく京の市中に潜み続けたのだという。

聡介は手許の帳面を捲り、和田に代わってひとつを問うた。

「堺町御門《さかいまち》の変事があった時、おんし何しちょった」

世に「八月十八日の政変」と呼ばれる事件である。

遡って五月、長州藩による外国商船への砲撃は、強硬に攘夷を唱える公家たちを大いに鼓舞する一件となった。長州は三条実美を始め七人の公家と結び、朝政に食い込んでゆく。そして帝の意向さえ捻じ曲げるという暴挙に及ぶようになった。

この事態を打破すべく、文久三年八月十八日、会津藩と薩摩藩が手を組んで反抗した。長州藩士と七人の公家は京を追放されることとなった。

「武市のために何かするがやったら、あの争いで長州に味方する手もあったはずぜよ。おんしは長州の大物と知り合いじゃ。高杉晋作に久坂玄瑞。他にもおるやろう」

かく問いつつ、聡介は胸中に嫌気を催した。以蔵が攘夷だの何だので動いていないのは、これまでの尋問で分かりきっている。然るに敢えてそれを訊かねばならない。自分の役目の何と無駄なことだろうか。

案の定、以蔵は呆れた笑みを返した。

「攘夷じゃ攘夷じゃ騒ぐ人らぁが、勢い付いたとこで何になるがじゃ。そがなことで、ご隠居様が武市先生を許す訳ないろう」

然り。土佐藩の隠居・山内容堂は公武の間を周旋し、国としての日本をひとつにまとめることを志していた。かつては井伊大老に逆らい、隠居の上で謹慎させられたほどの硬骨漢である。攘夷派が勢いを得たところで、それを恐れて志操を曲げるような人ではない。

ならば、やはりそうなのだ。

初めての尋問の日、以蔵が言った「死ねば助かる」とは――。

「ほんじゃあきに、おんしは……自ら捕らえられた。そうじゃねや？」

和田が肩越しに「え？」という眼差しを寄越してきた。それに気付かぬ風を装い、以蔵としっかり目を合わせる。

にたあ、と笑みが返された。

「聡介。おまん、まっこと分かってきたやないか。そんとおりじゃ。わしゃ先生を救いとうて、自分から捕まったがじゃ」

武市半平太が土佐藩庁に捕らえられたのは、京で政変が起きてひと月ほど、文久三年九月二十一日であった。それからわずかの後に、以蔵も京で捕らえられている。商家に押し借りを働いて奉行所に召し取られたのだ。

「先生が牢に入れられたて、風の便りに聞いたがじゃ。わしゃ悩んだ。ご隠居様に締め上げられたら、先生はどうするがじゃろう思うて」

山内容堂に逆らったままでは、武市は生きていられない。生きたいのなら、志を曲げねばどうにもならない——姉小路公知の言葉どおりになってしまう。

「生き延びようとするがは、生きものの心の底からの望みろう？　先生はご自身の心に嘘をつかんお人やき」

しかし、と以蔵は言う。生きようとする心に従えば、志操を曲げて自分に嘘をつかねばならない。志操を守ろうとすれば、生きようとする心を捨てねばならない。儘《まま》ならぬ話だ。

「どっちに転んでも先生は真実を失う」

「そうじゃ。ほんじゃあきに、おんしは」

「ああ。先生を綺麗なまま死なせよう思うた」

志を捨てて生き延び、自身を裏切った苦しみを味わってゆく。

志を捨てず、生きたいという望みを裏切って生涯を閉じる。

武市にはその二つの道があったはずだ。しかし。

「そがなん、どっちも自分を汚す道でしかない。心に嘘をつくがは辛いことながじゃ。先生が汚れてしまうぜよ」

聡介は心中に嘆息した。そして、以蔵の言葉に続く。

「けんど。おんしのせいで死ぬがやったら、武市は……」

以蔵は、にたあ、と笑った。

「げに、分かってきたやないか」

そうだ。武市が生きようとして、しかも志操を曲げずにいるうちに、以蔵が自白して死罪に追い込めば――さすれば武市は、自らの心に嘘をつかずに済む。汚れずに済む。

だから助かるのだ。

だから救われるのだ。

だから、幸せになれるのだ。

「おんしの言うちょったこと、ようやく――」

「待て！　待たんか小田切」

得心して小さく頷きかけたところへ、和田の泡を食った声が飛んで来た。理解できない、否、理解して良いはずがないと、その思いをありありと映した叫びであった。

「お、おだ、小田切！　聡介、おまん！　以蔵の言葉に耳貸したらいかんぜよ。以蔵もじゃ、この外道が！　訳の分からんことばっかり言いよって」

和田は勢い良く床几《しょうぎ》を立ち、手近にいる卒から八角棒を毟《むし》り取《と》る。そして、これでもかと以蔵の身を打ち据えていった。

＊

以蔵への最後の尋問から少し過ぎ、元治二年（一八六五）は四月七日を以て慶応《けいおう》と改元された。ちょうどこの頃、以蔵に斬首の沙汰が下った。

そして慶応元年閏五月十一日、北会所の山田獄舎に刑場が支度された。

「小田切」

刑場に向かう道中、和田が声をかけてきた。聡介は「はい」と応じ、歩みを止めて向き直る。

「どうか、なさいましたろうか」

「今日のことについてじゃ。以蔵の首、おまんが刎ねや」

「わしが、ですかえ」

軽く目を見開いた。和田がゆっくりと頷く。

「兄者の無念を晴らしとうて、以蔵の尋問を買って出たがじゃろう」

「はい。そんとおりです」

和田は思案顔で頷き、いったん眼差しを外す。が、すぐに決意の目を真っすぐに向けてきた。

「以蔵は頭のおかしい奴じゃ。そがな奴に長いこと関わり合《お》うたせいじゃろう。おまんは心が疲れちゅう」

「いえ、そがなことは」

大きく、首を横に振られた。

「疲れちゅう思えんのが、疲れちゅう証じゃ」

「はあ。まあ、その……」

「ほんじゃあきにこそ、おまんに任せるがじゃ」

尋問が進むほどに、聡介が以蔵に呑まれてゆくかに思えてならなかった。しかし、おまえは今日もこうして役目を果たそうとしている。和田はそう言って眼差しに力を込めた。

「以蔵の首刎ねて、全てを断ち切りや。区切りを付けるがじゃ」

鬼気迫るほどの勢いである。聡介はその顔に向けて、大きくひとつ頷いた。そして面持ちに清々しい笑みを浮かべる。

「分かりました。以蔵は兄の仇《かたき》やき、この手で斬首するがは望むところです」

「良くぞ申した」

和田が安堵の笑みを湛えている。聡介の目には、それが何ともおかしなものに映った。

自分は兄・井上佐市郎の無念を晴らしたくて、この役目を買って出た。たった今、和田が言ったとおりだ。以蔵の首を刎ねるのは、兄の仇を取るということである。自分はそれを望み、その心に従うに過ぎない。なのに和田は、なぜこれほど喜んでいるのだろう。

もっとも、口に出さぬその気持ちまでは伝わらなかったらしい。和田は勇躍、牢番の許に進んで「以蔵を引き出せ」と声高に命じていた。

少しして、以蔵が刑場に引き出されて来た。脱藩した以蔵は無宿人であり、ただの罪人と見做される。刑場の支度は筵一枚を敷いただけの簡素なものだった。

その筵の上に、縄を打たれたままの以蔵が座らされる。聡介は刀を抜いて後ろに進み、静かに声をかけた。

「岡田以蔵。おんしは罪人やけんど、子供の頃から知り合うちょった間柄じゃ。言い残すことがあったら聞いちゃろう。何か、あるか」

以蔵は左の肩越しに聡介を向き、晴々とした笑みで頷いた。

「そんなら……。わしの本当の気持ち、聞いてくれるか？」

「申してみい」

軽く頷いて正面に向き直り、以蔵は遠くを見る目になった。

「おまんらには信じられんかも知れん。けんど、わしゃ世の中の全てを幸せにしたかった。ずっと、それを望んどったがじゃ」

世の中の全ての人を、ではない。人に限らず全ての生きものを。以蔵はそう言う。

「おんし、昔は蛙らぁ殺《ころ》いて喜んじょったけんど。あれも、そうやて？」

「もちろんじゃ。おまん蛙の心を思うたことがあるか」

人間というのは傲慢なもので、自分たちだけが優れていると勘違いしている。豊かな心を持つのは人間だけなのだと。しかし。

「そりゃあ間違いや。猿を見てみい。子猿が死んだら母猿は抱いて離さん。兎《うさぎ》もじゃ。母親が犬に食い殺されるとこ見たら、ちゃんと涙を流す」

動物にも心がある。喜びと悲しみがある。ならば人と同じに苦しみもあるはずではないか。

「ほんでも猿やら兎やらは、自分の生き方を変えられん。人は、できるのに生き方を変えん。変えようとせん。獣と同じろう」

以蔵は言う。世の人々は皆、心に枷《かせ》を塡《は》めて生きている。本当はこうしたいと思うことがあっても、そうせねばならないのだと、曲げて周囲に合わせるばかり。

「人は、果たしてそれで幸せながじゃろうか」

周りを思《おも》い遣《や》るのだと言えば聞こえは良い。しかし常に「周りのため」では、必ずどこかに満たされないものが残る。それこそ全ての人が不幸になるための道だと言えはすまいか――。

「そんでも人は枷を外さん。望みもせん生き方に自分を塡め込んで、それが幸せながじゃて自分に言い聞かせる。心に嘘をつくがじゃ。わしゃ、そがな不幸な生き方を救いたかった」

「ほんじゃあきに殺《ころ》いて回った……。そう言うがか」

ひとつ頷いて、以蔵の眼差しが再びこちらに向く。その目が語っていた。おまえにも、もう俺の考え方は分かっているはずだと。

「わしゃ江戸で夜鷹を殺いた。あの女は、こがな身の上やったら死んだ方が楽かも知れんて言うちょった」

それが本当の気持ちなのかどうかを確かめたくて、殺した。女は声にならぬ声で「死にたくない」と言っていた。しかし。

「ほんでも、やっぱりあの女は死んで幸せやった思うちょる」

きっと、体を売って生きるのは本当に嫌だったのだ。別の稼ぎで生きたいと願っていた。しかし、そのために女が何かしたのかと言えば極めて疑わしい。

「他に何ちゃあ稼ぎ方を知らんて、自分に枷を塡めちょった。そがなん、自分で生き方を変えられん獣と同じや。それやったら死んで輪廻に入った方が幸せながじゃ」

江戸遊学の折、武市の縁戚に当たる山本琢磨が時計事件を起こした。その山本の身代わりに河原者をひとり殺し、首を刎ねた。

「あの男は、夜鷹とはちっくと違うかも知れんねや。河原者ちゅう立場は抜け出しにくいき」

しかし。だとすれば今度は別の疑問がある。その立場で生き続けることが、果たしてあの男の望んだことだったろうか。

「田那村さん……。田那村作八も殺いた」

山本琢磨を堕落させ、共に時計事件を起こした男だ。田那村を亡き者にすれば武市の心が晴れるのだから、まず武市にとっては良いことだったろう。だが当の田那村にとっても、死んだ方が幸せだったと言えはすまいか。

「根っからの、ろくでなし。どこ行っても鼻摘み者やった。そんな生き方しかできん人やき、生まれ変わった方がえい」

天誅を働いて殺した面々も同じだ。いつ襲われるか、いつ闇討ちにされるかと怯《おび》えながら生きることに何の値打ちがある。

「わしには『恐い』ちゅう気持は分からんけんどな。毎日そがなんやったら、おまんら幸せやて言えるかえ？」

聞いて、聡介は軽く鼻から息を抜いた。

「あにさん……井上佐市郎は？」

「あいつの場合は、前に話したとおりじゃ。死んでもろうたら勤王党が得するき」

「そんでも、古い友やったろう」

するど以蔵は、少しだけ苦い面持ちを見せた。

「そうやな。まあ……あいつには腹ぁ立てたこともあったわ。けんど、わしゃ決して佐市郎を嫌っちゃあせんかった。ほんじゃあきに殺《ころ》いてあげたかった……ちゅう思いもある」

「どういうことや」

「あいつ下横目になって、自分で自分を腐らせてしもうたき」

新おこぜ組――吉田東洋一派に取り込まれ、その中で生きることを良しとしてしまった。吉田の闇討ちについて勤王党を探るよう命じられ、これに従った。とは言え、それは佐市郎の能を超える下知だったはずだ。

「喜んで従《したご》うたんか、嫌々従うたんかは分からん。けんど勤王党には、まっこと簡単に見抜かれたくらいじゃ。巧くいかんのは見えちょった。あのまま生かしといたら、おこぜの奴らぁに苛められるばっかりやったろう」

いずれにせよ佐市郎は、先々に苦痛しかない道に嵌まり込んでしまったのだ。そんな生き方なら、終わらせてやった方が良い。解き放ってやりたかったのだと、以蔵は言う。

「けんど武市先生だけは違う。先生は綺麗なまま死なせて――」

「黙れ！　黙らんか」

途端、今まで無言を貫いていた和田が大喝した。

「嘘つくのも大概にせい。そがな訳の分からん言い分で、斬首から逃れよう思いゆうがか」

まさに怒髪天を衝く勢いである。もっとも以蔵は返事ひとつせず、全く聞こえなかったかのような顔で聡介に問うた。

「そうじゃ。武市先生……もう死んだかえ？」

聡介は軽く首を横に振った。

「まだじゃ」

以蔵があれこれ自白したことで、既に武市の罪は粗方が明らかになっている。しかし武市当人が未だ罪状を認めていない。この先も認めることはないだろう。

「ほんじゃあきに、南会所の偉い人らぁが色々考えちゅう」

如何にしても武市が罪を認めないなら、藩の隠居・山内容堂に歯向かった咎で処断されることになる。

「けんど、ちっくと先になるやろう」

以蔵は「そうか」と嘆いて少し黙り、然る後に辞世とも言えるだろう歌を詠み始めた。

「君が為　尽くす心は　水の泡　消えにし後ぞ　澄み渡るべき」

主君のために尽くしてきたが、我が心は水泡に帰した。それでも、消えた後にはきっと澄み渡った水が残るに違いない——そういう意味に取ったのであろう、和田が「あほう」と叫び、顔を憤怒の朱に染めた。

「君、言うたら帝のことじゃ。おんしが何をした！　帝のために何した言うがか」

然り。君とは帝を指すべき言葉だ。しかし古の歌を見れば、心から慕う相手に対して使う場合も多い。だとしたら以蔵は、その意味で「君」と詠んだのではないか。

聡介は「和田様」と口を開いた。

「今の歌、ちっくと意味が違うんやないですろうか」

「何じゃと？」

これから問うてみます。その眼差しで軽く一礼し、筵に座る以蔵に目を向け直した。

「のう以蔵。今の『君』ちゅうの、武市のことながじゃろう？」

以蔵が、にこりと笑った。

「聡介には分かるて、思うちょったよ」

「武市を綺麗なまま死なせよう思うたけんど、実を結ばんかった。そがな歌やな」

「わしゃ、そのために捕らえられたがじゃ。けんど」

「武市が罪を認めんき、何もかも白状したちゅうに、水の泡になってしもうたねや」

大きくひとつ頷きを返して、以蔵は切ない息をつく。

「先生には、終いまで生きようとして欲しかった。終いまで、志も曲げんで欲しかった。そのまで死なせたら、先生の命が消えた後には」

「澄みきった正直な心が……残るはずやったんに。のう？」

「ああ。それだけが無念ちや」

ひとつ頷き返して、聡介は和田に向いた。以蔵の歌はこういう意味なのです、と。

「お、小田切！　おまん……」

和田が、わなわな震えている。以蔵に——否、こちら二人に、危ういものを見る目を向けている。聡介は微笑を浮かべ、軽く首を横に振った。大丈夫、以蔵の考え方が読めるに過ぎないのだと示すように。

そして天を仰ぎ、長く息をつく。

「以蔵。そんくらい言うたら、もう……えいろう。おんしも、そろそろ輪廻に入りや」

「ほうじゃねや。わしも綺麗な心だけ残したいき。送り出いてくれ」

聡介が天から目を戻すと、以蔵も静かに目を瞑《つぶ》り、頭を前に突き出した。

「ほんじゃあな」

また後で会うかのように声をかけて、聡介は刀を振り上げた。そして。

次の刹那、差し出された首を一刀の下に断ち落とした。


こうして岡田以蔵は、人としての生を終えた。

＊

武市半平太はその後、切腹を命じられて世を去った。土佐勤王党の結成と活動を、藩政への反逆、謀叛《むほん》と見做されての沙汰である。以蔵の斬首から十日後、閏五月二十一日のことであった。

それから、さらに十日ほど。聡介は北会所に出仕するなり和田を訪ねた。

「小田切です。ちっくと、お話がありまして。よろしいですろうか」

和田は執務の部屋で某かの書面に目を通していたが、聡介の顔を見ると笑みを浮かべた。

「どいたがじゃ。まあ入り」

中に入り、差し向かいに座って丁寧に一礼する。聡介の顔は神妙なものになっていて、それを目にした和田は少し怪訝な眼差しであった。

「改まって何じゃ。話とは？」

聡介は大きく息を吸い込み、胸を落ち着けて静かに切り出した。

「実は……。役人、辞めよう思いまして」

和田は初め、何を聞いたのか分からぬ面持ちであった。それが、少しすると軽く目を見開き、幾らか震える声で問うてくる。

「いや。え？　おい！　何を馬鹿なこと言いゆう」

「色々と考えた上の話ながです」

「い、以蔵のことか。いや、けんど！　けんど、おまん」

おまえは実に良くやったではないか。以蔵のような男を相手に、最後まで気を張ってきたのだろうに。和田はそう言って血相を変えた。

「ようようじゃ。ようよう終わったがじゃ。それながに、どいて」

考え直せと目が語っている。しかし聡介は、少し笑みを浮かべて首を横に振った。

「和田様が仰せられちょったとおり、わしは、だいぶ疲れちょったらしいがです」

このところ夜もろくに眠れないのだ。以蔵の言ったあれこれが、日々、頭の中でぐるぐる回り続けている。そして。

「兄の無念を晴らして、以蔵の首もこの手で刎ねて。望んだとおりになったちゅうに、どうにも気が晴れんがです。会所に来るたんびに、こう……気が重うて」

「いや。けんど……。ほうじゃ！　給金、上げちゃろう。それとも出世がえいか？　そんなら上に掛け合《お》うちゃる。そんでなけりゃあ、もっと他の。ええ……その」

だから辞めるなどと言うな。その気持ちが伝わってくる。自分に何ができるだろうかと、和田が頭を悩ませている。

その姿を見て思った。給金や身分が上がるなら、自分は得をする。和田なりに考えてくれているのは確かにありがたい。

だが、望むのはそういうものではないのだ。

「色々ありがたいお話ですけんど、やっぱり。どうかお許しください」

飽くまで丁寧に、礼を尽くして断り続ける。和田はなお翻意を促してきたが、しばしの後、聡介が決して首を縦に振らぬと悟り、大きく溜息をついた。

「……そうか。おまん、まっこと疲れちゅうがやな。けんど辞めることはないろう」

「ですけんど」

「いや、おまんの気持ちも分からん訳やない。ほんじゃあきに、辞める一歩手前でどうじゃ。まずは休みや。ゆっくり休んで心が軽うなったら、そん時こそ戻って来たらえい」

この辺りが落としどころだろうか。思って、聡介は深々と頭を下げた。

「分かりました。我儘《わがまま》言うてすみません」

「構《かま》んちや。おまんは、ほんまに頑張ってくれたき。戻って来る日を待っちゅうぜよ」

とりあえず安堵したのか、和田は大きく息をついて背の力を抜いている。聡介は改めて丁寧に一礼し、北会所を辞した。

以来、聡介は毎日を家に籠もって暮らすようになった。朝は遅くに起き、自ら簡単な飯をこしらえて食うと、あとは日がな一日ぼんやり過ごすのみである。

そうした日々を咎める者はない。小田切家の養子に入って家督を継ぎ、養父も二年前に彼岸へ渡っている。妻も娶《めと》っておらず、従って子もいない。斯様な身ゆえ使用人も雇っていなかった。

床に就く時分も一定ではない。そもそも昨今では、眠るのが怖くなっていたからだ。

そして今日も――。

「……っ、わ！　あわ！」

六月も半ばを過ぎた頃のある朝、叫び声と共に目を覚ます。荒い息で身を起こし、大きく溜息をついて力なく背を丸めた。汗だくであった。

「またか」

頭の中に、最前まで見ていた悪夢が思い起こされた。以蔵である。長きに亘る尋問のあれこれを、夜ごと夢に見るようになっていた。

「いかんちや。こがなんでは」

いつか気を病んで、死んでしまうのではないか。思いつつ部屋の外を見れば、遠く向こうの空には力強く入道雲が盛り上がり、朝一番にも拘らず嫌になるほど強い日が差していた。

「もう……夏ながじゃな」

役人を辞めようと考えたのには、二つの訳があった。ひとつは、北会所に出仕するたびに以蔵を思い出すからである。それから逃れようとして暇をもらったのに、家にいてもこれでは息が詰まるばかりだ。

「ちっくと外にでも」

聡介は久しぶりに家を出て、日の光を浴びた。

高知城下には緩やかに南風が渡り、漂う空気に潮の香りがして蒸し暑い。少し歩いただけで汗が流れ、外に出たことを悔いるほどであった。

それゆえか、足はひとりでに川へと向いた。辿り着いたのは城下の遠く東、国分川である。

「ここは変わらんねや」

独りごちて、夏草の萌えた河原に歩みを進める。子供の頃は兄に連れられて、よくここに来ていた。井上の家は金を使って吉田東洋一派に取り入ろうとしていたため、兄も自分も剣術道場に通わせてもらえなかった。この河原には、兄弟二人で我流の剣術を磨いた思い出がある。

「けんど」

寂しい笑みが浮かんだ。その剣術も自分の力にはなっていない。所詮は子供の我流、兄も自分も武芸で身を立てることはできなかった。

ふう、と息をついて河原に座る。水辺を渡る風は、町中に比べれば多分に涼しい。その涼に誘われたのか、五、六歩ほど向こうに一匹の蝦蟇蛙が這い出して来た。

「蝦蟇か」

少しばかり嫌な気分になった。この河原で以蔵に頭を撫でられ、蝦蟇蛙の生臭い滑りを髪に擦り付けられた日を思い出す。

「ここに来てまで。以蔵め」

ことほど左様に、あの男の尋問は骨が折れた。何ごとも素直に白状したが、胸が悪くなるような話ばかり聞かされてきた。

ゆえに、心がひとりでに守りを固めたのだろうか。終いには以蔵の考え方、度外れた道理を読めるようになってしまった。以蔵への尋問を夢にまで見るのは、そのためであろう。聞かされた言葉が耳にこびり付いて離れない。

しかし。

その中に、ひとつだけ頷けることがあった。

生き延びる道と志操を保つ道、武市がどちらを選ぶかという話の時だった。

以蔵は言った。志を捨てて生きれば、自分を裏切った苦しみと共に生きて行かねばならない。志を守ろうとすれば、生きたいという願いを裏切って死ぬことになる。

『そがなん、どっちも自分を汚す道でしかない。心に嘘をつくがは辛いことながじゃ。先生が汚れてしまうぜよ』

以蔵の言い分、全てを認めるのではない。しかし、あの言葉にはひとつの真実があった。自分の心に嘘をつくのは辛い。その一点に於いてのみ、以蔵の道理は正しかった。

「わしが、そうじゃ」

元々、世の悪を懲らしたくて役人になったのではない。養父が長らく北会所に勤めており、その家督を継いだからというだけの話なのだ。それこそが——望んで役人になった訳ではないということが、北会所を辞めた理由の二つ目であった。

養父の後を継いで役人となり、ずっと獄の番をしてきた。心ならずも罪を犯してしまったという者など、まず、いなかった。進んで手を汚した者ばかりだった。そういう者共に触れながら生きるのは、はっきりと苦痛であった。

「それが……。ようよう、自分から望んだちゅうに」

兄・井上佐市郎の死に纏《まつ》わる諸々を明らかにしたかった。その意気込みを認められ、以蔵の尋問という役目を得た。自らの生き方に初めて喜びを覚えた。上役の和田も、あれほど目をかけてくれるようになった。

なのに。全ての真相が明らかになった途端、またも自分の心を持て余した。望まぬ生き方に自らを置いていて、本当に良いのかと。

「皆がそうやって生きちゅう。けんど」

皆がそうしているから。世の中とはそういうものだから。そうやって諦めて生きることに、何の値打ちがあろう。

たとえば、何不自由なく暮らせている人がいたとしよう。だが、その人は望まぬところに身を置き、望まぬ生き方を強いられている。その人の暮らしに、本当に不自由はないのだろうか。

「違うちや。そがな訳ない」

自分はずっと望まぬ生き方をしてきた。だから、それが苦しく辛いものだと分かる。

人の幸せとは、自分で「こう」と思い定めた道を進むことではないのか。それでこそ人は、持てる力を十全に発せられる。幸せに生きられる。

聡介は深く、深く、溜息をついて俯いた。

「取り調べの役目で……わしも、そうなれる思うちょった。思うちょったがに」

以蔵と武市は裁かれて死んだ。望みは叶ったはずだ。なのに、どうして今も以蔵の夢にうなされるのだろう。心におかしな澱みを抱え、満たされずにいるのはなぜだ。

思わず「ふふ」と笑いが零れた。

分かっている。実に、簡単な話なのだ。

「わしの本当の望みは……あにさんが、今でも生きゆうことながじゃ」

兄を殺した者の罪を明らかにして、死に追い遣った。しかしながら、それで満たされるのは半分でしかないのだ。死んだ人間が生き返る訳はなく、ないものねだりと分かってはいる。それでも、どうしてもあと半分が満たされない。

「この先……どうやって生きてったら、えいがじゃろう」

呟いて、以蔵の言葉がもうひとつ思い起こされた。

『わしゃ世の中の全てを幸せにしたかった。ずっと、それを望んどったがじゃ』

望まぬ生き方をする者、苦しみや辛さの只中《ただなか》にある者にとって、本当の幸せとは何だろう。仏法が説く来世を得ることだと、以蔵は言った。

輪廻の末に、いつか命は幸せな生を得る。そのために人を殺めてきた。以蔵のその言い分を認めるなど、虫唾《むしず》の走る思いではある。

しかし。

そう。しかしだ。

心に正直に生きられる。望むとおりに生きて満たされる。いつかそんな生に行き着くのだとしたら、何と甘美な話であろう。

「心に正直に生きる。それだけは以蔵が正しかった」

呟いて、俯いた顔を上げた。

目の先では、相変わらず蝦蟇蛙がのそのそ這っている。その姿を見ているうちに、蛙の不幸が分かるようになってきた。

「おまん、不っ細工な奴っちゃねや」

醜い姿に生まれた、弱い、弱い生きもの。自分の命が斯様な生まれ変わり方をしたら、どう思いながら生きるのだろう。

「嫌な話じゃ。生きちょっても辛いだけろう」

その時、自分は何を望むだろう。輪廻の輪に入り、次の生を求めるのではないか。

ふらりと、聡介は立ち上がった。

「のう蝦蟇。生きちょって苦しないか？」

言いつつ足を運べば、蛙は驚いて、べたべた飛んで逃げようとする。何と醜悪で、何とくだらない生であろう。思う心に、にたあ、と笑みが浮かんだ。

聡介は大きく足を持ち上げた。そして心に衝き動かされるまま——。

「はは……。は、ははっ」

下駄越しに伝わった、不気味に柔らかい感触。ぶるりと、総身が喜悦に震えた。

結　和田と人斬り

明治四年、高知城下――。

二人の荷運びが交わす言葉、凶悪な人斬りの話は未だ続いている。思わず足を止めた和田の耳に、それは否応なく入り込んできた。

「――あの人斬り、御一新のちっくと前に斬首されたがじゃろう？」

「そう、そう。何ちゅう名前やったかのう……」

もう止《よ》そう。聞きたくない。立ち去ろう。思って、和田は再び歩みを進める。荷運び二人の声が少しずつ遠ざかっていった。

しかし。十歩も進んだところで、二人の声が急に大きくなった。

「思い出した！　聡介じゃ」

「おう、そうじゃ。人斬り聡介じゃ」

和田の身が、びくりと震える。足が止まった。後ろを向く勇気がない。荷運びたちに「黙れ」と言うだけの勇気がない。

「初めは、蝦蟇蛙らぁ殺すだけで満足しちょったらしいねや」

「それが犬やら猫やら殺すようになって、ついに人まで斬り始めたて」

そうだ。
六、七年前まで、この土佐で人斬りと言えば、あの岡田以蔵であった。
しかし。たった今、荷運びの二人が語っていたのは、人斬り以蔵ではない。

以蔵の道理に冒され、後を継ぐように人を斬り始めた男——小田切聡介なのだ。

「小田切。どいてじゃ」

囁くように、和田は呟いた。かつて配下だった男、岡田以蔵の尋問を成し遂げた男。きっと良い役人になったはずなのに。そう思うと無念でならない。

苦悩する背後で、二人の話は未だ続いている。

「人斬り、元は役人やったらしいねや」

「そんで、元々の上役が首刎ねたがじゃろう？」

和田は俯き、自らの右手を見下ろした。

今でも覚えている。大政奉還の、ほんの二ヵ月前だ。首を刎ねた時の、刀から伝わったものを覚えている。この手が覚えている。

極めて軽い、楽な手応えであった。

聡介は何ひとつ怖じけるところがなかった。だから、首にも体にも余計な力が加わっていなかったのだ。断ち落とされた首は満足そうに、楽しそうに笑っていた。

そして自分は、北会所の中間を辞した。

「人斬り聡介、薄気味の悪いこと言うて死んだらしいけんど。おまん知っちゅうかえ？」

「何やったかのう。ええと、確か……」

それも覚えている。聡介は、こう言って首を差し出したのだ。

『和田様。わしゃ何ちゃあ、悔いちゃあせんです。正直になれたがやき。綺麗な人間になれたがやき』


耳に蘇った、あの危うい声。和田は深く溜息をつく。

「けんど小田切。わしは」

呟いて、両の眼に浮いた涙をそっと拭った。

「命ある限り、わしは嘘にまみれて生きる」

人の世で生きるとは、心を汚すことだ。歳を重ねるほどに汚れながら、それでも自分を失うまいと抗い続けることなのだ。

思って、和田はまた歩みを進めた。

自分を汚してくれる皆が待っている。この者たちのためなら汚れても良い、そう思える家族が待っている。

家に、帰ろう——。


〈了〉

主要参考文献

『真説　岡田以蔵』　菊地明　学研
『正伝　岡田以蔵』　松岡司　戎光祥出版
『武市半平太と土佐勤王党』　横田達雄　私家版
『サイコパスという名の怖い人々』　高橋紳吾　河出書房新社
『良心を持たない人たち　――25人に1人という恐怖』　マーサ・スタウト著、木村博江訳　草思社
『サイコパス』　中野信子　文藝春秋
『サイコパス　――冷淡な脳――』　ジェームズ・ブレア、デレク・ミッチェル、カリナ・ブレア著、福井裕輝訳　星和書店

本書は書き下ろしです。

装画　山本祥子
装幀　延澤　武

吉川永青

1968年東京都生まれ。横浜国立大学経営学部卒業。2010年「我が糸は誰を操る」で小説現代長編新人賞奨励賞を受賞。同作は『戯史三國志 我が糸は誰を操る』と改題し、翌年に刊行。12年『戯史三國志 我が槍は覇道の翼』で吉川英治文学新人賞候補。15年『誉れの赤』で吉川英治文学新人賞候補。16年『闘鬼 斎藤一』で野村胡堂文学賞受賞。他の著書に『新風記 日本創生録』『乱世を看取った男 山名豊国』などがある。

人斬《ひとき》り以蔵《いぞう》の道理《どうり》

2024年5月25日　初版発行

著　者　吉川《よしかわ》 永青《ながはる》

発行者　安部 順一

発行所　中央公論新社

〒100-8152　東京都千代田区大手町1-7-1
電話　販売 03-5299-1730　編集 03-5299-1740
URL https://www.chuko.co.jp/

ＤＴＰ　ハンズ・ミケ
印　刷　大日本印刷
製　本　小泉製本

Published by CHUOKORON-SHINSHA, INC.
Printed in Japan　ISBN978-4-12-005786-1 C0093